Fear and Servant
恐惧与仆人

时代出版传媒股份有限公司
安徽文艺出版社

Acknowledgement

The translation of this book has been made possible with the financial support from the Ministry of Culture and Information, Republic of Serbia

Република Србија
Министарство културе и информисања

"塞尔维亚当代文学精选"系列

Fear and Servant
恐惧与仆人

KONGJU YU PUREN

【塞】麦加娜·诺瓦克维奇 著
王 振 王 维 译

时代出版传媒股份有限公司
安徽文艺出版社

图书在版编目(CIP)数据

恐惧与仆人/(塞)麦加娜·诺瓦克维奇著;王振,王维译.—合肥:安徽文艺出版社,2015.12
(塞尔维亚当代文学精选)
ISBN 978-7-5396-5518-5

Ⅰ.①恐… Ⅱ.①麦… ②王… ③王… Ⅲ.①长篇历史小说-塞尔维亚-现代 Ⅳ.①I543.45

中国版本图书馆CIP数据核字(2015)第203786号

引进图书合同登记号:12151519
Fear and Servant
Copyright © 2009 By Mirjana Novakovic
Published in China by arrangement with Geopoetika Publishing, Belgrade, Serbia.
Simplified Chinese edition copyright:
2015 Anhui Literature& Art Publishing House
All rights reserved.

"塞尔维亚当代文学精选"系列中文版,由塞尔维亚贝尔格莱德乔治波蒂卡出版社与中国安徽文艺出版社携手打造。

出版人:朱寒冬		出版策划:朱寒冬
责任编辑:韦亚 柯谐		装帧设计:张诚鑫

出版发行:时代出版传媒股份有限公司　www.press-mart.com
　　　　　安徽文艺出版社　www.awpub.com
地　　址:合肥市翡翠路1118号　邮政编码:230071
营销部:(0551)63533889
印　　制:合肥中德印刷培训中心印刷厂　(0551)63813778

开本:880×1230　1/32　印张:8.125　字数:250千字
版次:2015年12月第1版　2015年12月第1次印刷
定价:32.00元

(如发现印装质量问题,影响阅读,请与出版社联系调换)

版权所有,侵权必究

Contents 目 录

001 / 译者序（王振　王维）

第一部　面具背后

　　003 / 第一章　在雾中

　　008 / 第二章　依然在雾中

　　014 / 第三章　爱是万疾之母

　　024 / 第四章　下城区

　　056 / 第五章　卡莱梅格丹城堡

　　074 / 第六章　化装舞会

　　079 / 第七章　秘密章节

　　083 / 第八章　化装舞会（续）

第二部分　面具背后

　　093 / 第一章　二次出城

　　105 / 第二章

118 / 第三章　事件描述,包含反对叙述者的观点（沉默非金）

136 / 第四章　维也纳协定

155 / 第五章　施密德林之债

176 / 第六章　事件的后续发展

186 / 第七章　秘密章节

188 / 第八章　事件的后续发展（续）

第三部分　储水库

193 / 第一章　首次入城

198 / 第二章

204 / 第三章　集会

213 / 第四章　渡槽

222 / 第五章　故事的终结

231 / 第六章　创世

240 / 第七章　秘密章节

246 / 第八章　创世（续）

译 者 序

在奥托·冯·豪斯伯格来到贝尔格莱德的这些年里,奥地利人统治下的这个城市变得更糟了。迷雾笼罩在城市周围,到处是谋杀、反叛和死亡的流言。距离他上一次来到贝尔格莱德已经是二十年过去了,臭名昭著的吸血鬼也来到了贝尔格莱德。豪斯伯格并不确定这些吸血鬼是真实存在的还是虚构的。如果是真的,那就意味着末日审判就要到来;如果是虚构的,那就意味着撒旦犯下了错误,他调查死亡事件只是在浪费时间。

在小说《恐惧与仆人》的开头,塞尔维亚作家麦加娜·诺瓦克维奇提供了充分的证据表明,奥托·冯·豪斯伯格就是撒旦。豪斯伯格清楚地记得客西马尼园(基督被犹大出卖被捕之地)和基督的陨落,他身上散发出硫黄的气味,有一个凶神恶煞的仆人陪同。随着叙事的推进,这些证据由于豪斯伯格的恐惧和无力而被削弱。到这里,读者不禁产生了疑问,豪斯伯格到底是撒旦还是一个普通人?

贯穿小说始终的,是对真相和身份的持续追问。豪斯伯格恰恰是一个不可靠的叙述者,向周围的人寻求和期待可靠严肃的真相,同时抛给读者一系列半真实、夸张和精心虚构的故事。他自诩为恶魔,以别人认可他的阴间魔力为乐事。但是当他被要求去假装不朽的邪恶人物时,他感到害怕,变得畏首畏尾,常常逃之夭夭。在长长的铺叙中,有一条若隐若现的线索暗示:豪斯伯格怀疑另一个恶魔也来到了贝尔格莱德。但这会是真的吗?"和平头百姓一起度过的岁月让我明白,人们喜欢的还是他们的信念:谎言交织着真理。"豪斯伯格说道。

18 世纪早期,掌管贝尔格莱德的贵族们欢迎豪斯伯格的到来,邀请他参加即将举行的假面舞会。当然,这个舞会要求化装,以增加当时流行的虚假感。豪斯伯格化装成恶魔。但是当人们真的把他如是观的时候,他又感到惊恐不已。

在举行舞会的这段情节中,读者见到了第二个叙述者,"玛丽亚·奥古斯塔,图尔恩和塔克西斯城堡王妃,塞尔维亚摄政王亚历山大·符腾伯格王子的妻子。"两位叙述者不久之后来到代丁那贝格,这儿有吸血鬼夜间杀人的传闻。贝尔格莱德的贵族们相信有吸血鬼存在,但是他们对此的反应就如同遇到一只离群索居的狼,并没有将其当作一回事。诺瓦克维奇在此让她的两个叙述者聚首,小说的主题变得清晰起来,从单纯追查吸血鬼,转换成持续追寻善恶的本质。追寻吸血鬼的行动在继续,诺瓦克维奇提供了同样多的笔墨试图表明,吸血鬼是真实存在的。如果吸血鬼是真实的,那么末日审判不久就要到来。

在《恐惧与仆人》中,诺瓦克维奇把撒旦塑造成一个富有同情心的人,认为他是艺术特别是文学的创造者,还证明他是唯一一个关切普通人行为的人。作为一个 18 世纪的伯爵,豪斯伯格经常提及他不可能知晓的文学艺术作品,包括赫尔曼·梅尔维尔的《白鲸》和纳博科夫的《苍白之火》。豪斯伯格特别指出,邪恶创造了艺术,因为艺术声称以真实表现虚假,艺术提供了一面棱镜去反映世界。与此同时，艺术让人们匆匆一瞥周围的世界，何谓美，何谓善，何谓真。艺术使现实黯淡，使崇高闪闪发光。撒旦寻思，真实和虚假之间复杂的相互作用，如何只是我自己的创造，而不会是上帝的呢？至此读者应该被提醒，《恐惧与仆人》绝非是一本关于神学、真理或艺术的散文体裁作品，而是一部查寻吸血鬼故事的小说，查寻的过程附带暴力与恐惧。

《恐惧与仆人》严厉批评了上帝，却为撒旦辩解。对于有瑕疵的人类而言，上帝的善良实际上是不可达到的；相反，上帝和撒旦的品性一定是相互协调的。在小说的结尾，正如读者所愿，吸血鬼是真实存在的。《恐惧与仆人》重述了基督之死以及撒旦、上帝和世界的复杂关系。豪斯伯格成了一个疯疯癫癫的伯爵，他对文学和艺术的思考值得注意；但由于18世纪中欧黑暗的历史，他对上帝的信仰是破碎不堪的。

我们还是用英文版封底的情节简介来作为内容介绍的总结。18世纪的塞尔维亚是帝国争斗的战场。在贝尔格莱德，哈布斯堡城墙后一位安然无恙的王妃等待着爱情。城堡外，恐惧席卷着这块土地。恶魔来到城堡，不忠的仆人紧随其后。死者真的从坟墓中爬起？末日审判就要在巴尔干半岛进行？两个皇家叙述者——一个来自奥地利，一个来自地狱——跨越历史、神话和文学，进入这块土地的黑暗角落，那里有着人类语言中最声名狼藉的词汇：吸血鬼。

麦加娜·诺瓦克维奇1966年出生于塞尔维亚的贝尔格莱德。《恐怖与仆人》是她出版的第二部作品，也是她的长篇小说处女作。此前她于1996年出版了短篇小说集《多瑙河外传》。

2005年，她还出版了长篇小说《约翰之501》。《恐惧与仆人》出版后受到读者的热烈欢迎和评论界的关注，被提名为塞尔维亚NIN文学奖入围作品，获得了伊斯多拉·塞库利奇文学奖。以这部小说为原型改编成的戏剧于2003年贝尔格莱德BELEF夏季音乐节上演。这部小说还被翻译成法语，2006年由法国盖亚出版社出版。时至今日，这部小说已经七次印刷，其畅销程度由此可见。

最后，该说一下我们的翻译了。翻译界有句名言，"翻译是一项总留下遗憾的事业。"我们不以此为借口，只是希望遗憾能留得少一些再少一些。感谢中国科学技术大学的崔海建教授和何朝阳教授，他们的不吝指教常常让我们茅塞顿开。感谢安徽文艺出版社编审刘冬梅女士，她的信任和督促使得这本书按计划和读者见面。

王振　王维
2015年5月

第一部 面具背后

第一章　在雾中

"主人，请您出来一下。"只用几个词，我的仆人就把我弄醒了。一离开彼得罗瓦拉丁，我就小睡起来。

"有个车轮要坏了。趁它还没彻底坏掉，我们赶紧把它换了。"

我打了个哈欠，伸着懒腰从车厢里走下来。六匹白马安安静静地站着，车夫和仆人备好车轮。这是一个清冷的早晨。我就不明白，既然我讨厌黎明，为什么会轻易被说服在大清早动身，甚至不顾破晓时刚爬出的一丝亮光？

我站定，转过身，清楚看到浓雾越过平坦的黑土地，从四周滚滚而来。大平原无边无际。据说这个大平原十分肥沃，适合种植小麦。

车夫走近了些，我可以闻到他身上散发出来的去年酿造的低档白酒的气味。

"先生，我们换车轮，您能照看一下马队吗？"

"一下子照看这么多？"我问。

"哦，不。您只要照看好头马。"

居然能意识到这点，可见他是多么聪明。前天晚上，我雇用他的时候，他给我的印象可不是这样。很显然，酒精在他身上起了相反的作用，使他更聪明了。他真的应该戒酒。

"亲爱的车夫,如果你说只要拿着头马的缰绳,我偏要把它们的缰绳都拿住。"

我刚说完这句话,就听到远处传来马叫声和马蹄声。一辆马车正朝我们驶来。我不能透过大雾看清这辆马车,但我可以肯定,它越来越近了。

时间在流逝,马变得烦躁不安。我的仆人拔出手枪,把子弹推上膛。这没有必要。在人类社会我没有敌人,并且我受到所有人的爱戴。

我站在那儿,想到了爱。就在这时,一辆黑黄相间的宽大马车从雾中驶来。像我的马车一样,它由六匹马拉着。马车刚停下,装饰有帝国徽章的车门随即打开,一个年轻人从车内跳出。他穿得和我一样体面。高高的个子,宽宽的肩膀。他鞠了鞠躬,用德语和我说道:"先生,您好像遇到了麻烦。或许我们可以帮您点儿忙?"

"谢谢您,先生。我相信我的车夫和仆人很快会换好轮子。我们会很快上路的。"

"你们要去哪儿,要是我可以问的话?"

"贝尔格莱德。"

"和我们一样。请允许我自我介绍一下:我是克劳斯·拉德茨基医生,卡尔六世陛下手下的特别调查员。"

"我是奥托·冯·豪斯伯格伯爵,陛下的远房堂兄弟。多么奇怪,我们竟然这样见面。几天前,在我离开维也纳之前,陛下接见了我,并没有提到什么特别调查员。"

拉德茨基面露尴尬之色。这种情形对于他来说是难为情的,不是因为被发现说谎,而是因为被发现了真相。

"陛下不希望我的——我的意思是我们的——差事成为众所周知的事。"他结结巴巴地说道。

"我没有逼你说出来,是吧?"

"我是……我应该如何……我不能解释……"他结结巴巴地说着,突然想到一个办法,"我突然意识到你和陛下很像,马上明白你们一定是亲戚。"

"实际上,我和陛下的同母异父的哥哥是亲戚,不过这个哥哥是个私生子。他们的亲戚关系在妈妈这边。因此可以这样说,我和陛下根本不是亲戚。或者更确切地说,是远得不能再远的亲戚。但是不要紧,要紧的是陛下爱我尊重我。靠着在英国殖民地的个人奋斗,我获得了爵位和土地,而不是靠继承。"

拉德茨基目瞪口呆,他又出了洋相。他只能朝四周看去,希望有什么东西从雾中走来,把他从窘境中解脱出来。然而没有什么东西来帮他。怎么可能有什么东西从雾中来呢?

"那么,既然你已经告诉我这么多你的事,你不妨再告诉我,你在贝尔格莱德干什么营生。俗话说,善始善终。首先最要紧的,是把你的事说清楚。"

他考虑了一会儿,然后勇敢地吞咽口水。好像这对他来说是一件大事,我指的是吞咽口水。

"先生,无论如何在贝尔格莱德你都会知道的。我属于一个特别调查团,由陛下亲自挑选,委派到土耳其统治下的贝尔格莱德,调查某些奇怪恐怖的事件。我有两个科学家陪同,他们都是伯爵。"

最后,幸运之神对我露出笑容。我的机会终于在骨瘦如柴的匈牙利的佩斯姑娘们、聪明的车夫和坏掉的车轮之后来到。我只要接近拉德茨基,获得他的友谊,我想要知道的一切都是唾手可得的。皇帝终究会知道这个消息。我的行程不是徒劳。

我朝这个年轻人点一下头,他转身跳进车厢。帝国徽章再一次在我的眼前一闪而过,车厢很快消失在雾中。

但是马蹄的哒哒声、车厢的吱呀声刚一消失,就有一个人从浓雾中闪现。他独自一人徒步而行。他要么是一个流浪的乞丐,要么是一个傻子。他朝我走来,我看清了他的面貌。他的身高不同寻常,长长的花白的头发和胡子,衣着破烂。他走近些,但还不是很近就喊起来:"要帮忙吗?"

这样的问题,居然从他这样的人口中说出来!我想,他的心态不是一般的好。有许多像他这样的人在雾中流浪。我不喜欢他们。一般来说,他们不洗澡,他们认为干净与否不重要。因此,他们身上发出恶臭的气味。人们被这种气味弄得心烦意乱,远远地避开他们。你不用和别人打交道的时候,当个老好人真是轻而易举。

然而,并不是一个衣着——如果你非要说是衣着的话——褴褛的人主动提出帮忙让我吃了一惊,而是他说的语言。他说俄语。我也以俄语应答:"不用!"

他小跑着过来,叫道:"哦,我的同胞兄弟。"

"不,我不是你的同胞。"我用俄语说道,伸出手阻挡他。俄国人喜欢亲吻,而且总是一连三个。

"但你是俄国人。"他惊叫道,看起来要拥抱我,"我是尼古拉·莱斯科维奇·帕特科夫,来自莫斯科。"

"我是俄国贵族米哈伊尔·费奥多罗维奇·托尔斯托耶夫斯基,"我回答道,我对我的自我介绍感到特别满意,"你要去哪儿,尼古拉·莱斯科维奇?"

"去贝尔格莱德!"他回答道,不知什么原因他感到十分开心。

"去贝尔格莱德?从莫斯科到贝尔格莱德?那是相当遥远的路途。"

"是的,先生,很远的路途。我是去年夏天动身的。但这个路是一定要走的。"

我的仆人告诉我,车轮换好了,我们可以继续我们的行程了。

"尼古拉·莱斯科维奇,一路顺风。"说罢,我钻进车厢。马车晃动了一下,出发了。这个俄国人依然站在那儿。只要在雾中不迷路,他将准时到达贝尔格莱德吃晚饭。至于我,幸好能在调查团之前到达贝尔格莱德。我从钱包中拿出四个十字币,之后又放回去一个。我对车夫喊道:"在其他马车之前,把我们送到贝尔格莱德,你会有……"——我又塞回一个到钱包——"两个十字币的辛苦费。"

我听到马鞭扬起的声音。

第二章　依然在雾中

离我上次去贝尔格莱德已经有好几年了。我很想念它。我很想知道奥地利二十年的占领给这个地方带来了什么。上一次我看到它的时候，它仿佛是一个东方集市，到处都是宣礼塔，空气中弥漫着动物油脂的恶臭和宣礼员的尖叫。在佩斯，我听说了在1717年的围攻中，贝尔格莱德是如何被摧毁的。但是后来它的防御工事增加了两倍，使得它比在土耳其统治下更加坚不可摧。

我们走在萨瓦河的大桥上，四周一片朦胧。我伸长了脖子，但是仍然看不清这个城市。一切就像被盖上了一层毛毯似的。在大桥的最高处，我依稀可以看见卡莱梅格丹城堡。

我们停了下来，我的仆人去向门卫打听情况。不久，我听到门打开的声音。我携带的皇家和其他政府文件是一流的犹太工匠的作品。能想到的血统我都备齐了——来自德意志公国、意大利城邦、奥地利帝国、沙俄帝国、法兰西王国……不过有些事提醒我，法国文件都差不多失效了。

我要重申，我是奥托·冯·豪斯伯格伯爵。

"主人，门卫说照直往前走就是摄政王的府邸。"

这使我觉得奇怪，但我仅仅点了点头，马车动了一下，出发了。

最终，我们到达了目的地，仆人们跑出来迎接我们，解开马匹我心里想,这样的欢迎是个好兆头。我看到我的随从和仆人们交谈着,仆人们都在摇头。马上,我示意随从过来。

"他们说什么?"我问。如果你想要知道什么重要的事,永远问下人吧。

"主人,他们说一旦太阳落下,任何人禁止四处走动。"

"哦,在城里不都是这样吗?好像晚上常常有人在佩斯和维也纳走动。哪里都有小偷和歹徒,不是吗?周围都是驻军,因此你可以想象,这些坏蛋喝酒的时候都能干些什么……"

"不,主人。他们的意思不是军人、歹徒或任何给城市造成恐慌的人。军人或许就是军人,但至少他们有血有肉,盗贼也是有血有肉的,正如你知道的那样,主人——他们的意思是晚上的危险有点不同。"

"什么?"

"他们不愿意说。他们很害怕。摄政王不想人们谈论这件事。"

我想,他当然不想。他的摄政王的位置危机四伏。但是保持缄默不会挽救任何人——或许你会说,恰恰相反。

我没有追查这件事,不想我的仆人搞清楚我来此地的真正原因。我一点儿都不信任他。

很自然,第一次听说我的目的地的时候,他有点儿忘乎所以:"为什么,主人?为什么是塞尔维亚?他们仍然在和土耳其打仗。"

"因为你可以看到你的祖国了。"

"主人,我不相信你会为我做这样的事情。"

"那么就不要相信。"我回答道。

我必须要容忍他,因为这些日子发现我很难找到这么好的帮手。实际上有许多人为我工作——每一个你可以想到的人,但是实际上更多的人是间接为我工作，并不显眼。我直接雇用很少的人。然而，不管怎么说，我的仆人是一个例外。

在输掉和土耳其人的战争之后，塞尔维亚人匆忙撤退。这个与众不同的塞尔维亚人，直到到达佩斯才停下来喘口气。1706年，我在佩斯遇到他。

第一次我的眼睛落在他的身上是在一个叫"德国胖子"的客栈。他喝得酩酊大醉，但我很快喜欢上了他。我也不知道原因。他有一副聪明的外貌，一双好看的手。我想知道，一个聪明的仆人有一双好看的手又有什么用处。第二次我看到他是在"缘又来"客栈的外面，直到今天，我都对这个名字感到奇怪。这个客栈偶尔被用作啤酒屋。这是我们的第二次相遇，我把它看作一个征兆。这次我忍不住了。他又喝醉了，我俯下身来和他攀谈。

"你愿意来为我工作吗？"

他的回答像发射奥地利大炮。

"为你？到我后边去，魔鬼！"

"嗯，坦率地说，以这样粗鲁的态度，在今天的欧洲，我不知道你如何能够事业有成。"

"喝醉的时候无须心胸开阔。"他反驳道。很快我清楚了，我不是和一个聪明人打交道，而是在和一个睿智的人打交道。我恰恰喜欢这样类型的人。没有浪费时间，我直奔主题——生活的意义。

"做我的仆人，我付你10福林。"

"看上去你就是魔鬼。先生，你可以更大方点。"

"大方？哈，我想老鱼嘴大方。"

"老鱼嘴？"

"你知道的。那个上了年纪的犹太人。他嘴里没有牙齿。他付给你多少钱?"

"没有,先生,他作出来的承诺很大方。"

"你的名字配得上你的智慧吗?"

"我的名字是诺瓦克,给我12福林。"

"11。"我讨价还价,"你真是个酒鬼。"

"12。我喝醉的时候在尽力思考问题。"

每一个人都告诉我,我是多么乐于助人,我承认,这也是我最好的缺点之一。他又向我提出一个问题:"但你要告诉我,先生,你干什么工作,准确点说。我总是很好奇。"

"我干七件事,只有七件。这七件事按顺序——顺序是最重要的,请注意听好,顺序如下:骄傲、贪婪、欲望、贪吃、愤怒、绝望、忽视永恒拯救,叫作懒惰。"

那就是他来为我工作的原因。

那是远在三十年前。

在这样的大雾中,每个人都行动迟缓、凌乱不堪。过了好长一段时间我才进入大厅。至少,厅内没有雾。墙壁几乎空空如也,零星地挂着装饰用的戟,窄窄的刀刃,是约翰·格奥尔格一世时期的风格。散落在周围的还有一些狼牙棒、马刀和一把镐头、十来把匕首、五六把细剑、一把连赫拉克勒斯都会觉得笨重的双手用阔剑、一对无镡弯刀、三把武士刀、一套苏格兰燧发手枪和一幅仿佛从异世而来的中国风景画,作于丝绸画布之上。

接见我的人是一个叫施密德林的伯爵。他在政府机关做顾问,刚过不惑之年,却已经秃顶,矮矮的,挺着一个啤酒肚。他待人热诚,已经不仅仅是出于礼貌。没过多久,他就滔滔不绝起来。众所周知,傻子乐此不疲,智者避之千里。

"伯爵,"他兴奋地说,"我知道你从维也纳来,调查那起恐怖事件,这个事件让陛下的臣民饱受折磨。"

太好了,我想,这个人认为我是陛下的特别调查团的一员。他为什么不猜我是由于奥地利发动对南部的战争才被派遣来的?在最初的几场胜利和征服尼什之后,帝国军队遭受了一场接一场的失败。察里布罗德和皮罗都已经沦陷,尼什也在土耳其的围攻之下。

"实际上,"我心平气和地说,"我是一名皇家特别调查员,我希望你充分合作,以便我们迅速结束我们的调查。"

"我将知无不言,但你必须要亲眼去看。"

"看什么?"

"那件事,"他重复道,"那件无名之事。"

"好的,我会的。"我确信我不会。

"你一点儿都不害怕?"

"不。"我坚定地说,尽管实际上我害怕,要是我不害怕的话,我就不会来贝尔格莱德了,"那么告诉我吧。"

"等时机成熟。"他声音小得就像是在说悄悄话,"我们希望摄政王随时终止打猎回来。你看雾是多么大。打猎一定是失败之举。摄政王要是两手空空地回来,一定非常生气。"

"我听说,他总是非常生气。"我竭力与施密德林套近乎。

他咧开嘴笑,点了点头。

"那就对了。请不要忘记:他不喜欢别人叫他真正的头衔——总统。叫他塞尔维亚的摄政王吧。"

"我记住了。"

"还有一件事,今晚在雷西登兹有一场舞会。你当然要参加,但我请求你不要对摄政王说你来这儿的差事。这会激怒他。"

"但我是皇家……"

"维也纳太远了,伯爵,这儿有不为人知的可怕罪恶。"

"那好,"我点点头说,"但是我得告诉你,还有另一个调查团在路上。这个调查团不知道我,他们是由陛下派来执行调查任务的,和我的调查同时进行。他们不知道我,因为除了其他事情之外,我还得监督他们。这个调查团由年轻的医生克劳斯·拉德茨基率领。"

"正如我所料,"男爵说道,"维也纳顶多也就会派个医生来。"

他没有说别的,我感到他在克制着说什么。正如我期望的,他护送我回到为我准备的房间。我进入并不豪华的房间,躺在宽大的床上,感到心满意足。我很快进入梦乡,只被破晓的鸡叫短暂弄醒。

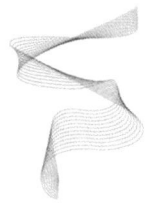

第三章　爱是万疾之母

"爱是万疾之母。"舞会的女主人对着一个谄媚的女人的耳朵轻轻低语道。但是这句话还是被我听见。那也是图尔恩和塔克西斯城堡王妃玛丽亚·奥古斯塔脸色苍白的原因。她饱受长久的无所事事的痛苦的折磨而没有注意到我。反正,我也嫌她年纪太大了。虽然实际上她没到三十。真的,她几乎没到三十,但我想对别的女人来说那够大的了。丰盛的饮食使她的臀部和胸部往前伸展了不少。她矮矮胖胖,就像图尔恩和塔克西斯家族的其他成员一样,有黑棕色的眼睛和黑棕色的假发。我不知道是什么原因使得这整个家族比赛似的戴假发。

我猜她的婚姻是周密计划、熟练谈判的结果。直到她丈夫塞尔维亚摄政王的位置巩固,他们的婚礼才得以举行。然后,她被派到多瑙河的那边,在那儿却抱怨爱是万疾之母。但是这个蠢妇知道什么是麻烦、什么是关心吗?什么也不知道。这样的事情我能说几年、几十年,甚至几百年。但是我没有这样说。谁又会听?没有人倾听我。

"你怎么能爱上他?"女闺密问道,面露厌恶之色,"他在每一个方面都不完美。"

玛丽亚·奥古斯塔一声长叹,说道:"我没有爱上他,因为我要寻找无边的意志力、无缺陷的美或无尽的智慧。相反,我意识到不完美,才开始爱——这些不完美有贯穿于长处之中的弱点,一丝外貌的丑陋、意见或观点的愚蠢……"她停了停,又继续说道,"爱太强大、太美丽、太智慧的人是不可能的。那是他们为爱付出的代价。"

"是的,但是……"这个女人刚开始,结果又陷入沉默。是因为她意识到王妃是对的,还是她完全不同意,我分辨不清。

但是如她们所说,施密德林男爵口若悬河。我想知道为什么是悬河,而不是悬天或悬地。无论如何,我对自己说,我应该成为他的听众。我知道最好把他完全争取过来,除了聚精会神听他的诉说,没有更好的办法让他喜欢你。甚至对那些像我一样经历丰富的人来说,把每丝每毫的注意力都投之于爱情,是十分怪诞的——甚至是不可解释的。

年轻医生拉德茨基在寻找相同的东西,很明显,在施密德林夸夸其谈的时候,他假装专注倾听,不时点头。还有两位先生和他们一起,这两人的穿着都是维也纳最时尚的款式。我推想,施密德林男爵一定在和真正的调查团推心置腹。在我看来,毫无疑问,他从"陛下的秘密调查员也在场"这个虚假的消息中得到了快感。和平头百姓一起度过的岁月让我明白,人们喜欢的还是他们的信念:谎言实际上是真理。施密德林因为我提供给他的一大堆虚假消息而容光焕发。

我走近了些,拉德茨基看到我时吓了一跳。施密德林男爵微微鞠躬,把我介绍给拉德茨基医生和其他两个科学家认识,这两个人的名字我忘记了。一个人的假发是金黄色的,另一个人的假发是红色的。自然,我被介绍成奥托·冯·豪斯伯格伯爵,在去尼什的路上匆匆路过这里。

"我刚刚告诉从维也纳来的年轻先生,我们是如何修建卡莱梅格丹城堡的。这项工作由多克萨特将军负责,你在尼什将会遇到他。他推荐采用天才的沃邦元帅的计划。"

"就是,"男爵赞同地说道,他试图扶正他的假发,然而假发还是歪斜着,"但是免得我们忘记:当年,沃邦元帅赢得他参加的每一次战斗。他实际上是个工程兵,特长是城市防御和围攻战术。他围攻的每一个城市全部落入他之手——先生,或许我要提醒你,他的成功之作包括里尔、马斯特里赫特、卢森堡以及其他一些城市——而他防御的每一个城市都成功地阻挡并击退了敌人。"

"因此,既是防守大师也是进攻大师。"我费力地插进他们的谈话。

"嗯,为了阻止进攻,你必须知道如何进行进攻。同样地,为了打破防守,你必须知道如何进行防守。多克萨特将军听从了沃邦元帅的指示,布置了适当的大炮作为防御工事。如果你懂法语的话,在我们图书馆,你可以查阅到沃邦元帅撰写的一本关于围城和防守工事的小册子。它的标题是《攻防之地》。这本书今年在巴黎出版了。"

他停了一会儿又说道:"哎,明天我们能一起去看城墙。"

"你只要带着我们参观这些防御工事。"拉德茨基的那个戴金黄色假发的同伴很有礼貌地说道。

施密德林拍拍额头高声叫道:"我几乎忘了,明天晚上是化装舞会。这是秋季最重要的社交活动。在塞尔维亚的每一个人,都将和摄政王一起去雷西登兹。所有人都戴着面具,穿着漂亮衣服。"

"或许你可以告诉我们,我们为什么要去?"另一个戴红色假发的科学家问道。拉德茨基看了看我,又看了看施密德林,然后又看了看两位戴假发的科学家,最后又看了看我。男爵用意味深长的眼神向我征求同意。我轻轻地点了点头。

"如果我没记错的话,塞尔维亚人第一次有怨言是在1734年的秋天。但是我们没有人将此放在心上,认为这是迷信者的胡言乱语。在1735年的春天,更多的怨言和指责接踵而至。我们没有进一步地调查就将他们打发走。然而,就在那一年的圣诞节前夕,我们的一名收税员消失了,消失的地点就在怨言发生最多的地方。我们怀疑那些反叛的农民牵涉到这件事,塞尔维亚人把这些人叫作强盗。这样说来就行得通了:他们毫无顾忌地抢劫谋杀老百姓,那么为什么在收税员满载而归的时候戛然而止呢?他们不仅获得了大笔赃物,而且凭借抢回被掳掠走的财富而提高了他们在同胞眼中的地位——你知道塞尔维亚人是怎么看待征税的。不幸的收税员有五个军人护送。他们都睡着了,没有留下一个人放哨。如我们迅速证实的那样,他们喝醉了。第二天早晨,他们醒来,发现收税员和税款都不见了。很自然,我们怀疑这些军人谋财害命,瓜分了税款,于是马上派人搜查他们及他们的私人物品。然而,什么也没有搜到,甚至连一个十字币也没有搜到。此外,如果他们谋财害命的话,他们不会回到贝尔格莱德,他们早就跑到别的城市挥霍得到的不义之财了。我们还观察到,这些军人行为举止怪异。他们沉默寡言,脸色苍白,毫无缘由地疲乏。一个相当重要的征兆是,他们戒酒了。不过没多久我们就不再怀疑他们,我们得出结论,这次犯罪事件一定是塞尔维亚的歹徒所为。"

"我们能跟这些军人谈一谈吗?"拉德茨基打断男爵,问道。

"哦,没办法,先生。那之后不久我们就打发他们离开了。因为他们不再适合当兵。我想他们早就离开了贝尔格莱德。但是你可以和他们的上校的医生谈一谈,尽管实际上你不能。如果我没记错的话,他被派去了尼什。你知道的,尼什的局势相当令人担忧。我们不得不派人去请他。尽管他不能来,我们不能不给上校留下一个医生,他正忙于抗击土耳其,保卫我们的城市。他们说土耳其军队足有八千人。"

"说下去。"我不耐烦地说。

"好的。因此我们要把警卫人数翻一番,命令他们一直保持警觉,挫败任何歹徒的不良企图。实际上,似乎不再有袭击了。因此,我们就要忘掉这件事。倘若不是别的事情发生——一些怪异的事情,我们对更多罪行的预防措施是令人满意的。两个塞尔维亚人路过这里的时候,很偶然在啤酒屋的地窖中发现了收税员的尸体。尸体是……是……长官们去年夏天在那儿……收税员失踪的六个月后……尸体是……是……"

施密德林并没有停止抚弄他的假发,假发栖息在他圆圆的脑袋上,担负起增加荒唐感的重大责任。

"尸体是……是……"

"赶快说,伙计,"我厉声说道,"尸体怎么样?真令人难以忍受。"

"尸体是……"他的一缕缕头发肆意地伸出来,"尸体是……"

他说的时候,有人在尖叫。我转过身看到——一副假发——在地板上——一副黑色的假发。玛丽亚·奥古斯塔定定地看着假发。没有了假发,她的头上一片雪白,头发也剪得很短。

那个女人……我想,那个女人真的很痛苦。唉,她三十岁不到,头发已经全白。

"发生了什么事?"拉德茨基问道。

"不知道。"一个科学家答道。

这个女人的头发是多么白啊。这真是一个痛苦的人。

我还不能离开这儿。这时一个仆人匆匆跑来取回假发,要把它还给王妃。可是她不愿意拿。她只是转过身,从大厅跑开。她跑得就像在飞,但不是骄傲地,而是困窘地。在她跑离大厅之后,我才能把注意力集中到施密德林和物理学家们身上。男爵的手指依然放在假发上。我快要崩溃了。

红发科学家皱起了鼻子,说道:"这儿闻到硫黄的气味。"

与我不一样的是,拉德茨基很快恢复了镇定。"然后尸体怎么样了?"

"尸体是……"施密德林重复道。我能看到他的心思不在他要说的话上。我真想揍他。

"对不起,有些事我必须要……做。"男爵说完就走了。

我不管这些,努力保持冷静。首先,长官们发现了尸体,一具尸体。因此可以说收税员死了。那就大不相同了。他死了。其次,长官们活着。施密德林并没有提到长官们发生了什么事。再次,王妃头发全白了。这让人不安心。我很不安。总之,除了尸体,我没有什么要担心的,当然,不把王妃算在内。如果施密德林不能说出合适的话,那么尸体看起来是什么样子的呢?

"男爵肯定要回来的。"拉德茨基对我说道。

"希望如此。"我尽量礼貌地回答。

"你怎么看?"拉德茨基继续问道。

"关于什么?"

"尸体。"

"我不知道。"我说。

"我也不知道,尽管它一定是可怖的。"

"我不知道,但是你是一个医生,什么东西对你来说是可怖的呢?"

"我不知道。大概是我从来没有看到过的东西。"

"你应该和长官们说。"我说道,努力显示出乐于助人的样子。

"当然。"拉德茨基一副出神的样子。

他们都不见了。王妃没有回来。施密德林也没有回来。摄政王仍然没有出现。我突然意识到这家的成员们行为如此怪异。我费力加入这些谈话,但从任何人那儿都没得到王妃假发的准确消息,它是自己滑落的,还是被人弄掉的? 我也没弄清王妃痛苦的性质。与她不幸的爱情有关? 他们既不能也不愿意说。尽管人们要是知道一些消息的话,通常会很快主动说出来的。他们控制不住自己。

管弦乐队演奏起音乐,舞会开始了。我不能透过翩翩的舞裙看到任何东西。我坐下来在想,我是马上离开还是留下来坐久一点。我希望听到重要的消息。我希望施密德林回来,讲完他的故事。我希望王妃也回来。

她回来了,戴着相同的假发。尽管微笑着,可是她沮丧极了。痛苦的深渊既在她内心的情感里又在外部的表情上延伸。我决定走近点,但不和她说话。甚至熟识的人,痛苦的时刻,我竭力避免和他(尤其是她)说话。王妃坐下来,两手托腮。好长一会,她只看着跳舞的男男女女——她的目光并不集中于特定的某个人身上,我注意到——她开始给自己扇扇子,好像突然脸红了似的。

她的扇子是中国制造的,扇子上用竹墨作画。长城位于扇子图案的中间,把扇子一分为二。在扇子的下半部分可以看到有序的稻田,勤劳的中国人站在稻田里,水齐到他们的膝盖。在左边离扇子的柄稍近离长城稍远的地方,一群官僚沿路前行,或许皇帝也在他们之中,只是我看不见而已。这群官僚经过的时候,农民们弯腰颔首。最后一排农民下方,是玛丽亚·奥古斯塔苍白而娇嫩的手。

在长城的另一面是一个大沙漠，它宽广的白色空间上零星点缀着长势不良的植物。

满是岩石的山在左边凸出来，尽管很难分辨在长城的哪一面。正上方一轮黑日（这个意象正是黑色），照亮或者使整个场景变暗。越过黑色的太阳和白色的天空之上的，是舞会、五颜六色的舞裙、打扮漂亮的舞者和音乐。

王妃啪地一声把扇子收起来，就像她展开扇子一样突然。然后一个仆人跑过来对我低语道："你的仆人在外面等你。他说情况紧急。"

我完全想象得到情况是如何紧急，要我借给他喝酒钱而已，我总是借钱给他，然后从他的薪水中扣除，然后借给他更多。我开始感觉自己是一个银行。在贝尔格莱德，有许多地方可以喝酒。我听说，至少有两百家酒馆。人们在到处豪饮。城里最好的地方据说是"黑鹰酒吧"。德国啤酒、匈牙利的葡萄酒、塞尔维亚的白兰地——在众多酒鬼的食管里一泻而下。我为什么要雇用这个人做仆人？难道不能要更糟一点的人？他不仅酗酒，不仅欠我钱，他还对我有许多粗鲁的言语行为。记得我曾经告诉过他，我捉弄老鱼嘴，玩得十分开心。说"鱼嘴"，当然指的是老鱼嘴本人。那是一个好人。但是我在哪儿？哦，有一天，在犹太人最神圣的日子之一，我在耶路撒冷，在老百姓之中。我偶遇老鱼嘴，当然，他没有马上认出我，但是我马上认出了他。因此我问他：

"你像谁，老鱼嘴？我看到过你妈妈，她有一张很好看的嘴。因此你的嘴一定像你爸爸的。哈哈。"

"打住，主人，这不是我们的协议。"诺瓦克打断了我。

"你什么意思？不是我们的协议？"

"我们达成协议,我为你服务,但不是听你的故事。"

"难道你没发现我的故事很有趣?"

"说实话,一点都不有趣。除此之外,我也不喜欢你把我们的主人叫作老鱼嘴。"

"主人?你说主人?我才是你的主人。并且我还给你12福林。"

"不,你是一个主人,但耶稣是主。你是我的主人,但耶稣是我们的主。"

那就是他总让我困惑的原因。我的意思是我的仆人是塞尔维亚的杂种。设想一下我是否愿意给他钱,让他保持清醒,让他吃点苦头。

当我在屋内大发脾气的时候,我发现了施密德林。我直接走向他,把他拖下来,拖到一个黑暗的拐角。我不想被拉德茨基或者调查团的两个白痴看见。

"男爵,"我说,"讲完那个尸体的故事。我一定要知道。"

"说实话,我没有亲眼看到尸体。那时,我正在维也纳。哦,那是在七月,修建卡莱梅格丹城堡的工作刚刚结束。费用大得惊人。你知道的,我是负责财务的主要长官。"

"因此,你不知道尸体的样子?"

"我知道,尽管我没有看到。有人向我描述过。我没有亲自看到,所以不能确信。你理解?"

"相当理解,但是告诉我别人怎么跟你说的。"

然而,我刚这么一说,我的仆人就出现在我身旁——我的不忠的仆人。

"主人,你必须马上和我走。"

"为什么?"

"因为我已经帮你找到了。"
"你这个傻子,你不知道我在找什么。"
我们说的是塞尔维亚语,施密德林不知道我们在说什么。
"但是我知道。你在找吸血鬼。"

第四章　下城区

1

施密德林吃了一惊,好像他都听懂了。

"你不会真的希望我去见吸血鬼吧。"我说道,腿开始发抖。

"当然不,主人。我计划让你去和那些看到吸血鬼的人谈谈。"

"那些看到吸血鬼的人……他们不是吸血鬼吧?"

"不,主人,他们是和你我一样的普通人,我是说,像我。"

"那么,没有危险?"

"没有,主人,一点都没有。如果用他们教我的方法,就没有一点危险。"

"什么方法?"

"你会看到的,主人。不要害怕。你知道,你害怕的时候身上会发出一股硫黄石的气味。"

"胡说。"我提高嗓门抗议道。

"现在不说了,主人。他们在下城区期待你的出现。或者如我们在塞尔维亚语中那样把它叫作 Lower Belgrade。"

我和施密德林告别,他不用再回答我的问题。他对此似乎感到很宽慰,接着我和我的仆人离开了大厅。

"穿暖和点,主人。外面很冷,还有雾。"

"还很黑。是你说这儿没有人晚上在外面溜达的。"

"我说过,但是我们有保护措施。"

他似乎确信——此外,他亲自和我一起来。无论我发生什么,也都会发生在他身上。他太喜欢自己的皮肤而不愿去冒险。我能确信这一点。

2

我们走出来,走进夜色和大雾中。不久,我们来到萨瓦河上的王宫的大门,进入卡莱梅格丹城堡的入口。这儿戒备森严,离城尚有一段距离。

微微残缺的月亮不时滑入云层后面。鹅卵石铺就的路崎岖不平,我们被绊得跌跌撞撞。我们沿着狭窄蜿蜒的小路前行。我承认,要是没有仆人引着我,我早就迷路了。尽管这些年他远离塞尔维亚和贝尔格莱德,他还是准确无误地穿越城市的大街小巷。我并不感到害怕,因为我们仍然在德国这边的魏斯堡。正如诺瓦克所解释的,吸血鬼在尤金王子的这边还没出现。很明显,与普通人不同的是,他们很敬畏两国的界线。

但当我们到达把我们同下城区分开的最外层大门的时候,我的心下沉了。军人们马上就让我们过去了,我们不能忍受了。前面是一片黑暗,我什么也看不见。看不见天空的月亮,看不见地上的房子。

"主人,用这个防身。"他从斗篷下面拿出什么,在夜色中很难辨认。但我可以闻到,是一串大蒜头。

"不要蠢了。你真的认为这些东西能防吸血鬼?"

"这些东西挽救了我们马上要见的那些人。"

"但是你难道不认为大蒜也应该保护人们不受我的侵害?"

"是的,主人。虽然防不了你,但不见得防不了吸血鬼。再说,挂在脖子上也没有什么害处。"

"当然没有害处,它是大蒜。整个事情都是很荒谬的。如果这就是你所谓的保护措施,我是不会用的。如果你顶多只能翻调料柜找东西保护我,那你还是饶了我吧。"

"为什么你不信任我,主人?我也挂上了一串。你真的认为我会把自己置于险境?我确信没关系的。"

"我不会的。"

"但是一点儿危险都没有。我们还有手枪。"

"我怀疑阻止他们的时候手枪更能发挥作用。为什么我们不能在明天白天见到那些塞尔维亚人呢?"

"他们是强盗。主人,奥地利人把他们当作土匪通缉。不过,他们很渴望见到你。"

"你还没有去告诉他们我是谁,对吧?"

"我已经告诉过了。我为什么不能告诉他们?"

"你疯了。你不应该四处传播的。我喜欢低调。"

"我承认,我错了。但是你现在得现身了。你不会让你的仰慕者失望的。他们已经干了这么多的坏事:谋杀、强奸、盗窃和虐待。见不到你对他们来说将是一件耻辱的事。"

"但他们自负、骄傲、吝啬、嫉妒……"

"是的,是的。"

"好的。把大蒜给我。"

"给你,主人。还有一件事。"

"什么?"

"嗯,我不知道怎样说这件事。"

没说别的,他就从斗篷下拽出什么。我简直不能相信自己的眼睛——是一个十字架。

"我要杀掉你。我发誓,我会的。"

"主人,请冷静。这只是一个十字架。"

"你想要我戴十字架? 想要我戴?"

"他们在一起很配的。真的,主人,他们教我的。没有十字架,大蒜起不了作用。"

"你想要我戴十字架? 我,跟十字架可是对头。"

"没有必要那样看它,主人。"

"然后又如何?"

"假如说罪大恶极的人要戴十字架,你对此怎么看?"

"我会说那是虚伪。"

"原来就是这么回事。"我的仆人得意扬扬地说。

"正适合你呀。"

"虚伪是一种罪恶。鱼嘴坚决反对的东西。他不是曾说过'你们这些伪善者就是粉饰过的坟墓'或者诸如此类的话吗?"

"啊哈,你也改口叫鱼嘴啦,发现没?"

"所以,鱼嘴不喜欢的事我觉得你没有理由不做啊。"

我必须承认,他推论得挺合理。我乖乖把这圣物戴上了。

3

街道一直向下延伸。黑暗中,我们信步前行,朝着谁也不知道的方向,但是向着一个目标。情况总是如此:毫无头绪,却总有一个目标。我的仆人带着我,在每一个拐角处停下来辨清方向,转过身,抬头看看黑漆漆的天空。

一步紧挨着一步,我们步入涌动的大雾和黑暗之中。周围一片寂静,除了我自己的脚步声,什么声音也听不到。他们在那儿,我知道他们在。吸血鬼。每一步都可能是最后一步。眼前我该怎么躲避?转身?继续?都没有什么不同。

我调试了一下手枪。

我们路过窗子。窗子紧闭。窗子后面可能有人。这些人睡得不踏实。但是我们什么也没看见。我们一直向下走去。沿着空空的街道,只有我的脚步声跟着我的脚步声,我的脚步声、脚步的回声、吐气吸气的声音、心跳的声音。我可以要求转身回去吗?不。可以要求走得更快些?不。停下来休息?但是停下来休息不是可以得到的答案。

"令人难以置信,今晚你有硫黄的气味。"

沉重的脚步声。心跳的声音。我闻到河流的气息。我们尽可能走远。城市看起来如何?河流呢?一定是黑色的。没有波光,没有月色。既然水面上没有波光闪现,那么水就不在那儿。水不独自存在。但我可以闻到泥浆的气味,听到绳子拉紧的声音。咯咯吱吱。我听到河水拍击船舷的声音。

一个身影。黑暗中一个灰黑的身影。

吸血鬼!

我紧紧抓住诺瓦克。

"有什么,主人?"

"吸血鬼。在门口,在正前方。"我捏紧他的胳膊,"吸血鬼。我说得没错。"

"啥东西我也没看见,主人。"

"我们走吧。"

"但是什么也没有,主人。"

末日来临。最终卷轴。

"不,我什么也没说,主人。"

波浪啪啪地拍在停泊的船上。那个身影在水面上俯下了腰,倾听嘈杂的波浪声。突然,它挺直了腰,也许是碰到了浪花,它向后退缩。很快,它消失了。

我们沿着河流走了好长一段时间,走得很快。我的眼睛不时瞟向肩膀。

"主人,你的眼睛在逗你玩呢。"

我们在沿河而上还是沿河而下?哎,既然我们不在河里,那就没有什么要紧。激流意味着什么也没有。河流向前流淌,带走了一切。但是我不在河里,它也带不走我;但是我不在河里,它既带不走我,也阻挡不了我。河流欢快地逆流而上,一路辛苦地顺流而下。

你不应该屈服,不要违背它。你应该置身事外。

4

酒吧以它所在的社区命名,土耳其语的意思是"面包巷"。酒吧没有招牌,但是我的仆人告诉我,这儿的每个人都知道它。透过大雾,我看不清它的内部陈设。人们十分推崇瓦拉日丁(克罗地亚西北部的一个小城市)香烟,在酒吧里心满意足地吞云吐雾。一张张粗糙的脸在打量我们。我们穿得过于正式了。此外,我们身上也没有异味。太奇怪了,在如此恶臭的环境中,人们为何总能察觉出那一丝古龙水的气息。这比在洒满香水的凡尔赛宫里能闻到一丝臭味还要过分。

"什么风把你吹到我们这?"一个人站起来问道。在这儿,他块头最大。

"我们来看望沃克和奥布伦。"我的仆人说。

"奥地利奸细。"另一个人站起来说道。他的块头也很大,眼睛躲在浓密的眉毛后。

"塞尔维亚的叛徒。"又一个人插嘴道。我不必说他的块头有多大。

他们围着我们转悠。我伸手去摸斗篷下的手枪,我能干掉一个,诺瓦克也能干掉一个。其他二十个人会干掉我们。一把手枪起不了多大的作用。我摸了摸大蒜。但是这些塞尔维亚人不是吸血鬼。那么十字架呢?嗯,他们毕竟是基督教徒。一个十字架很难保护我们不受老鱼嘴信徒的伤害。

"请看看这两个人身上的十字架。"

"还有大蒜。"

"这是不让吸血鬼近身的。"

"吸血鬼,奥地利人渣。"

"在他们看到我们为他们准备的东西之后,他们会希望那是吸血鬼。"

笑声。

他们在朝我们走来,不急不缓地,很高兴似的。我拔出手枪。我至少会干掉一个。

5

当他们走上科索沃之地,这片黑土已被墨色尽染。

人们突然止步转过身来。远处拐角处的阴凉下,坐着一个老人。他不可能看见我们。他是一个盲人。人们沉默地看着他。好一会,人们都静静地站着。一群人中有个人动了一下,朝老人走来,其他人跟在他后面。老人把手深插入他简陋斗篷的口袋里,拿出了什么东西。一开始,我也不能分辨是什么。

"他有一个吉尔斯!"

"一个吉尔斯。"

"他是一个吉尔斯演奏者。"

高兴的叫喊声。吉尔斯是一种不起眼的乐器,只有老人胳膊的前臂长。吉尔斯的一张小小的弓,几乎淹没在老人的一双大手之中。老人把吉尔斯杵在自己的大腿上,涡型的琴头抵住下巴,一边给弦抹树脂,一边对着顶端吹着。就在那时我才发现,这个乐器根本就没有弦。

就像身边没有人似的,老人轻快地走了起来。所有人的眼睛都盯在他身上。他们都已经忘记了关于我的一切。空气中弥漫着美妙的音乐。好像有一根弦真正存在似的,老人不断在弦上弹奏着,号叫着。然后他骄傲地把头向后一甩,他的喉结从喉咙中凸出出来。

老人轻快地走了起来,旁若无人一般。所有人都看向他而把我忘了。琴声一响,顿时回荡在空气中。无弦之音时而刺耳时而呜咽,好像真有一根弦似的,而且弦拉得很紧。老人和着旋律调整鼻音,然后他骄傲地把头向后一甩,差点把喉结从喉咙中甩出来。

"给我们唱首科索沃的歌吧。"

"唱我们失去王国那一段。"

"唱我们失去土地那一段。"

"老板,给老头上啤酒。"

"奥地利啤酒,老头,这是最好的啤酒!"

我和诺瓦克找了张门边的桌子坐下。我们不想找麻烦,还特地点了啤酒,坐在门边的桌子旁。自找麻烦是不明智的。我们又点了一份啤酒。

老人以他拉长的号叫开始——啊吧吧——然后开始叙述他神秘的诗篇:

> 灰羽之鸟雄鹰,振翅高飞
> 他带着小小的燕子
> 飞离耶路撒冷这个神圣之地
> 他不是一只鹰,长着灰色之羽
> 他是圣人,希伯来的先知
> 他也没有带来燕子
> 他只有一本书,来自圣女
> 他要带给科索沃之王
> 放在圣者的膝上
> 书自己张口,有什么话要对国王讲……

这些塞尔维亚人围在老人的周围,他们的呼吸寂静无声,他们的眼睛晶莹湿润。老人继续唱着,唱得更快,他的嗓音里的激奋之情在不断增加。也许是悲愤之情,这取决于听者对吉尔斯音乐的理解。壁炉里的炉火似乎跳跃起来,燃烧得更亮。

我注视着我的仆人。他在竭尽全力理解每一个音符,好像有不测之事要发生,好像某个十音节的台词突然就变成十二个音节,好像这停顿不是落在第四个音节,而是落在不同的音节。塞尔维亚民族音乐不会带来这样的意外——以前没有,将来也不会有。

然而恰恰是这首音乐挽救了我的性命。

我注视着我的仆人,想着他的事。为什么他要来给我服务?我本人,并不相信把灵魂卖给恶魔这类故事。有英国人写过这样的故事——是马洛,我确信。我最好还是不说那个糟糕的姓氏。我的意思是,谁会把灵魂卖给恶魔?没有人。给我服务的所有男人女人,他们每一个人在遇到我之前都破产了。此外,我也没有兴趣买走他们。像别人一样,我想要来自心灵的礼物,无价之物。哦,我晃荡许久,体力已经降到最低,还没有遇到一个人主动免费给我服务,不要任何回报。

我正在讲一个悲惨的故事,刚讲到一半,诺瓦克这样说道:"你在寻找爱,主人。"

"别傻了,"我回答道,"爱很容易得到的,我不是在寻找爱。"

"很容易得到吗,主人?这么多人在寻找爱,可是有多少人得到了呢?"

"很简单,真的。如果他们在到处找的话,那是因为他们不想找到。"

"你在自圆其说。"

"是又怎样?为什么不应该?哪里说了古人的想法就比现代人聪明?哦,你啊!总相信智慧是古人的,现代社会只会产生废物。"

"难道不是这样的吗?"

"当然不是。你真的认为,时间是如此强大,可以轻易把古代的垃圾变成现在的智慧?"

然后——我不知道为什么,考虑到眼下的这个话题——他告诉我他的生活经历、他离开塞尔维亚以及成为酒鬼的原因。他还成为了我的仆人。

他继续告诉我,他是一个富裕的、受人尊重的商人的儿子。富裕和受人尊重总是如影随形。当然,两者不是一开始就一拍即合的。首先只是富裕。然后随着时间的推移,富裕的人要受到尊敬。诺瓦克的爸爸是开明绅士,这对诺瓦克来说就不幸了。这个男人决定他的儿子要接受教育。于是他找了一个又一个家庭教师,教他儿子希腊文、拉丁文以及其他科目。这个孩子专心致志、学习勤勉——更不幸的是——二十岁的时候,他已经能和牧师、主教们高谈阔论哲学问题了。比如,我的堕落是不是嫉妒或缺乏爱引起的,在世界末日我会怎么样。这经常发生在爱管闲事的人身上——结果成为雇工。他的学习进展得很顺利:他学会了保管账目和资金,但是他不想进入这个行业。他只想去阅读——所有伟大的悲剧。这些悲剧充满澎湃的激情,每一个人物都在和别人恋爱,结局时大量的角色死去。慢慢地但肯定的是,他开始明白了。(要知道,实际上他从来不会告诉我那么多——是我自己理解的。)我的仆人诺瓦克明白,他的人生是毫无意义的,直到他谈了一场无望的恋爱。诸如此类的,就像在故事里一样。他已经把自己调整到哈姆雷特的心态。然而身边没有人去杀死那位父亲,母亲也早就死了,适合叔父角色的人把所有的钱都浪费在酗酒上,无论父亲何时出现,他都逢迎巴结卑躬屈膝。对于阴谋,这些已经足够。至于他的奥菲莉娅,我在他身边着实找不到合适的人选。不过后来他下定决心到巴黎之后,还真找到一位适合被绑架的候选人——这位姑娘很配合,甚至还愿意跟他私奔——但是他最终打消了这个念头。因为他无意中听到这位海伦的父亲扬言"谁要把她娶走,酬谢五份嫁妆"。他意识到,在这件事上,仅有包围特洛伊的战术是不够的。不久之后,他自己确信,他就是另外一个奥德修斯。然而缺少一个佩内洛普(奥德修斯的妻子)——即使许多塞尔维亚姑娘有熟练的手指纺织技术。("嗯,没有那么多。"他后来承认道。)他的父亲决定给他找个老婆,让他的计划见鬼去吧——我可以向你确认,我也应该知道,这句话不是事实。他的父亲给他找了对象,一个家境优越的年轻女孩,但是儿子不同意。他不同意,至少到他父亲威胁不让他继承遗产时他才同意这桩婚事。只是在那时,诺瓦克说一切见鬼去吧,然后就屈服了。婚礼如约而至,新婚之夜,可怜的姑娘又害怕又痛苦,诺瓦克既粗暴又愤怒。实际上,从那一夜起,他就对这个姑娘拳脚相加。他想,这全是她的错。因此,他诅咒她,对她又打又骂。

如果不是奥地利和奥斯曼帝国介入他们的婚姻生活,一切本来会波澜不惊地发展下去。1690年对塞尔维亚人来说是黑色之年。土耳其人击溃了塞尔维亚人,把他们远远赶到贝尔格莱德,以报复他们为哈布斯堡皇室效劳。贝尔格莱德本身受到彪悍的阿尔巴尼亚和鞑靼军队的攻击。在12月29日,这些军队越过萨瓦河和多瑙河,进入奥地利的领土。在随后的混乱中,就在人们逃生的时候,诺瓦克的妻子死了。她是淹死在萨瓦河中的。他告诉我,他妻子淹死的时候,他的内心啪的一声,有什么东西断了。("我能感觉到我内心有什么东西坍塌了。")——从那时候起,他就没有正眼看过其他女人,声称终止放纵行乐,除了酗酒。尽管他向我保证,酗酒不是行乐,不过我很难相信这一点。("为每一次揍她而赎罪。为每一次骂她而赎罪。")他的父亲死了,他喝光了最后一分钱,而不是接管爸爸的生意。就是因为如此,我才在佩斯的啤酒馆里看到他。

"为恶魔效劳?好的,我愿意。这正是我希望的,让我永受地狱之火的焚烧。我只配这种惩罚。"

"其实想一直被烧的话,自杀还方便点。"我答道,"不过,你为我工作的同时还能自娱自乐,你这个变态的罪人。但无论如何你得知道,你不能用一宗罪去赎另一宗罪。"

但是人们总是这样做,以一件坏事来为另一件坏事赎罪。他们毁掉了一个女人,大概是要挽回名声,于是他们参军,结果又杀掉许多人;或者他们的口袋塞满了金银财宝,却又赌博一输而尽;或者他们恋爱失败,从此下定决心不再恋爱。

但是诺瓦克要是没有读过书的话,这一切都不会发生。还没有书的时候,男人女人们对纯洁高贵的爱情一无所知。他们相信,真爱是唾手可得的。在读过书之后他们才明白,爱情这玩意儿只有最幸运的少数人才可以得到。记住我的话:所有这些烂作家和他们的烂书都该和我一起受炼狱之火的焚烧。这些书就是罪魁祸首,因为读了这些书,人们不再相爱,总是期待下一个会更好,他们目光飘移、摇摆不定,这山望着那山高——不用质疑他们是否配拥有真爱,或者正如格言所示:得之应得。这些男男女女越受煎熬,越觉得会得到更美好的爱情。这样一来,自然我就生意兴隆。所以我不仅单纯地喜爱书籍,更钟爱这些读书人。

人们抽着烟,喝着酒,谈论着科索沃战败,那一晚的时间在渐渐流逝,可是匪徒还没有到来。我突然想到,他们或许被吓跑了。实际上,这样的事情时而发生:一些十恶不赦的罪犯——杀人犯、强奸犯、国王和诗人——看到我就吓坏了。从未对恶行心生恐惧的人也无法直面邪恶本身。我常常想知道此中原因。当然他们错误地把我当作完完全全的邪恶化身,似乎我别无其他。这些愚蠢的人,他们根本不懂:如果我是纯粹的邪恶,那么我就是上帝。因为上帝太上帝,所以他或许只剩善良,这等同于只有邪恶。上帝之所以是上帝,原因在于上帝是纯粹的同一体——我们所有人,无论是天使、孩子,还是我本人,都是善与恶的混合体。至于个体的混合比例,则完全是另一个问题。这些男女,纵是人类中的极恶之徒,也惧怕这种纯粹的同一体。无论它代表善还是恶。所以他们不敢直面上帝,亦不敢直面于我。

此外,他们惧怕我还出于另一个原因。我相当确定,那就是他们的邪恶无法超越我。这些人类只会害怕比他们还邪恶的人。他们只害怕比他们更暴力的暴力、比他们更残忍的残忍、比他们更邪恶的邪恶。

"有必要这么等下去吗?"我问诺瓦克。

"你别指望不法之徒能守时。"他睿智地答道。

"好的,我们留下来,一人再喝一瓶啤酒。"我说。

我们点了啤酒,诺瓦克全神贯注地听着吉尔斯乐手的演奏,我没有找他闲聊。我的眼睛在房间内扫视,想找到个有趣的人。

我没有找到。

那时我已经喝得够多的了,就告诉诺瓦克继续等下去没有意义,该走了。诺瓦克勉强站起来,毫无疑问,不能再欣赏吉尔斯演奏令他很不满意。我们向门走去。我说:"我们刚刚听的那个乐器,我一定要在地狱里配一个。如果想听噼里啪啦的燃烧音效,可以用吉尔斯代替。"让我惊讶的是,诺瓦克眯起眼睛,什么也没有说。

但是在门口,两个身材矮小的人不知从什么地方突然冒出来:一个是罗圈腿,嘴唇上长满了胡子;另一个也是满嘴胡子,不过是秃顶。

"你是那个坏蛋吗?"秃头问我道,他话带有颤音。

"我就是,"我答道,然后,为了给出颤音事实,我补充道,"对的。"

"那么,就是你想要见到我们。"罗圈腿说道。我不知道他的颤音听起来如何,好像他话语中根本不带有颤音。

"这些都是你手下的强盗?"我问诺瓦克。他皱起眉,向桌子示意。我们都坐了下来。

6

这就是我的人。据他们说是。

因此我们四个坐下来。我率先打破沉默。

"那么,说说你的事吧。"

"先给钱吧。"

"钱!"

多么奇怪,好像他们说的是两回事。我把钱包放在桌子上。

"那么现在说你的故事吧。"我说道。

"嗯。既然你想要听……故事是这样的……"

我们都凑近桌子,身子向说话人倾去。

"奥地利人派了一个收税员沿路而下,还派了两个士兵和他一道。"

"有人告诉我是四个士兵。"我插话道。

"两个也好,五个也罢,那没有什么关系的。我们知道这个收税员喜欢喝酒,士兵们也喜欢喝酒。因此,有个早晨很早的时候,我们就在路旁埋伏起来。他们总是走那条路。收税员会从那条路来的。"

"因为那是唯一的一条路。"另一个强盗说。这一次,我还是没分清他的颤音。

"我们知道他们会醉醺醺的。那天也是大雾,跟今天一样……因此他们抄不了近路……上午过去了,我们还在等。下午过去了,也不见他们来。我们前往客栈。然后,我们看不到一匹马。所以,他们上午就走了。"

"这个我们没料到。"另一个人说道。话语中没有颤音。

"我对你预料到的事或没有预料到的事并不感兴趣,那不重要。"我说道,尽力要让这个故事进展得快点。

"没错。所以我对他说:他们已经走了,在雾中迷路了,这些酒鬼。我们要在他们后面追吗?"

"我们追吧。"

"因此我们沿路出发,不时左顾右盼。走啊走啊。一会儿之后,大雾消散了。我们开始在太阳下暴晒。"

从施密德林的叙述中,我弄不清收税员失踪是在那天中的什么时候。

"我们都渴了。我说,我们要回到客栈去吗?"

"我们回客栈吧。"

"我们喝了点酒,像体面人一样付了账。我们离开客栈,沿路返回。他们可能已经掉头回来了。又或是由于喝醉酒走错路,所以原路返回。因此我们往回走。天真热,我们骑着马,我们在大热天的中午骑啊骑。我问他们要不要回客栈。"

"我们回吧。"

"我们又喝了两杯。或许这会儿他们已经找对了路,走到马路上了。所以我们又左右张望,还是不见他们的踪影,就好像他们人间蒸发了一样。"

"那么你认为你们得回到客栈?"我主动提议道。

"我也是这么提议的。我说,我们回客栈吗?"

"回客栈。"

"那么我们再喝两杯。"

"两杯。"

"喂,我们还从那条路回去?如果他们是今天早晨出发的话,他们已经把我们甩掉了。我们还在那儿左顾右盼。什么也没看到,一个人也没有。我们要回到客栈吗?"

"回客栈吧。"

"因此我们回去了。客栈老板说:我们的酒都被你们喝完了。不是我们,我们一点儿都没喝。老板说是你和楼下的那拨人。那么,那拨人是什么人呢?天哪,这些奥地利人。在楼下?在地窖中?那么马呢?马在哪儿?他们叫我把马拉到草地上,让它们随意吃草。地窖。我们下到地窖去。士兵们醉得不省人事。收税员的眼睛还睁着在。我们割开他的喉咙。我们拿了他的钱。士兵们我们动也没动。那种情况下,我们不能拿他们怎样。"

"如果他们眼睛没有睁开,我们不能这样做。"

"除非那个人在看着你,不然你不能割开他的喉咙?"我问道,真的不清楚他的意见。

"我们不能这样做。我们努力把他们叫醒。但他们喝得太醉了。"

"就像死了一样。"

"我们搬走收税员的尸体,把他埋掉,这样就没有人能发现了。"

"什么时候能说到吸血鬼啊?"我问道。

"啊,就快说到了,恶魔先生。"

"说下去。"

"一年后,有个人死了,我们把他埋在同一个地窖中。奥地利人……"

"我们自己人,这些上尉……"

"没错。上尉们发现了他。是我们给他们通风报信的,你不知道?"

"是的,我不知道。"

"因为这个特殊的人……"他说,因为他的口音中有颤音,他咯咯笑起来,继而哈哈大笑。

"什么事这么有趣?"我看着诺瓦克说道。但是他耸耸肩,也是一副茫然的表情。说话带颤音的那个人,站在肮脏的地板上笑得上气不接下气。另外一个人沉着一些,仅仅坐在原处笑得前仰后合。隔壁桌子的人听到了他们的笑声,隔壁的隔壁的桌子的人也听到了他们的笑声。一瞬间,还不够我回忆完最近做的十件好事的时间,整个啤酒屋里,塞尔维亚人爆发出哄堂大笑。

"那个人,先生,那个人是……"话还没说完,他就倒在了地上。

我明白了。这个人与那个收税员很像。他们利用这个刚刚死去的人,把他弄成那位收税员的样子。所以本该死了一年半载的人看上去像刚死没多久。所以施密德林一直说:这具尸体保存得特别好。

我用手敲打桌子。哦,那就是吸血鬼的故事——纯属子虚乌有。正因为如此,他们消失了。

我的钱包也消失了。消失的还有强盗。

7

至少我可以停止担忧,尽管他们把我盗窃一空。不过话又说回来,一切行为都是要付出代价的,无论你是在找那些存在的东西,还是在找那些不存在的东西。这起惹起轩然大波的事件,起因于那两个人发不好颤音。这件事居然都传到了远在维也纳的皇帝耳中,更不要说我本人。

如果目前的情况如此,我可以返回维也纳,再从那儿到巴黎。巴黎有许多事情等待我去做。和塞尔维亚人打交道只是临时的消遣,也只是让我暂时受挫。我唯一的遗憾是没能和那个图尔恩和塔克西斯城堡的优秀的玛丽亚·奥古斯塔待在一起。但是我既然想到了,为什么不去和她待在一起呢?我在贝尔格莱德再待了一个月左右,去迎接那个早已苍老的人,巴黎的事务不会变得更坏。真的,为什么不去和她待在一起呢?

我告诉诺瓦克我们可以走了。

我们走进雾中。现在雾淡了些,即使天还没有亮。我们走在街道上,我以为我们走的还是那条街道,但是,路面有些上抬。诺瓦克走得很快,没有说一句话。我不知道他是对没有吸血鬼感到失望,还是对发生的事情一无所知。或许他依然陶醉在吉尔斯乐手演奏的旋律中。我本人对民间传统有浓厚的兴趣。我听说塞尔维亚民间有许多讲述圣·萨瓦和我,以及我和我徒弟的故事。对于内心不喜欢我的故事讲述者而言,这样的故事太糟了——只是在这些故事中你会发现我在装傻。我从来没有碰到过圣·萨瓦,我也从来没有雇用过徒弟。我所有的只是仆人,正如现在一样——一个仆人,而不是徒弟。因为徒弟想要学习,有朝一日要接管店铺。而仆人只是想把他的雇佣期做满,不想有别的打扰。

"停——停止!"传来刺耳的命令。我吃了一惊,朝四周看了看,但是只能看到雾。

"主人,是大门口的警卫。"

我用德语答话,告诉警卫我是谁,要求他放我们进入魏斯堡。

他向我们要口令。

"什么,口令?"

"嗯,你懂的。"

我看看诺瓦克,诺瓦克看看我。

"现在,我们进不了德国那边了。我们不知道口令!你没有告诉我还要口令。作为仆人,了解这样的事情是你的义务。"

"不要难过,主人。让我们等一会儿。从德国那边来的人,有我们认识的,他们能够为我们担保。"

"有人认识你,你这个白痴?没有别人,只有施密德林和拉德茨基,他们不会来的。确切地说,拉德茨基会的,不过要等到调查任务完成才会回来。"

"喂,看!"

"不,我不看。假如他们出来,届时我们应该怎么做?"

8

我怒不可遏地站着,咒骂我的仆人。这个蠢货!

雾还是很大,天色昏暗,我只能看到前面几英尺远。坐在门外等待,是多么丢人。无论你在等什么,任何等待都是丢人的。我得去一个地方,但是去什么地方呢?我伸长脖子朝四周瞅去,不想跟诺瓦克说一句话。但是诺瓦克首先跟我说道:

"有人来了,主人。"

我什么也没听到,于是对他的话置之不理。但是他又说道:"相信我,主人,有人朝这边来了。"

于是我又侧耳倾听,但仍然什么也没有听见。我鄙视地瞥了他一眼。但是他以坚定的语气说道:

"主人,我确信有人来了。"

很快从雾中走来一对牛,牛后面是一辆车,车里坐着一位农民,手里拿着一根柳条。车越来越近,但是还是没有什么声音。这个农民不时地扬起柳条,朝牛身上抽打,但是听不到咔咔的声音。

"我们要和他一起走吗?"诺瓦克问道。

"去哪儿?"

"你什么意思?你肯定听到他问我们要不要去塞洛。"

"不,我没有听到。"我一定是疯了,"那么,为什么不去呢?"

他停下了车,我和诺瓦克爬了上去。我坐在赶车人的旁边,诺瓦克坐在我的后面,脸扭了过去。

没有人说一句话,至少我没有听到有人说一句话。我的心头涌起一股不快。每当我感到不快,我总是注意我身边的小东西。这股不快首先占据了我的注意力,然后占据了我的思维,很快我什么都不再想了。此刻,我刚刚发现的小东西,就是这个农民放在大腿上的一个包裹:它是皮质的,但又旧又破。里面好像有什么东西,是我看不清的东西。

我们坐在车上行进了好长一段时间。一路上只听到我和诺瓦克在座位上动弹的声音。雾依然又厚又浓。

如果我是别的什么人,我会以为这份静谧完全是黑暗之力的成果。实际情况是,我只能朝相反的那面怀疑——可以这样说。

我清了清喉咙,只是想弄出点声响来。雾似乎变得越来越厚,路一点儿也看不见,这个农民似乎仅仅是凭记忆在赶车,或者是牛沿着它们心中熟记的路在走。大雾中一度闪出光芒,太阳一定在东方冉冉升起,它的光芒照亮了大雾。此后不久,太阳可能又退下阵去,我还是听不到任何声音。

我们前进的路突然被一个设防的小门挡住。门两边伸出低矮的防护墙。防护墙是由木质栅栏做成的,和一个矮小的男人差不多高。

"他们把这叫做场线,"诺瓦克说道,"它保护着塞尔维亚人的小镇。"

不知什么原因,门打开了。我们通过大门,大雾中渐渐填满光线。

在大门的另一端,我们的路被一条小河挡住。这个农民呵斥牛往前走,但是牛畏缩不前。牛车一进入水中,我们就沉入泥中。我们坐在那儿,一动不动。这个农民在座位上动个不停,既不想打到牛身上,又不想下车把牛牵过去。最后他下了好大的决心走下车。这就是我一直等待的时刻。他刚下车牵起牛,我就抓起他一直紧紧拿着的包裹。我迅速解开绳子,打开包。

里面是一块锥形糖。我受不了诱惑,在糖的上端轻轻咬了一小块。当然,毫不奇怪的是,糖很甜。我迅速把糖放回包裹中捆扎好,把包放回原处。

这个农民还在摆弄着两头牛。诺瓦克过去帮忙。两个人一起努力,才让牛重新往前走,把牛车从泥潭中拉出来。我们到达河对岸的时候,诺瓦克和那个农民才爬回车上。

我们还没有走太远,这时,诺瓦克郑重其事地宣布道:"我们到了。"

我们从车上跳下来,那个农民消失在大雾和夜色中。

"那个农民真是个好人。"诺瓦克说道。

"你知道的,我讨厌好人。"

"但是你会和他们一起乘车。"

"我当然会。我喜欢利用好人。从各方面来讲,整个事件令我相当难忘。"

9

我精疲力竭,在路边的一块大石头上休息。石头表面粗糙不平,坐上去相当不舒服。但是比乞丐一般蹲在泥地上要强许多。我总是认为,就凭坐的位置就可以区分出主人和仆人:无论是多么不舒服,主人永远是坐在某个东西上面;而仆人却是坐到什么东西里面去。诺瓦克再一次证实了这个法则。我俯视着他,问道:"我们现在在什么地方?"

"嗯,在塞洛。"

"哦,那么离卡莱梅格丹多远?"

"我不能肯定有多远,主人,不过我以为,离我们走出的大门,要足足步行一个小时。"

我心想这也太远了。我们不应该偏离要走的路那么远。既然我累了,最好休息一下,或者小睡一会儿,然后我们返回至卡莱梅格丹城堡的大门。这点儿距离,乘车毫无意义。雾在慢慢消散,月亮虚幻的光泽正被实实在在的光亮所取代。我不喜欢早晨,我知道这个早晨没有什么不同。就在我坐着陷入沉思的时候,我听到了马叫和其他一些很大的声音。

"有人来了,主人。"

"我知道了。"我敏锐的听觉恢复了。

我朝四周看去,但是没有看到什么地方可以躲藏。从诺瓦克脸上惊恐的表情我可以看出,他感到情况不妙。我拔出枪,冷静地说道:"他们要是土匪,我们就奋起反抗;他们要是好人,我就自我介绍,和他们认识一下。"

"介绍成恶魔,还是介绍成奥托·冯·豪斯伯格伯爵?"

"别蠢了。即使我自我介绍是恶魔,谁又会相信我?他们会认为我疯了。这样的事以前发生过,你是很清楚的。我真受不了你装傻。"

几个人骑着马离我们很近了,很清楚,他们不是强盗。他们穿着盔甲,带着假发,毫无疑问,他们是奥地利人,而且是奥地利贵族。我悄悄把手枪塞进斗篷下面。

中间那个骑马的人,和他的同伴们不同,没有戴假发。他把头发留得非常短,几乎剃光了。他的脖子长得像是公牛的脖子,他手掌粗大有力,几乎可以轻易推倒一匹马。从外表看来,他穿衣服时很仓促,而且不修边幅。他身材肥硕,但是肌肉发达。他走到我的面前,我这才注意到,一条疤痕从他的左耳一直延伸到他的头顶。他不太年轻了——或许有五十岁了。

他的左边是一个骑马的老人。无论是他假发黝黝的色泽,还是他笔直的坐姿,都隐藏不了他的实际年龄。他的穿着一尘不染光鲜夺目,一条高贵的深红色的披风拖拽在马后,轻擦着地面。

他的右边是一个年轻人,几乎不到二十岁,脸上也有一条疤痕。他蓄着密密的黑色胡须,我马上知道他是塞尔维亚人。他穿着大尉制服。

这三个人后面跟着十来个人,都是全副武装。队伍后面是几辆有篷大马车。

一看到他发出的信号,骑手们都停了下来。他看了我一会儿,然后说道:"你就是恶魔?!"

你说对了,我想。但是我大声说道:"我是恶魔,奥托·冯·豪斯伯格伯爵。"

"你不要愚弄我了。你现在似乎处境困难。很难料到你就是恶魔。不过话又说回来了,我对你并不陌生。"

"别人叫我伯爵。"

他开怀大笑,然后命令道:"给恶魔一匹马。"

"还有仆人。"我补充道。

"给恶魔和他的随从。给他们马,越快越好!"

他并没有自我介绍。他们没有一个人自我介绍。这样的举动表明,他们要么极端自信,要么极端不自信。后者耻于提到他们的名字,也就是,他们认为自己根本不值得拥有名字;而前者却认为所有人都知道他是谁。

他们给了我一匹母马,这匹母马驾驭起来有点儿困难。很显然这匹马不习惯给人骑,而且这一点很明确。我们都出发了——我得费些力气让母马不掉队,其他人则毫无困难地前行。

我们朝着贝尔格莱德的方向前进,把塞洛丢在了身后,我一直想弄清楚这个人和他那些稀奇古怪的随从的身份。他一定是某类贵族,那个穿深红色衣服的男人也是。我突然想到,弄清楚他们身份的最好办法,就是把施密德林男爵的名字挂在嘴上,然后再看看对话怎样进行下去。于是我大声说道:"昨天,就在我和施密德林男爵说话的时候……"

"哦,和施密德林男爵谈话的人是你?"那个刀疤男打断道,"他一定告诉过你,不要叫我首长,就叫我塞尔维亚摄政王。"

那么,这就是塞尔维亚摄政王亚历山大·符腾伯格,尤金王子领导之下的大指挥官,也是那个美丽而长期遭受折磨的女子的丈夫。

"施密德林真是个蠢驴。"我愉快地说道。

"是的,"符腾伯格笑道,"但是不要想以我的头衔去关系到政府。"

我无语了。很多时候我得忍受他人的这些行为,这是多么地使人痛苦。难道他们不读书？比如《新约》。《新约》不是讲得很清楚我是世界之王吗？难道那个邪恶的犹太人老鱼嘴，还有另一个邪恶的犹太人保罗不是亲口说过吗？人们总是不相信他们信仰的教义。这儿有个小官僚在称呼的细枝末节上教导我——注意，我，可是世界之王。一方面，他是上帝；另一方面，他是政府首长。

"陛下，今天的打猎还成功吗？"我这样问，只是为了打发时间。

"不太满意。"

他开始大谈特谈他打猎的琐事，好像这些琐事是真正的战斗，完全置国家的命运不顾。我认识的许多国王与王子、许多国家许多时代的统治者，我发现他们都有一个共同点：他们都认为他们的个人事务和消遣娱乐是世界上最重要的事情。他们自以为他们的爱好、打猎、男女私情和舞会是如此重要，需要认真对待。与此同时，当谈到治理国家、管理人民的时候，他们却几乎显示不出任何的勤奋与关心。

他继续夸夸其谈，但我却不在听。没有其他好事占据我大脑的时候，我自然去密切关注这位骑马者和一个士兵的谈话。他们说到1716年贝尔格莱德战争的胜利。这个长着胡子的塞尔维亚人解释道：

"我们得在土耳其援军到来之前控制城堡。很快，我们在多瑙河上建起了一座浮桥，你知道谁是第一个通过浮桥的？我们声名赫赫的王子——塞尔维亚摄政王——亚历山大·符腾伯格。然后我们朝弗拉查尔进发，布下第一道战线。我们集中了所有的火炮，组成了一个密集的炮阵，进行了一阵又一阵的轰炸。我们曾经成功摧毁了下游城镇的一个弹药库。我们的工程兵周密计划了对城墙进行攻击。占领任何城市，过程都是一样的：集中炮火射击摧毁城墙。与此同时，步兵用泥土、碎石——任何能铲起的东西——去填战壕。"

"关键之处不是穿过城门吗?"我问道。

"不经常,根本不经常。最好不动城门,最好让它完好无损。通常城门都有保卫小分队。部队可以通过城墙上面的洞口进城。"他回答道。

"但是当你在城墙上炸出一个洞口的时候,防守部队不会在这儿加强防卫力量吗?"

"先生,很显然你不熟悉围城战术。正常的惯例是,一旦城墙被打开,守城部队是有机会投降的。如果他们接受投降,城市不会遭到洗劫,守城部队有机会在武装人员监视下离开城市。"

"你把这样的条款给了土耳其人?"

"不,我们的大炮从来不会在城门上留下一条划痕。"

"那么你们是怎么占领贝尔格莱德的呢?"

"哈利勒·帕夏派来的援军到达贝尔格莱德。但是由于卡莱梅格丹城堡守军指挥官穆斯塔法·帕夏切利奇命令摧毁所有的桥,以防止部队逃跑,这支援军没能进城。他们在'面包巷'挖战壕隐蔽起来。8月16日午夜,我们把部队隐藏在小湿林。"

"小湿林?"

"是的,那是村庄的名字。我们第一次冲锋就冲垮了他们的防守阵形,至少我们的右翼部队冲破了他们的阵形。然后土耳其的骑兵仿佛复活了,他们几乎就要扭转战局。就在那时,一场大雾降临在我们周围,四周模糊不清。我们站在那儿等待,土耳其士兵也是如此。我们的将军们耐心等待着,希望雾第二天早晨再结束,然后天一亮就发动进攻。但是萨瓦欧根亲王命令我们立即进攻。大雾中,我们的两翼失去了呼应。土耳其人很快意识到发生了什么事,然而尤金王子和他的第二道战线冲入战斗,一路打到土耳其人的第二道防线。唯一挽救我们的，是他令人难以置信的勇气。要是你能看到他战斗的英姿就好了，勇敢地冲过大雾和黑暗，冲向土耳其士兵。就是这个尤金王子，法国的路易十四拒绝了他参军的请求，理由是他身材矮小。从来没有一个可以和尤金王子匹敌的人。我们的摄政王也参加了这场战斗。在维也纳，有流言说他受到了尤金王子的特别保护。但是你可以看到他的头部在那场战斗中受伤了，他吃尽了土耳其士兵的苦头。如果你期望从特别保护中得到这些的话，你可以保留你的意见。搬弄是非的人比起敌人的拳头和刀剑，给我们的摄政王带来了更多的伤害。我们杀死一万五千名土耳其士兵，占领他们全部的营盘，哈利勒帕夏后撤了，一直到尼什才停止逃跑。穆斯塔法·帕夏切利奇仍然拒绝投降，我们再次攻打他。两天之后，卡莱梅格丹要塞的指挥官才签署投降书。那就是这个要塞从来没有被占领的原因。我们在要塞外攻打土耳其人。根据投降书的条款，城内的守军和任何残存的土耳其士兵，都被允许带着他们的妻子儿女、包裹武器等任何能肩扛手提的东西前往奥斯曼。"

"我明白。"我说。

"现在，我们建立了一个更加坚固的城堡，这个城堡不会有人能攻破。"他肯定的话语从密密的胡子里传出来。

有人开始背诵经典希腊作品："唱吧，缪斯，唱出阿基里斯、珀琉斯的儿子，唱出他的愤怒……"

同一个声音继续说道："也没有城市能经得住围攻？"

我转过身来，在我身后的是一个披着深红色斗篷的男子，他紧闭嘴唇的样子表明了他根本没有说话。然而，他似乎并不是没有话要说。实际上，这个男子看上去有许多话要说，但是他嘴唇紧闭，以便看上去显得严肃庄重。人们通常误以为沉默是做重要决策的征兆,或者是深思熟虑生命意义的标志。他的沉默就是如此。

"既然你把你的国家从土耳其人手中解放出来,那么你感到高兴吗?"我用塞尔维亚语向这个小胡子塞尔维亚人问道。他显然惊讶于我会说塞尔维亚语——他的眼睛睁得大大的。他取出一包烟叶,开始填他的土耳其长烟管,以此来搪塞我的问题。他的马训练有素,他也没有漏下几粒烟叶,他是个填充烟叶的老手。

"地狱里怎么样?"这个问题是摄政王问的,不是这个塞尔维亚人问的。

我回答道:"地狱里很冷,太阳不暖和,地狱在比北方更北的地方。那儿是永恒的夜晚,没有星星,没有月亮……"

"先生,我是个商人。在我看来,最好的就是获利最多的。"小胡子说道。

"……无边的黑暗,披风似的裹着它,"我继续说道,"从来就没有光亮,没有使人高兴的光线落在住在那儿的人身上。"

"黑暗。"摄政王断定道。

"是的,看不清一个东西。"我回应道。

"如果看不见东西的话,那算不上一种惩罚。"符腾伯格说道,一副睿智的样子。

"陛下,知道就足够了,不必要真正看到。"

"但是多数人是十足的傻子,仅仅知道他们看到的东西。"这个意志坚强的政府首脑继续说道。

"地狱没有那种人。"

"哦。"符腾伯格陷入沉默。

我有机会和小胡子继续交谈。

"那么你叫什么名字,年轻的勇士?"

"伊萨科维奇,先生。"

就在他说出他名字的时候,披深红色斗篷的男子,几乎很生气地朝他皱起了眉头,好像他泄露了一个不能让陌生人知道的秘密。伊萨科维奇吓得往后直缩,然后策马前行。他又掉队了,结果披着深红色斗篷的男子落在了我们之间。很明显,伊萨科维奇不再被允许和我说话了。我想,如果伊萨科维奇害怕斗篷男子超过了害怕我,那么斗篷男子究竟拥有何种权力?

我们到达了那条小河,来到了低矮木墙的门口。我们准备进入塞尔维亚人那边的城区,就在那时,一个士兵大声叫了一下,城门旋转开了,我们涉水越过小河,策马疾驰,穿过城门。

诺瓦克和我并排而行,对我说道:

"你为什么要跟那个队长说话?他一直鱼肉自己的同胞。他从自己同胞那儿窃取,再献给奥地利人,他一直在中饱私囊。土耳其人被赶走了,他是否高兴?""你为什么要这样问?"诺瓦克似乎认为伊萨科维奇迟疑回答我的问题,是因为别的原因,而不是由于穿深红色披风的男子。

"为什么不可以这样问呢?"我说道,装作无辜的样子。

"他当然高兴,他可以回到偷窃的老路上。在土耳其人统治下,他可不能干着偷窃的勾当。"

"你呢?塞尔维亚从土耳其人手里解放了,你高兴吗?"

"这是很难回答的问题。"

"哦?为什么?"

"因为这要取决于你的期望。"

"期望?塞尔维亚被奥地利人统治了足足有二十年,被土耳其人统治得更久。"我说。

"我不是这个意思。是这样的:如果你期望最低,比最低好一点儿,你对得到的就心满意足了;如果你期望最高的,有一点儿没达到最高,你都觉得很糟糕。"

"是这样吗?"

"一旦土耳其人被赶走,塞尔维亚人总是期望最高的。"

"然后他们的期望就破灭了。"

"是的,但那不是全部,我的意思是,最糟糕的就要来了……"他又停了下来。

"我在洗耳恭听。"

"奥地利人不会在塞尔维亚待太久,土耳其人会卷土重来。人们在期望最糟糕的。"

"还有呢?"

"地狱里怎么样?"摄政王问道,好像他完全忘记了我们不久前的交谈。他的问题让我措手不及,但我努力保持镇静,答道:

"地狱里太热了,热得比南方还要南方。太阳从来不落,一切东西像被点燃了一样,一切东西像随时会烧起来。天空是黄色的,没有阴凉,没有影子。阳光从来不曾熄灭,也不减弱,让人几乎睁不开眼。"

"如果你看不见东西,那是什么样的惩罚?"他问道,好像他以前从来没有问过。

"没有必要看到。知道就足够了。"我假装附和道。

"但是许多傻子仅仅知道他们所看见的。"我几乎不能相信自己的耳朵。

"真的,陛下,这些傻子就在地狱里。"

"土耳其人不会再犯他们五十年前犯下的错误,"我的仆人插嘴道,"既然土耳其人因为奥地利人的事要报复塞尔维亚人,那么这一次离最糟糕的就不远了。你明白吗?"

"不完全是这样。"

"期望太高。对于塞尔维亚人来说,奥地利人似乎就是凶猛的野兽,土耳其人似乎是温柔的小羊。对你来讲,生活就是这样:你期望好人做最好的事,你总是失望;你期望坏人做最坏的事,结果总是有些惊喜。难怪我们周围有这么多的恶友。善行很难开花结果。这多不好。"

"你在暗示什么吗?指的是你冒失的仆人?"

"我不懂,"符腾伯格插话道,"天气寒冷,没有太阳,还有天气炎热,太阳闪耀,从来不落。地狱里没有一个傻子,地狱里到处都是傻子?到底哪一个是真相?"

"都是。"我答道。

城门伫立在我们面前,守卫着通向德国那边的大道。就在我们要通过尤金王子的防线的时候,我注意到穿深红色披风的男子不见了。

第五章 卡莱梅格丹城堡

1

我叫玛丽亚·奥古斯塔,是图尔恩和塔克西斯城堡王妃,前塞尔维亚摄政王符腾伯格王子的妻子。我有三个儿子,都跟我丈夫的保护者尤金王子姓。我有一个女儿,叫卡特琳娜。我在1730年来到塞尔维亚贝尔格莱德,在1737年初离开。几个孩子都是在我离开贝尔格莱德之后生的。

你问的那个男子,是在1736的秋天在贝尔格莱德由别人介绍给我认识的。据说他早一天到场,但是我第一次看到他的时候,他正由施密德林男爵带领着参观卡莱梅格丹城堡。

他看上去怎么样?普通,相当普通。中等身材,棕色的头发和眼睛,没有明显的特征。不,他不跛腿。他一口纯正的德语,以及塞尔维亚语和匈牙利语,这点别人已经告诉过我。我知道他在读一些法语和英语书。不,他并不让我觉得可疑——实际上,那时我认为遇到一个受到过良好教育的人机会难得。

你想要我原原本本告诉你发生的一切?

抱歉,我的耳朵不好使。

不要遗漏任何一个不重要的细节?

你会决定什么重要什么不重要?

夏季渐渐远去,而阳光明媚,天气炎热,真是很特别。在这样的日子里,我独自去散步。我喜欢独自一个人绕着卡莱梅格丹城堡散步。我穿过城门,爬到河流左边的岬角。我站在岬角上,目光越过萨瓦河和多瑙河交汇的地方,投到两条河流远处边上的土地上。与此同时,尽管我现在知道,但当时并没有意识到,这儿是观赏欧洲第一和最佳的场所。我要解释吗?我说第一,是因为这儿是欧洲起源的地方;我说最佳,是因为你置身欧洲之外,有时候你会遗憾不能进入欧洲,有时候你又高兴不在欧洲之内,这样,你才能真正理解欧洲的意义,才能理解他真正的脆弱和强大之处。你不理解我的意思?不要紧。

我站在那儿,俯视着萨瓦河和多瑙河。这两条河是不同的。萨瓦河是棕色的,多瑙河蓝色更多一些。我想知道,河流的颜色是否取决于它们的长度,它们的水质是否要它们流得足够长才能得到净化?或者水质的净化要取决于河流流经的地方,取决于它们流经的岩石和泥土,取决于涉足水中的人群?净化是不是长期奋斗的结果?是不是流出河床、一路蜿蜒的结果?还是随着激流无忧无虑轻轻松松漂浮而来的结果?一条河流从源头到终点一成不变,没有任何东西能改变它的进程吗?

不重要的细节?哦,你是唯一一个问整个事件过程的人。

就在我站在那儿思考的时候,施密德林男爵打断了我,他带着四个人向我走来。其中三个是吸血鬼特别调查团的成员,第四个是冯·豪斯伯格。

不久,前三个人和施密德林一起离开了。但是冯·豪斯伯格,不管他叫什么名字,还是留了下来。他主动提出要陪我在卡莱梅格丹城堡周围散步,我同意了。我们在灿烂的阳光下散步,低声交谈着。不,我们没有谈上帝。尽管……我记得冯·豪斯伯格在后来另一个场合说过的事。他说:

"关于上帝,没有什么可说的。他自己都已经说过了。"

那重要吗?我要继续吗?我问他这样说什么意思,他回答道:

"他把世界说成是一种存在。有光,有这个,有那个。他什么也不做,只是说。关于他本人和他说的语言,他创造的这个世界,难道告诉你的还不够多吗?"

第一次,我们在卡莱梅格丹城堡周围散步的时候,我们并没有谈到上帝。

他是相当地有礼貌,超过必要的礼貌程度。哦,我突然想到他对我的意图……他的善意表现得有点过。一会儿他突然鞠躬并抓住我的手闻了闻,我没有把手抽回,因为我认为他没有什么恶意。我没有被吓到,倒是有点吃惊。我正要问他这是要干什么,他却首先开口告诉我:

"你身上没有硫黄的气味。"

我相当困惑,他则抓住这个机会再次鞠躬,说完再见就跑了。第一次见面我认为这个人神经有点错乱。

我弯下腰去捡我的扇子,刚才我吃惊的时候把它弄掉了。很幸运,扇子没有弄脏。这是我最爱的一把扇子,是一把中国扇子。它的一面画着长城,这位艺术家把长城描绘成宏伟、巨大、牢不可破的样子。靠近扇柄的地方是泥泞的稻田,农民们站在水田里向形形色色的一群人鞠躬。长城的另一边风景优美:绿树成荫、鸟语花香,清澈见底的小河里鱼儿三五成群,小河轻快地流过郁郁葱葱的森林,流过白雪点点、庙宇时隐时现的群山。人们或在阅读卷册或在惬意聊天……

那就是我要说的？

我没有说正题？

我对冯·豪斯伯格的行为感到惊奇？

不，我不惊奇。没有什么会让我惊奇的了。我长大了，不再对任何东西感到惊奇。长大意味着明白，世上的很多事情不是像我们被教导的那样，很多事情经常与我们被教导的相反；长大之后我们明白，人们继续生活，继续忍受那些被认为不可忍受的事情，只有上帝知道继续忍受的结果。为什么我们要以这样的方式成长？为了我们成为更好的人，努力达到不可达到的东西？还是要我们有朝一日变得更糟，届时我们意识到我们再也不会实现理想，我们开始憎恨那些这样教导我们、仍然坚持自己主张的人？

但是，兄弟，我得问这些问题的缘由，在这些年之后。

2

我对卡莱梅格丹城堡从来没产生过兴趣。我为什么要产生兴趣？我对无眠的夜晚厌烦不已，对摄政王和他永无休止的问题厌烦不已。那个穿深红色披风的男子也让人闹心。至少我揭穿了吸血鬼事件的真相。我想要好好睡一觉。

我刚开始打盹，施密德林就把我弄醒，拉我和他去一起走走。他说啊说啊，从来就没有停止过。首先说城堡的历史：弗拉维乌斯四世的罗马军团，被普鲁士人赶走，紧随而来的是拜占庭人，他们又被马扎尔人赶走，然后是塞尔维亚人，土耳其人又把塞尔维亚人赶走了。至于我们呢，谁又会把我们赶走？我问施密德林。他没有回答我的问题，只是哗哗地迅速往前走。

"你知道吗？贝尔格莱德是一个嫁妆。塞尔维亚人并没有攻下贝尔格莱德,是匈牙利公主嫁给德拉古廷国王时,把贝尔格莱德作为嫁妆带给塞尔维亚的。"

有时候结婚是要花钱的。对结婚有利才是最重要的。

然后他努力地挺出肚子,说道:"你得看看那个储水库。它是现代建筑的杰作。建造它,花了我们十二年的时间。五年前我们才完工。"

我们穿过城堡的大门,来到贴近储水库进出口右边的地方。尽管那天天气晴朗温暖,但储水库里面的空气潮湿,泛着陈腐气息。我们走在一个大水道下面,天花板上还滴着水。在我们左手边,三个半圆形的壁龛里盛有燃烧的火炬。在右边离入口处几步之遥的地方,有一个小房间。我向里面看去,看到三个喷泉。我继续在大水道下面走,来到一个带有穹顶形状天花板的大房间。每一面墙都是湿漉漉的。十几把火炬点亮了房间。中间是一个巨大的洞,周围围着栅栏。一小段楼梯通向一个凸升在大洞上面的人行通道。来自调查团的三个人朝大洞下面看去,施密德林正在向他们介绍储水库的规模。我猜想,大洞的底部一定都是水。于是我拒绝走上人行通道往下看。

"如果贝尔格莱德遭受围攻,这个储水库可以消除我们对水的担忧。"施密德林说道。

突然一股强风,吹灭了所有的火炬。我们完全置身于黑暗中。我想我要尖叫了。施密德林说道:

"我马上回来。"

他一定是在黑暗中摸索着走出去了,我听得到悉悉索索的声音。我单独和这三个傻瓜待在一起了。幸运的是我看不见他们的假发。但是不知为什么,我感到听一听他们的声音是不错的。于是我打开了话匣子。

"关于这些军官的事情,你们了解一些吗?"

"一件也没有。"我听出这是拉德茨基的声音,"施密德林男爵已经安排我们明天晚上在代丁那贝格过夜。你一定已经知道这个了。"

我当然不知道,并且我也不关心。吸血鬼只是两个强盗制造的骗局。但是我不得不保持冷静,因此我说道:"我知道那个地方。"

"你已经到过那个水磨坊了?"像往常一样,拉德茨基又要说漏嘴了。

"当然。"

"那你看到他们了?"

"没有。"我不想把谎扯得太大,不过我又有一个绝妙的想法。我感到和奥地利人在一起太好玩了,"昨天晚上和我说话的那些塞尔维亚人告诉我,有人在磨坊看到了吸血鬼。"

"我知道。男爵已经告诉我他的名字了。"拉德茨基的声音。

"谁的名字?"我问道。

"吸血鬼的。"拉德茨基说道,低沉的声音里带着畏惧。

"吸血鬼叫什么名字?"

3

"萨瓦·萨瓦诺维奇。"答案传来,好像正在揭开一个重要的秘密,"你愿意陪我到磨坊吗?"拉德茨基补充问道。

"不。"我急忙回答,"我在密切注意一些东西。你知道的。"

灯又亮了。施密德林拿着一支火炬。

"先生们,原谅给您带来的不便。"

我们走了出去，我第一眼看到的居然是她，王妃，此刻沐浴在暮夏的日光里。这样的时节，塞尔维亚人叫作圣米歇尔夏天，一个我不能忍受的名称。我也不能理解"沐浴在日光里"这个说法。她看上去比前一天晚上站在蜡烛边时，显得更高贵甚至更伤感。我很快记起她丈夫脸上闪耀的令人厌恶的疤痕。难怪她心有他属。这对我来说是个坏消息。我有两个竞争对手：一个有求婚戒指，另一个则没有。

"你难道不介绍我们认识一下摄政王夫人？"我问施密德林。

"哦，当然，伯爵。"

施密德林把我带到玛利亚·奥古斯塔的身旁。她正面对着河，朝与他们相遇的地方和对岸看去。

"陛……陛下，"施密德林结结巴巴道，她转过身来的时候，施密德林完全不知所云，"允许我向您介绍……这些先生，这些长官——我的意思是伯爵、医生——更确切地说，不是调查团——原谅我吧。这些先生昨天来的。我——他们是维也纳的拉德茨基伯爵和冯·豪斯伯格伯爵，还有，这些伯爵，哦，他们的名字我一时想不起来了……"

玛利亚·奥古斯塔愉快地笑了起来，以世界上最温柔的声音说道："男爵，请你不要道歉。最好让这些先生自我介绍。"

"我是克劳斯·拉德茨基，卡尔四世陛下的私人医生。原谅我现在得离开。有些国家大事等着我处理。"

他真的很没礼貌。没让两个助手自我介绍，拉德茨基就大踏步走开，把我、施密德林和王妃留在身后。我很惊愕。对摄政王的妻子如此大不敬，究竟是什么意思呢？

他们刚离开，一个仆人就来了，对施密德林说了什么，施密德林结结巴巴表示了歉意，也离开了。最后我单独和玛利亚·奥古斯塔待在一起。这真是千载难逢的机会,要么让她芳心暗许,要么让她意乱情迷。哪一个都效果相同。

"你愿意让我陪你去走走吗?"我问道。

"哦,当然,伯爵。"

4

然而,王妃并没有心情聊天。她走在我身旁,若有所思,腰微微弯着,似乎有点儿累。我知道,接近女人最好的方法,就是直截了当问她有何不适。没有女人会拒绝可以依偎而泣的肩膀。一旦她们依偎在这个男人的肩头大哭一场,她们就感到和这个男人有了密切的关联。此外,女人们喜欢口头上的巨人。她们甚至更喜欢夸夸其谈的男人而不是体格雄健的男人。显然,仓促和政治口号真是傻子的显著标志,而直截了当的问题给听者的心里留下疑问的空间:问这个问题的人,是头脑简单、品行高尚,还是严肃、好奇、狡猾,还是仅仅缺乏礼貌?女人们非常喜欢追根究底。

"我无意中注意到,您今天情绪低落。这样的心情,再美丽的女人,也表现不出她的美。"

她瞥了我一眼,继续低头看着路面,不说一句话。

"昨天,在舞会上,我无意中听到您对身边的女士说了什么。"

"哦?"

"您说爱是万疾之母。"

"是的。"她笑着答道,那笑容似乎让她痛苦。我得说,我并不期望她不作任何抗争,就轻易地屈服。

"那么,您今天感到不适是因为……爱?"我停顿得足够长,以便我的歉意看上去足够真诚,"我问了不该问的。请原谅我。"

"但是我错了。爱不是万疾之母。在世界万物之中,爱是唯一不会伤害人的。"

"陛下,这点我不是很肯定。"

"没错。我们仅仅认为,我们因为爱而痛苦。但实际上,我们痛苦,是因为爱还不够强大到战胜困扰我们的种种邪恶。"

"说得太好了。"

"不要拍马屁了……"

当她说这些的时候,我知道我的策略起作用了。她想要对我敞开心扉,我离她的心更近了。

"要是我可以问的话,那么,困扰您的邪恶有哪些?爱战胜不了它们吗?"

"伯爵,你认为仅仅因为你表明可以直奔主题,我就会告诉你一切?"

我沉默了。总的说来,当我们慢慢向小房子走去的时候,我与王妃的第一次邂逅,进展得很顺利。一开始我并没有注意到这个小房子,它外表普通,呈废弃状。然而,我们越靠近这个小房子,王妃的步伐越快。我突然意识到,我的在场不受欢迎,就因为这,我也不会离开。我们到达了小房子,玛利亚·奥古斯塔站在我和门之间,转身问道:"你喜欢鸽子吗?"

"不知道。"我撒了谎。我恨鸽子,不仅仅因为教堂到处都画满了鸽子,作为圣灵的象征。我恨鸽子,还因为它们像所有的鸟儿一样,都能飞。

"我十分喜爱鸽子。"

从小房间里传来拍动翅膀的声音和鸽子咕咕的叫声,很清楚,王妃不想让我走进去。

"劳驾您在这等一下好吗?"

"当然可以，陛下。"

她走进去了。我站在那儿想，她在鸽舍里能干什么，不想让我看到？她不会选择这样一个地方和情人幽会的。她当然不是搜寻鸽舍找幼鸽的。无论什么原因，她很快回来了，手里拿着一只鸽子。鸽子的喙微微向上翘，毫无疑问，这是这只鸽子的缺陷。王妃根本不看我，朝城堡的墙走了几步，把这只鸽子高高抛向空中。鸽子张翅逃飞，一开始绕着小圈，盘旋得越来越高，然后飞出更大的弧形，它一直向南飞去，直到在我眼睛里消失。王妃站在那儿看着，当鸟儿在地平线上消失了，她才向我转过身来，咧嘴笑着，好像她刚刚做了什么了不起的事似的。

"今天晚上有化装舞会，你知道吗？"

我忘记了。因为我不关心这样的事情，而且在化装舞会上赢得一个人的芳心也是相当困难的。

"想一想你想要哪样的服装和面具，然后派人去施迈陶伯爵那儿。他负责这次舞会。不要担心，你还有时间打理。我们的裁缝手脚很麻利，其他客人的衣服现在也做好了，因此今天下午不会太忙。"

"不要怕，陛下。我化的装，每一个人都会认出来的。"

玛利亚·奥古斯塔笑了，我想要抓住机会，因为如果你能让这个人笑，那么这个人现在就属于你了。我问道："你怎么化装呢？"

5

她没有回答。我们彼此告别了，趁舞会还没开始，我赶紧到会议室休息。

几个小时后我醒来了，朝窗子外面看去，我看到乌云翻滚，狂风大作。一场风暴在酝酿之中。我喊诺瓦克过来,向他简单说了一下我的打算。

"明天拉德茨基将在代丁那贝格那里的水磨坊过夜,有人在那个磨坊看到过吸血鬼。这次吸血鬼真的会出现,你懂的。我想要拉德茨基吓得相信吸血鬼真的存在。其中有个吸血鬼,最好是最吓人的那个,自我介绍是萨瓦·萨瓦诺维奇。"

"萨瓦·萨瓦诺维奇?"

"你听说过?"

"是的,他是个真正的吸血鬼。"

"现在这样说有什么意义呢?难道那两个窃贼还没说并没有吸血鬼存在?"

"主人,他们只说吸血鬼并没有涉及一个特定的案件,这并不意味着吸血鬼不存在。"

"你浑身散发酒气,又在胡说。"

"主人,你最大的问题就是,你只相信合乎你心意的话。我不明白你为什么对吸血鬼这么感兴趣。很明显你怕吸血鬼,但是又是因为吸血鬼,你才一路奔波来到塞尔维亚。"

"我不怕吸血鬼,我也不是因为它们来到塞尔维亚,它们并不存在。"

"如您所愿,主人。"

"我希望你去付钱给那些塞尔维亚人——好像有一些长相温和的——让他们向拉德茨基自我介绍。因为你的无礼,我不会因为这件事给你钱了,因此你得自己掏钱。在你的职责上多花些钱。"

这个粗鲁的家伙去了塞尔维亚的那一边,而我准备去拜访一下施迈陶伯爵。

我被引进他的工作室。他正坐在桌子旁,用尺子在画着什么。纸从他桌子上的纸堆里掉下来。他几乎没有抬头瞥我一眼。很明显他近视,很年轻,不到三十岁,戴着一顶灰色的假发。年轻人总是想要看上去老一点,而上年纪的人总想看上去年轻些,没有人认为自己处于正合适的年纪。生命中总有某个时刻一切都翻转,就像在镜子中一样。然后人们开始抱怨他们曾经朝思暮想的东西,渴望他们曾经不屑一顾的东西。比如,他们开始追求一个女人,然后突然停止了追求;还有他们指责别人对金钱的觊觎,然后自己又变得贪婪。只有少数人在二十岁时做得过分,三十岁时还在错误的路上一直前行,而愚钝的人到年长时会感受到如前的变化。虚伪者把这种变化叫作"成熟",我也是如此。施迈陶一直到二十多岁都目空一切,而现在,在他的余生里他渴望曾经鄙视的一切能重新回来。我知道施迈陶不知道的一些东西:每一种道德品性,无论多么短暂,都会对人的心灵留下难以磨灭的影响。

　　更糟糕的是,施迈陶是一个典型的德国公爵,聪明、年轻、野心勃勃。他的兴趣与他的国家的兴趣不谋而合,他堂堂的仪表揭示了他的兴趣,这可以总结为一个词:权力。我可以像读一本书一样去读懂他。

　　"王妃派我来见你,谈谈化装舞会的服装问题。"

　　他突然跳起来,好像我抽了他一耳刮子似的。然后他又坐下来,重新开始画画,安静得就像他从来没有离开过椅子似的。

　　那么,他疯了,我完全误读了他。我不断重复自己说过的话,知道这个地方的习惯是相同的东西要说好几遍。"王妃派我来见你,谈谈化装舞会的服装问题。"

　　他把目光从画上移开,慢慢抬起头来,他的每一个动作都充满了意义。这或许对匈牙利王妃起作用,对我可不行。

"我能帮你什么忙吗?"他问道。我知道他不仅不想为我做任何事,而且他会极力掩藏我的每一丝气息。不过话又说回来,没有人可以摧毁恶魔的存在。

"我想要一个面具和一套服装来参加舞会。"我说。

"几乎一切东西都被拿走了。"施迈陶回答道,认为他的这个声明足够有理由再谈他的计划。

"你用不着这样说。"我讽刺道。

"我得说。"他讽刺地回答道。

"也许我正在找你还没有公开的什么东西。"

"也许。"他粗鲁地答道,根本没有抬头。

"或许我想要扮作鱼嘴来参加舞会。"

"我不知道谁是鱼嘴。"他冷冷地答道。

"基督。或许我在寻找一件又脏又旧的袍子和一顶荆棘做的王冠。"

"已经拿走了。"

"或许我在寻找圣女贞德穿的那套盔甲。"

"拿走了。"

"或许我在寻找……"(灵感正在降临)"……圣人的圣衣,他从来不吃肉,不和女人发生关系。"

"拿走了。"

"或许我想要一件古希腊哲学家的长袍。"

"拿走了,好几件。"

"桂冠诗人的长袍?"

"要的这么多,我们得从维也纳订购了。"

"塞尔维亚匪徒?"

"拿走了。"

既然我已经知道哪种异物将在舞会上出现,那么我可以亮出我的真正意图了。

6

"魔鬼?"

"我们有一个。"

"我要拿一个。"

施迈陶不情愿地起来,走进了毗连的房间。我偷偷看了一眼他一直在弄的计划。如果我没看错的话,它们是城堡平面图:城墙、防卫据点、幕墙诸如此类——没有一个是我关心的。还有一本书,一本沃邦将军撰写的关于如何防守和进攻设防地区的书。这本书受到粗心大意的施密德林的推荐,在贝尔格莱德算得上一本必读书。我打开第一页,目光从前几个句子上扫过,我得承认,它的开头很有趣:

因为要保护权益,人们设计出防守艺术。社区只适用于单纯的人们。一旦人们的心灵被邪恶吞噬,必然产生纷争。利益的冲突让人们分崩离析:强者渴望更大的利益,而弱者只能退却。城市就起源于此,我们要认真对待城市的防卫。

我发现这个将军非常合我的意,因为要是我正确理解了他的话,弱而邪恶的人就在防护墙后安家落户,而强而邪恶的人则在墙外安营扎寨,整天密谋突破城墙。

所有的人,所有的人都是邪恶的。

我刚把这本书塞进我斗篷下面的秘密口袋,施迈陶就返回来了,带回一件折叠得整整齐齐的舞会服装,上面放着一个面具。服装当然是红色。我还发现一个尖尖的尾巴。面具也是红色的,上面有一对粗短的尖角和几颗利齿。的确,我打扮成一个帅哥模样。但是对你来说,那是虚假的基督教教义。

我回到自己的房间,快速浏览沃邦将军的小书。我并不喜欢它的风格:除了实用的片段和有用的理论,这本书还从侧面提供了哲学的轮廓,好像没有赋予更大的意义就去建设防守工事,是不够的。很显然,防守工事的建设只为一个原因——击退进攻。

但是幸亏这种写作正在发生,作者迅速学会紧扣主题。我期待有朝一日,所有的写作都直奔主题,不跑题偏题,尽可能专业,越精确越好,没有向哲学偏离。没有什么比让事物有意义更糟了。

沃邦没有紧扣自己的主题:他刻意要成为一个全知全能者,对一切事物都有两种解释:一切都有"更高"的目标,一切通向"更好"的结果。

我唯一喜欢的部分是那些开头的句子,这些句子说的是每一个人都是邪恶的,弱者搭起城墙以求保护,强者攻破城墙。因此结果是弱者着手建城,强者很快入侵。这种情况催生了所有的城墙以及与防守工事有关的工程壮举。

有些人脑子转得快,有些人脑子则转得慢,就在苦思冥想之时,时间已经流逝。我的脑子在飞速转动,因为白天快要走到终点,就在此时,我的仆人敲响我的房门。

7

"舞会即将开始。"他一本正经地宣布道。然后,看到了魔鬼服装和面具的时候,他翻了翻白眼。但是他很明智,没有对此品头论足。

"闭嘴。"我对他说道,他果然没有说什么,帮我把衣服穿上。

不幸的是,面具上的两个洞眼挨得太近,这样就看不见外面了。时间已经很晚,乌云又在头顶聚集,天色很黑,我根本看不见了。

开始下雨了,大滴大滴的雨从敞开的窗户刮进来,灯光在我的眼角摇曳。

但是没有什么能阻止我像往常一样笑容满面,没有什么能阻止我和璀璨的晨星一起闪闪发光。

"你按照我讲的,雇用那些塞尔维亚人了吗?"

"太简单了,主人。我随意挑选了很多。每一个人都想要这份工作。"

"哦?选了谁?"

一阵惊雷让房子都晃了起来。

"一个来自波扎雷瓦茨的小伙子。他似乎是最能干的,也是最值得信任的,刚从科索沃回来。光荣的科索沃。"

"说到科索沃,我总是想知道:你们塞尔维亚人一直在庆祝什么玩意?毕竟,你们大败了。"

"我们在科索沃的失败是值得的。如果我们赢了,谁知道又会有什么灾难降临在我们前面。"

"嗯,我真的不这样认为。但是在鱼嘴看来,那次大败是珍贵的……小伙子叫什么名字?"

"不知道,我也没问。"

"够了。明天早上我再叫你。"

诺瓦克匆匆忙忙走了,他很高兴今天晚上又可以喝酒了。我给服装又加了一点点缀。我准备就绪,转身去看镜子,发现自己正和魔鬼面对面。一道闪电划过,我弯下腰说道:

请允许我自我介绍,

> 我是一个有钱有品位的人,
> 我已经来了许多许多年,
> 窃走了一个男人的灵魂和忠诚。

　　我心满意足,嘴角浮起窃笑,但是镜子里,魔鬼的面容掩藏在面具之后,没有任何变化。我听到红色长袍扫地的声音,猛地转过身来。头顶又一次掠过一道惊雷。

　　我走出房间,来到走廊。走廊里一片幽暗,只有几支火把,彼此相隔约有二十步远,发着淡淡的光。雨水从敞开的窗户刮进来,地面湿滑,我跟跟跄跄走到楼梯上。

　　真是化装舞会的好天气,我一边想,一边心满意足地朝夜色和雨水看去。

　　就在那时,我想我看到了什么人。不知道为什么,就想看得更清楚,我把脖子从窗户伸了出去。外面,在一幢建筑前面,站着几个人。我想知道他们是谁,为什么置身于风暴之中,什么痛苦驱使他们走进风雨?

　　我的记忆中浮现好几年前的一场风暴。夜色如墨,大雨如注。一个人骑在一头驴上,朝城里走去。他浑身湿透,脊背弯曲。我站在一棵橄榄树下,身上比他干不了多少。我知道他要来,我在等他。我看到两辆篷车驶进城里,一辆驶出城。赶车人的吆喝声不时飘进我的耳朵,那是唯一穿过雨水的声音。

　　他骑在一头驴的背上,来了。雨停了,但是真正的风暴马上要开始了。我注意到他的坐骑踩在棕榈叶上。这些叶子一定是从马车上落下,飘散到街面上的。

　　月亮从云层里爬出来,我这才看到枝枝叶叶的。

　　在圣城之门。

一道闪电照亮了院落。

雨中有三个人。两个人长着大胡子。这两个人中,有一个是罗圈腿,另一个是秃头。毫无疑问,是那两个强盗,沃克和奥布伦。第三个人背对着我,但是我可以清楚地看到他穿着的奥地利军官制服。一瞬间,一切又回归黑暗。由于夜色和雨水,我不能确定那些人还在那儿。雷声震耳欲聋,我不由自主地退回到走廊。

奥地利人悬赏缉拿的这两个强盗,在卡莱梅格丹城堡中,和一位奥地利军官究竟能交谈些什么?我知道他们不在干什么好事,因为做好事无需寻求风暴和夜色的掩护。唯一的问题是,他们在密谋针对什么人?鱼嘴还是我?

第六章　化装舞会

1

门口站着一位仆人,等着把我引进马车,这辆马车将把我舒适地送达玛丽亚·奥古斯塔王妃的府邸。舞会正在盛大的建筑内举行。这座建筑是她到达塞尔维亚时,摄政王送给她的结婚礼物。府邸位于城墙之外,穿过城门只有一小段路程。我们不久就到达了这座灯火辉煌的建筑。

我匆忙穿过前厅,进入大厅。我听到入口处一位仆人清楚无误地高声宣告我的名字——魔鬼。就像在以前的许多场合一样,再一次清楚无误地,我发现自己置身于早到的少数人之中。任何有一丝自尊的人,都小心翼翼迎合时尚,晚些到。有谁会匆匆忙忙在别人之前到?没有其他人,只有我,那就是我——总是弄错,和大笨蛋似的军官一样糟,和最蠢的女仆一样糟。

大厅里稀稀拉拉坐着几个人,其中的大多数人拿着土耳其烟管在吞云吐雾:几个诗人,或者美男子,不清楚他们是哪一种,一个疯子扮作斗鸡,一个女人扮作蓬巴杜夫人。大厅的中央站着我们骄傲的东道主,摄政王——没有戴面具。他认出了我,示意我过去。

"你的衣服选得好。"他说。

"你怎么认出我的?"我改变了声音问道。

"只有魔鬼打扮成本人的模样,而且没有人会相信。"

"的确是这个原因,陛下,的确。每个人都认为面具后一定不一样。但是对于那些根本不思考的人,他们很乐于在牧师描述我的时候看见我的样子。"

"很聪明。如你所见,我也化了装。"

"真的?怎么会呢?"

"我脸型和体型是我自己最好的化装。我不需要别的。"

"太棒了,陛下。如果可以的话,我想找一个灵魂伴侣。"我小声补充道,"意图找你的妻子。"

与此同时,其他客人陆续到来。人还是不多,大约二十个。但哪一个是玛丽亚·奥古斯塔呢?

蓬巴杜夫人?

圣女贞德?

她会扮作男人吗?

我遭罪的宝贝。我在戴面具的人群中穿梭,偷听他们的谈话。要听清楚并不容易:一则因为我穿着魔鬼服,相当显眼;二则雷声还在隆隆作响。乐队演奏起了音乐,米奴哀舞、回旋舞,还有其他舞,这些舞的舞步我都不知道。我多么讨厌我不知道的东西。

舞者找到了舞伴,彼此鞠躬致意,开始磨磨唧唧,让我厌烦不已。他们的舞蹈,从头到尾都是对人际关系的荒唐的模拟:首先是引诱,然后恋爱,然后背叛和始乱终弃,结果是虚假的和谐。在他们的日常生活中,难道他们不是一直跳这首特别的流行歌曲吗?他们真的需要把这首歌谱成音乐吗?居然每一个人都加入跳舞的行列,没有人想要和我攀谈或偷听我的话。

我正侧身走向圣女贞德,一个令人恶心的猪鼻子伸到我的面前。这个面具令人反胃,我多想把它扯开,证实一下,面具下面的这张脸同样恶心。一对招风耳从面具两边伸出,右边的耳朵比左边的更显眼,嘴巴咧开笑着,露出的牙齿只有兔牙可以与之相媲美。两颗上门牙突兀出来,余下的牙齿皆腐朽不堪。

"先生,"他对我说道,"跟你说个秘密?"他说英语,带有殖民地口音。

"不要。"我粗鲁地说道。

"我想你最好听我说完。"他说,话语里带有威胁的语气,当他说"听我说完"的时候,一道闪电划过,加重了话里的威胁意味,"你犯了大错,"他继续说道,"如果你认为这是关于吸血鬼的话。并不是。甚至不是关于维特根奥的……"

"到底谁是维特根奥?"我问。雷声隆隆。

"既然不是关于他,又有何妨?"他答道。

逻辑相当合理,但我仍然不满足于此。那就是我是魔鬼的原因。

"是关于鸽子的。"

"鸽子?"

这个人朝四周看看,确定周围没有人。与此同时,我们都看到摄政王走过来。闪电从南边的窗户闪过。

"我得走了。"

"等一下,"我几乎在他的身后吼起来,"你是谁?"

透过隆隆的雷声,我可以听清他的回答。类似特里斯特罗的什么东西。

摄政王已经站到了我的面前。他不会不打扰我的。我想,他或许怀疑我对他的妻子图谋不轨。不过话又说回来,我确信,他对自己的妻子不感兴趣。或许,对别人的妻子感兴趣。

"稍后你去哪儿,如果我可以问的话?"他问道。呼吸之间,我闻到他散发出来托考伊葡萄酒的强烈气味。

现在,一个酒鬼告诉你真相,但那不是全部,你可以告诉他真相,正对着他的脸。酒精冲走了他的记忆,为更多的情感腾出位置。

"我要离开了,去法国,陛下,到巴黎。"

"真的吗?你怎么去那儿,如果不是秘密的话?"

"不是秘密。"我说,尽管实际上是秘密。我故意这样告诉他,因为要是说了真话的话,他一定会记住的。这样说,他会左耳听右耳出。"我要看看平民们要什么。我听说他们一直在抗议贵族的权益,甚至抗议国王和教会。有传言说市民,那些有钱有野心的市民,已经变得很强大,他们在要求共和。"

"哈,不要指望平民们去除掉贵族,对吧?"

"我不仅仅在指望,而且要去给他们帮忙。"我粗鲁地答道。

"那就这样吧。"

他沉默了一会,然后集结他最好的"德国大炮",开火了。

"你要是认为一些平民能干掉贵族,你就大错特错了。注意,贵族血统是不会消失的。不是由于这些小人物,而是完全由于别的原因——火药。我们贵族习惯于穿盔甲,但是盔甲经不起火枪、手枪和加农炮。在 16 世纪,盔甲对于箭、矛、戟和狼牙棒都能起到防护作用,但是防卫新武器,仅仅在身体上穿上一些东西是不够的了。贵族理解不了这点,因为贵族是身体、心理、武器和盔甲的统一,是进攻和防守的统一。

"防御性的军事行动对于任何一个人都是鞭长莫及的。至于平民,那伙暴发户……"

"但肯定的是,你的某个远祖一定是这样的一个暴发户?"我怂恿他道。

"胡扯。我们有纯正的贵族血统,是古罗马贵族的后裔。特洛伊英雄是神的后代,他们建立了古罗马帝国。但是接下来,平民们知道如何做一件事,去赚钱,我的意思是,他们知道如何去偷窃。他们的命运就是小偷和窃贼,像犹太人一样开办银行、索取利息。但是他们仍然不知道如何去花钱。我知道他们花钱,但是花在什么上,我问你?"

我还没插上嘴,摄政王继续他的猛烈抨击。

"他们把钱花在赌博和嫖妓上。贵族是不把钱花在赌博和嫖妓上的。我们把钱花在莎士比亚的初版作品上,花在古典名画家画作上,以及其他一些推销花招上。"

"推销花招?"

"艺术要不是发明出来的最大的推销花招,你认为又是什么?蓄意欺骗,不仅仅是一次,而是每时每刻,不仅是欺骗某些人,而是每一个人。"

"嗯,没错。我一直以为,一个人能在某个时候愚弄所有的人,或者一直在愚弄某些人——但是正如你所说,艺术一直在愚弄所有的人。"

"那么,这是谁的意图,艺术?作为魔鬼,你一定得知道。"

"我当然知道。我马上告诉你。"

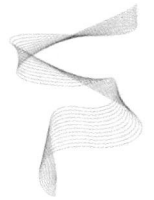

第七章　秘密章节

我不懂,我为什么要突然停止告诉你冯·豪斯伯格的事?要去说维特根奥伯爵?

我几乎不记得他了。他在贝尔格莱德只作短暂的停留,十天左右。我想他是在圣诞节期间到的。没有人知道他到访的真正原因。我听说了好几个版本,但我怀疑没有一个是正确的。

但我相当确信,多克萨特不应受到责备。

你对三十五年前发生的事不感兴趣?我听不清你的话。你想要了解化装舞会?

我不记得我穿了什么。那是很久以前了。我如何记得我一生中戴过的面具呢?有过太多的化装舞会,许多东西变成了化装舞会,许多东西也由化装舞会变出。现在,我老了,我也不记得了,尤其是,我知道这些舞会对我没有一丁点儿好处。

那么你为什么参加呢?你问?那是你在问的?

舞会一直在发生。有人邀请你,或者你邀请别人去参加化装舞会。你知道,那是一个人的生活方式。

维特根奥。

有人一定在开玩笑,或者在发警告,或者提出指控——我不知是哪一个——来的时候带着面具,看起来像是维特根奥的脸。不,我没发现是谁。我不知道他是谁。他不是我的丈夫,因为我的丈夫是唯一整个晚上不带面具的。一开始我很害怕,因为这个面具栩栩如生。我的意思是它看上去不像是面具。灰色的假发带有一缕缕蓝色,我可以断定是维特根奥的。

因为化装舞会,人们习惯要换假发。我的意思是,我们本来可以凭借带着的假发去识别彼此的。当然了,识别他人最快捷最容易的办法,往往是凭借假发这样的一些纯人工制品。

那天晚上,哦,我想起来了,有一场可怕的风暴。电闪雷鸣,就像是在盛夏,但的的确确是在圣米歇尔夏天。我来迟了。我知道对于女主人来说,迟到是不合适的。但是发生了一些事情,什么事情,我不记得了。或许是我的一个女仆在生产,或者是类似的事情。我很快意识到,带着维特根奥面具的人是个骗子。他在和魔鬼说话,确切地说,是和化装成魔鬼的人说话。我不知道他们在谈什么,我离得远,音乐仍然在演奏,雷声密布。我想,他们待在一起的时间不长。

不,如同我已经告诉你的那样,我想不起那晚我穿的是什么。我想不起了。或许有人记得。

我想起了一件别的事情。晚会期间我一直在想着那件事情。我在贝尔格莱德的时候,它一直萦绕在我的心头——一个神话故事。小时候我祖母曾经告诉过我的一个故事,那时我还待在雷根斯堡。我不记得这个故事讲的是什么了,即使那时在塞尔维亚,我想我也是不知道的。我确定我不知道。这个故事很可能就和所有神话故事一样,王子一定战胜魔鬼,赢得公主的芳心。但是这个故事有些特别,与其他所有神话迥然不同。有个小小的细节。真的,最微小的细节,但是足够让它所有的寓意明晰。我的祖母在睡觉之前跟我讲过这个故事。没错,在这个故事的中间部分,青年们接受考验，以便弄清哪个才是真正的王子。他们所要做的，就是通过某个森林，到达城堡。这是一个普通的森林，树不会说话，也不会做出比说话更糟的事。只是这个国家一个普通的森林，这个森林不是非常昏暗也不是非常幽深，当然也不全部是紫杉树。这些树或许是橡树。有一条路通向森林，路上铺着黄金，洒满了珠宝。有三个年轻人，他们的任务是走这条路通过森林，到达路那头的城堡。第一个年轻人骑着马出发了，但是当他看到黄金的时候，他紧挨着路边，不让马踩在黄金珠宝上。他刚到城堡，头就被砍了下来。第二个人不知道第一个人发生了什么，也骑着马沿着路边前进。结果他也失去了脑袋。第三个年轻人甚至都没有停下来思考一下，在路中间策马飞驰，马蹄踏在金子上，一路上激起闪闪的金光，把无价的珠宝踏成粉末。那才是真正的王子。祖母说，只有真正的王子才会走在一条金路的中间。

这就是我在化装舞会上想到的。

什么？

那一晚，与假的维特根奥有关的事没有再发生。我怎么知道他不是真的维特根奥呢？因为到那时，维特根奥死了已经有一年了。此外，你比我更了解维特根奥。关于维特根奥的一切，以及谁杀死了他，你都非常了解。既然我只是个女人，一个对英雄事迹毫无所知、与政治毫无关系的女人，你又何必问我这些问题呢？

现在，我已经告诉你，维特根奥是在1735年圣诞节左右到达贝尔格莱德的，并且很快就消失了。我所能告诉你的，就是我从球场上的种子选手和仆人那里听说的。

不是从我的情人那儿。我没有情人。

我听说维特根奥是秘密皇家调查团的成员，来调查卡莱梅格丹城堡及储水库的建设情况。调查的重点在储水库。就我听说的,调查并不关心花掉了多少钱。没有人告诉我维特根奥实际上在调查什么。既然调查建设,如果不调查贪污,还有什么值得调查呢?

没错,指控主要针对多克萨特。至少人们是这样说的。他还没被任命为将军,仅仅是一个上校,负责城堡的建设。没错,他是瑞士人,一个新教徒。但是你知道的,维特根奥和多克萨特这两个人是不会碰面的。维特根奥来的时候,多克萨特不在贝尔格莱德。到多克萨特返回的时候,维特根奥已经消失得无影无踪。

谁?你为什么想要我谈论我的家族?你非常了解的。

我的家族控制着哈布斯堡帝国、匈牙利、斯洛文尼亚、德意志、捷克、波兰、低地国家、法国部分地区、意大利北部等地的邮政。我的叔叔是神圣罗马帝国的邮政总长。这个职位从1490年以来一直由我的家族继承。我们有两万多信使,在七天内能把一封信从巴黎投递到布达,或在四天内从维也纳投递到伊斯坦布尔。

对不起。为什么我们要把一封信从维也纳投递到伊斯坦布尔?我只是举一个例子,仅此而已。当然,我们的信使跑过很多地方,其中包括敌人的地盘。但是我们从来没有为土耳其人送过信,至少我知道的是这样。

实际上,你对谁感兴趣?

维特根奥?还是冯·豪斯伯格?还是多克萨特?

你对我感兴趣?

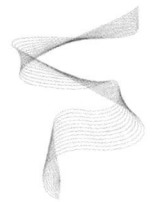

第八章　化装舞会(续)

2

摄政王全神贯注地听着。要么是因为眯着近视眼,要么是因为醉酒,他的双眼泛着晶莹的泪光。他的左手攥着一杯葡萄酒。

"您或许不相信我,陛下,但是艺术的确是本人的发明创造。"

"我相信你。艺术是魔鬼的作品。"

闪电大作。

"早在被赶出伊甸园、认识苦难之初,人类很快就变得邪恶。对我来说,这一点都不有趣。我喜欢的是让人们在善恶之间进行选择,首先支持一边,然后又支持另一边,直到最后来到我这儿。但是人们的生活从一开始就充满了丑陋,他们没有停下来思考就变坏了,甚至从来都不相信善的存在。"

雷声隆隆。

"然后我赋予他们艺术。我还给予他们文字,让他们把东西写下来,好永久保存。我给予他们这个世界上存在的最完美的东西——纯粹的谎言。相当地矛盾,不是吗?"

"额,是的。但是你的对手真的袖手旁观、无所事事?"

"他从来不知道如何理解艺术。这本身并不为过,却是谎言。不仅如此,而且是我发明了艺术,他从来没有忘记这一点。稍后不久,他以历史作为反击的手段。还有另一个故事,一个貌似真实的故事。那时所有的书都出现了,比如《圣经》,我的对手不可能不在真理的一边——但是谁又能知道他的战术,你能亲自告诉我:历史,哪个是真的?艺术,哪个是假的?"

"权力和财富。"

说了这么多,他突然转身背对着我,走到最近的桌子旁喝酒。我还有好多事情要告诉他,但是我决定稍后再去拉他。我动身去找玛利亚·奥古斯塔。我想要弄清化了装的人中哪个是王妃。有相当多的女人——有一些毫无疑问实际上是男人,但是我几乎没有去想王妃有可能化作男人。她没有理由这样做。我迅速排除掉两个丑老太婆,一个穿着塞尔维亚民族服装的少女,三个阿佛洛狄忒——两个拿着苹果,一个没有。我还排除了奥菲利亚、李耳的三个女儿、克吕泰墨斯特拉、安提戈涅,犹豫了一会儿之后,还是排除了麦克白夫人。贝尔格莱德王宫里的人们当然十分喜欢戏剧。因为身材块头不对,我在排除掉其他一些人之后,我把目光定格在圣女贞德和蓬巴杜夫人身上。

我正朝夫人缓缓走去,就在这时,我突然发现我置身于前面的一面镜子中。我停下来看一看,面具上拙劣安置的眼孔让我看得极其费劲。我稍微弯下腰。镜子中的人也是如此。我把两只拇指塞进耳朵中,伸开手掌,摆动手指。镜子中的人做着同样的动作。我把右拇指放在我的鼻子尖上,用左拇指去触碰我右手上的小指,再次摆动手指。镜子里的人做着同样的动作。我觉得十分有趣,不自觉要摘去面具以便看得更加清楚。镜中人仍然带着面具。

我伸出手,小心地摸着镜子,感觉到我的手指轻轻刮擦到魔

鬼。我猛地一惊。他说道:
>很高兴见到你
>希望你能猜出我的名字
>什么东西在困扰着你
>是不是我玩的这类游戏

他爆发出魔鬼般的笑声,消失在人群里。

3

我在颤抖。但是我不知道为什么,突然记起我来贝尔格莱德的原因。我的脊背直冒冷气,我想要喊诺瓦克,但是我知道我找不到他。贝尔格莱德有太多可以酗酒的地方。

我有生命危险,这很清楚。他们编造的故事只是一个诡计,引诱我产生虚假的安全感。我是多么粗心啊!

我的敌人甚至伪装成我本人的模样。

但是我不会被恐慌战胜。首先,去找施密德林,问问他是否知道强盗们在为奥地利人卖命。他或许不了解这个情况,但至少能猜出谁雇用了他们。其次,问问玛丽亚·奥古斯塔关于鸽子和特里斯特罗(如果这是名字的话)的情况。再次,问问摄政王那个穿深红色衣服的人是什么情况。第四,也是最重要的,问问施密德林,还有谁租用了魔鬼服装。然而,除了摄政王很显眼地站在人群中之外,其他人都带着面具,夹杂在戴面具的人群之中。

我把目光定格在蓬巴杜夫人身上,发现我距离她仅有几步之遥。我得让她说些什么:玛丽亚·奥古斯塔的声音很容易被识别出来。

"天气糟透了,是吧?"

"嗯。"她答道。我可以清楚地看见——更确切地说——听见——她尽力避免和我搭话,以免我听出她的声音。我又问了她一个问题。

"你能把我引荐给维特根奥伯爵吗?"

蓬巴杜夫人呆立住了。然后,她用折叠扇子指向暗处的几个人。我朝那几个人望去。当我回过头来,蓬巴杜夫人已经不在那儿了。我决定稍后再处理维特根奥的事。特里斯特罗亲自说过,维特根奥伯爵并不重要。

接下来等待调查的是圣女贞德。找到她并不需要多长时间。她站在南边的窗子旁,眼睛凝视着窗外。当她背对着我的时候,我可以从后面接近她,不会被她看到。

"你就是我要找的人吗?"

她猛地转过身来,好像我袭击了她似的。

"那得取决于你在找什么。"她低语道。

这是一个惯用的伎俩。低语不会泄露你的身份。你甚至分不清低语的人是男人还是女人,更不要说识别出特定的某个人。在化装舞会上有许多低声巧语。她的低语只意味着一件事:她认为我们认识彼此。此外,她知道我是谁,或者至少她认为她知道。或者她认为我是另外一个人,很可能把我们弄混淆了。我可以问合适的问题去弄清楚。

"我在找一个女人。"

"这儿有许多女人。"

"我在找一个人,她在痛苦着也在恋爱着。"

"为什么要找她?"

"我是个有财富有品位的男人。我几乎有一切东西,几乎认识所有人。但是要是没有一个知道如何遭受痛苦、如何恋爱的灵魂伴侣,这些对我又有什么好处呢?"

"这算不上是求婚。"

"真相听起来总是很普通很实际。"

"很可能你缺乏追寻真相的精神。"

"你说得对,当我恋爱的时候,我缺乏这种精神。我恋爱的时候,好像丢失了口才,因为真爱的人总是吞吞吐吐,而动机卑鄙者却是甜言蜜语。"

"你说得太好了。你和我说话的动机一定相当卑鄙,引出了这样一大段话。"

"没错。"她无休止的低语让我气恼。如果她是玛丽亚·奥古斯塔,我们就没有希望结合,这个女人不适合我,我受不了小心眼的人。我喜欢那些具有宽广胸怀和悲伤气息的女人。

我表现出一些不满,离开了这个絮絮叨叨的女人。按照这种方式谈话,我很难听到任何有价值的信息。

我给自己倒了一杯托考伊葡萄酒,然后朝南边的窗子外看去。一直在电闪雷鸣,好像盛夏已经来到。雨下个不停,大厅里的空气潮湿闷热。我从来没有见到暴风雨可以持续得这么久。我又扫视了一下大厅,希望能看到蓬巴杜夫人。任何逃离你的人,肯定对你是有用的。

没多久我就发现了她,她正和摄政王说着话。我努力悄悄地凑近他们,但还不足以听见他们的谈话。我看到蓬巴杜夫人温柔地握着摄政王的手。从我这儿看去,可以看到她似乎稍稍行了一个屈膝礼。我看到她小心地把一只手放在摄政王的后背上,另一只手抚摸着他的手背,而他把手拿开。我又走近了点。他们谈话的时间很短。他们说的我都听到了。然后他离开了。她在他后面叫他,把面具埋在手中。

4

肯定有人打开了门窗。风突然刮过大厅,人们的辫子一齐飘动起来。蓬巴杜夫人没有退却,她的辫子纹丝不动,依然是法国宫廷样式。这条辫子是不会被吹掉的。但是音乐停了,舞客们被迫随之停下。

我猜想蓬巴杜夫人是摄政王的情人之一。摄政王有许多情人。在维也纳,他有情人不再被人们说三道四,倒是没有了情人,会被人议论。这些年,我做了一件好事,就是改变了人们的习惯。

门窗依然开着,风越吹越猛,很快就变得冷飕飕的。好似一阵旋风卷过大厅。我想,我还是抱紧一根大柱子。我双手冰冷,眼睛紧闭。

一会儿之后,风停了,我睁开了眼睛。就在这时,我看到了他。他正站在大厅中央,周围是带着面具的男男女女。他没有戴面具,白衬衫上沾满了血。他头发发亮,面色苍白,在残存下来的几根蜡烛的照射下,看起来很吓人。他的一只马靴不见了鞋底,马裤破烂不堪。

他的声音响了起来。

"摄政王大人!"

摄政王出现在他面前。

"中士麦肯森报告,"他喘了一口气,"尼什陷落了!"

符腾伯格什么也没有说。其他人开始窃窃私语。

"尼什陷落了,多克萨特将军和土耳其人达成了妥协。如果土耳其人让老百姓和部队撤退,他就交出尼什。他们现在正在撤退。

一万塞尔维亚人、一些犹太人和部队一起撤退。他们正朝北走。如果土耳其人遵守诺言不进攻他们的话,七天后,他们将回到贝尔格莱德。"

"尼什陷落了。"摄政王好像自言自语似的重复道。

好几个人护送麦肯森出去。大门关上了,尽管现在风已经停息。

音乐又开始响起。戴面具的客人们翩翩起舞,旋转的舞裙挡住了我投向摄政王的视线。

我身边有人用塞尔维亚语说话。

"发生什么事了?"

另一个声音回答。

"没有什么。"

我朝窗子外看去。窗外没有了闪电,也没有了雷声,好像天空已经变得晴朗。余下的蜡烛又重新点燃,屋内好像比先前更亮了。

我又给自己倒了一些葡萄酒。我的目光越过桌子,朝圣女贞德看去。我跟她喊道:

"难道你不应该在尼什?"

她绕过桌子,仅仅为了小声说出她的回答。

"你说的是英语,我听不懂。"

我给她半满的杯子倒了一些葡萄酒。她很难对付,但是我很喜欢。她伸出手,阻挡我给她倒酒。这样女性十足的姿势,我问道:"你是蓬巴杜夫人?"

"要是圣女贞德是个男人,就没有人会记得她,"她低声说道,"这儿没有人伪装。人们都不知道如何伪装自己。无论他们穿什么,他们都是变成了自己。我们全部的文明依靠成功的伪装。"

"为什么?"

"因为表现自我更容易,要是你假称其为不真实的话。如你所说,真相是不体面的,也是不寻常的。真相是不可忍受的。我认为真正的自我是不体面、不可忍受的,我想其他人也是如此。"

这个人在遭受怎样的折磨啊!我多么羡慕这些饱受折磨的人,仅仅羡慕他们,还羡慕那些没有一丝痛苦的人。不过话又说回来,从来没有痛苦的人,总是十分快乐,因而又是十分单调。

"那么你信任什么?"我问她。

"城市。"她低声说道,将杯中的葡萄酒一饮而尽。

"城市?"

"是的,城市,就像贝尔格莱德。"

这个失恋的王妃心智失常,这是唯一说得过去的解释。这突然的变化肯定是疯傻的结果。王妃又给自己的杯子倒酒。她喝下了,又倒酒。我认为太多了,突然有一种精疲力竭的感觉。

"对不起,今天的事让我感到太累了。"

她点点头。

我甚至不想和摄政王道别,我十分想去睡觉。那是一个不错的信号,紧张的局势缓和了。我走出去,跳上第一辆马车。我们很快回到了卡莱梅格丹城堡。

我们通过国王大门,进入城堡。天快要亮了,我可以从车窗向外看去。一个建筑支撑着储水库,两个卫兵站在前面。在我的回忆里,他们前天不站在这里。

我脱下面具和服装,躺下来睡觉。但是直到天亮了好久,我才睡意蒙眬。在大约九点的时候,我听到诺瓦克蹑手蹑脚地回来,只是到那时我才睡着。该死的鸡叫声不止一次弄醒我,但是我不愿醒来。

第二部分　面具背后

第一章　二次出城

1

我想故事也许应该从化装舞会的第二天说起。那天我起得很晚,已经过了中午。现在仔细想想也觉得奇怪,为什么我丈夫会要我陪吸血鬼调查团到代丁那贝格,但那时我并没有想太多,只觉得到城外去逛一下也算是不错的消遣,甚至还有些许期待。

到了塞尔维亚以后,我都没有出过城。

虽然以前无论去哪我总乘坐六驾马车,但这次我坚持要骑马,不想乘马车,所以亚历山大差人给我配了匹马,他最钟爱的一匹雌马……

你问什么?

同行的还有谁?

从要塞出发的有施密德林男爵和施迈陶伯爵。当然,最重要的是三位团员:克劳斯·拉德茨基和两位科学家,但是他们的名字我不记得了。其中一个戴着金色假发,另一个戴着红色假发。成员中还有你一定很感兴趣的奥托·冯·豪斯伯格和他的仆人。为什么要提到他的仆人?因为他是唯一可以和我们骑马同行的仆人。而我们自己的仆人,我带的两三个女仆,还有其他人,都只能跟在后面。越过城外边界线后,又加入了一个塞尔维亚人,我想他是名大尉,但是头衔这些我总搞不太清。

是的,我们一行九人,算上这个塞尔维亚人。

沃克·伊萨科维奇。

领队的是施密德林男爵。我们的目的地是位于代丁那贝格的水磨坊。塞尔维亚人总抱怨说那里有吸血鬼出没。只要有人在那儿待上一个晚上,就会在黎明到来前死去,变成某种无名之物。拉德茨基觉得,只要他在那儿待上一个晚上并活下来,就能简单地向塞尔维亚农夫证明吸血鬼并不存在。他在磨坊里待着的时候,我们都在附近一个房子里休息。这所房子的主人是代丁那贝格当地最有钱的农夫,虽然条件跟宫里没法比,不过饭菜倒也丰盛,住着也算安稳。

快出要塞大门的时候,我的马儿惊恐地后退,死也不肯往前走。我只能安抚它,等它平静下来后才勉强上路。我看到一个可怜女孩正在门前乞讨。她衣服很破,光着脚,一个人,很是可怜。她的理智和语言能力也被上帝夺走了。无限的同情涌上心头,我想要帮她。看着别人受苦受难也是很折磨人的。我又何尝没遭遇过这些:虽然是在丝绒软枕之上,但是折磨的感觉是一样的。如果那时能有人好心地对我,我也一定会很感激。这个可怜的孩子无亲无故,甚至可能对他人心存恐惧。有什么能比在惧怕他人的环境下生活还要可怕。世间最大的惩罚也许就是生活在对旁人的恐惧之下。她无依无靠,一无所有。我下马将她拥入怀中:让她知道不是所有人都只会从她身旁漠然走过,对她冷言冷语或拳脚相加。我给了她五枚十字币,我知道这些钱不算什么,顶多就只能买几顿饭吃,但是拥抱和亲吻让我对她产生了深深的牵绊。我不禁哭了起来。我渴望的爱只来自于一个男人,而她渴望的爱可以来自任何人。我感受到她是那么温暖和柔弱,心想,至少我已经向她表示了温柔和爱心:我很庆幸自己能帮到这个可怜的孩子。施予比接受更有福!

我们必须继续赶路,离开她时,我心中暗许,回来的路上要把她带回宫里。

什么?

好的,继续讲刚刚那个故事。

那时我根本没想过吸血鬼的事。我觉得那是无知者的无稽之谈。听了冯·豪斯伯格伯爵和他仆人诺瓦克的对话,我更加深信这些塞尔维亚人很迷信,其实根本没有吸血鬼这种东西。

仆人正在跟他重述从这些塞尔维亚人那听来的关于大天使米迦勒来到贝尔格莱德的经过。听到这些,冯·豪斯伯格差点掉下马。他面色发白,问道"他什么时候来?会去哪儿?他们有没有说他为什么要来?"诸如此类的问题。我突然觉得这位伯爵是不是有点脑筋不正常,居然相信大天使会出现。

他的仆人却大笑起来。看到这样的逾规之举我很是反感。他笑完之后说道:

"其实那不是真的大天使。还记得我们在路上遇到的那个要去贝尔格莱德的俄国人吗?高个子黄头发那个。听描述说的应该就是他。那些农夫说这位大天使说着犹如天籁的塞尔维亚语,高个子黄头发,破衣烂衫,就像天使们一贯的打扮:总是装成穷人的样子,因为我们对待穷人、笨人和病人的方式能把人性暴露无遗。"

仆人讲完后,冯·豪斯伯格也笑起来,而且是一阵狂笑,我感觉他更像是强颜欢笑。接着他说:

"我却觉得能暴露人性的反而是我们如何对待权贵、智者、富有或快乐之人的意义。因为即使最坏的人也能得到别人的一点同情,但即使最好的人也难以抵制嫉妒、虚伪和怯懦。我不理解为什么天使和圣人不打扮成国王、伯爵,甚至是桂冠诗人。"

"因为那些都是你最喜欢的扮相。你总想见识最坏的人,而天使、圣人想看到至善之人。"

"所以说他们对这个世界一无所知。"

他们的对话并不让我感到惊讶。如果你知道我听过的那些事,你也不会这么问。不过,我又能懂多少?毕竟我只是个年纪轻轻的王妃。一个身穿丝绸天鹅绒外衣的人究竟又能对世事学到多少又理解多少?正是当我自己饱受折磨时我才开始思考。开始思考自己,思考起他人的事:究竟受过多少善待,曾过过多少平静幸福的日子?但正因如此,苦难时光才对我更有意义,辗转反侧的夜晚,哭泣、痛苦与恐惧、悲伤和绝望。正是痛苦的岁月让我拥有了善良,而无忧无虑的日子留下的只是废墟。我的话里没有什么深奥的智慧。祖母给我讲的童话故事里的每一位真英雄总是会选择黑暗艰难的荆棘之路,最终打败每一条恶龙。而选择康庄大道的人则会一事无成。

好的,继续刚刚的故事。

我们还未穿过城市的防御线,这意味着我们还在叫作下城区的地方。此时,施迈陶伯爵靠近我。

不,他当然不是我的情人。我已经跟你说过我没有情人。我最多只跟这位伯爵寒暄过几句。我很惊讶他居然向我走过来。

施迈陶伯爵是……他是要塞的负责人,是一位建筑师或者是这方面的工程师。我听说他总在画图纸。政府最先采纳的是他绘制的卡莱梅格丹规划图,但后来发现有些问题,我也不知道是什么问题,他的方案没通过,换成了多克萨特的方案。所以多克萨特就变成了总工程师,由他负责监督整个要塞工程,一直到我们第二次向土耳其宣战。后来,多克萨特奉命带领第二军团。战争开始后,他只用了几个月就拿下了尼什,因此被提拔为将军。

所以,施迈陶伯爵骑马和我并行,说道:

"你知道谁会来代替你丈夫吗?"

他这一问无理得让我有点措手不及。

"究竟为什么要换掉摄政王?"

"因为战败,因为失掉了尼什和塞尔维亚南部地区。"

"您知道谁会成为下一个摄政王?"

"我猜是……"他说得很慢,眼睛直勾勾地盯着我,然后突然说道,"维特根奥伯爵!"接着又爆发出一阵狂笑。

"我无法理解这其中的幽默。"

"哦?"

我们继续前行,沉默了好一阵子。

"您的无礼只能意味着有人将来替代我丈夫,一个能保护您的人。否则,无法解释您的行为。"

"你猜得很准。现在你的丈夫和他那帮马屁精终于要为他们的罪过付出代价了。他在一帮卑鄙奴仆的簇拥下令塞尔维亚人心生恐惧。一周后,他将被自己的恐惧所奴役。我会告诉你最先要调查的案件——维特根奥伯爵凶杀案。"

"你这是在威胁吗?"

"是。因为新来的法官兼长官将会是玛鲁利伯爵。"

2

至于我,我该怎么做?谁会站在我身旁?正如他们所言,恶魔的力量掌握在自己手中。我有一名奴仆,对我来说,他既是像十字架般的重负,也是个得力的帮手。如果我有碍于血统和地位而问不出口的问题,我就会派出诺瓦克。因为他的卑微出身让他有权使出最卑劣的方式。除此以外,还能有什么其他方式能让一个家族兴起并取代另一个家族?我让他帮我问的第一个问题是关于特里斯特罗,第二个是关于维特根斯泰因,第三个是每个人在化装舞会上的穿着。

他总能什么都打听不到。

当然,主要因为他没时间。中午,他把我喊起来,因为必须准备上路了,要从贝尔格莱德出发前往水磨坊。我们打算下午一点出发,诺瓦克得准备好我的行李。我离开房间,准备去要塞转一圈,再欣赏下那两条河。我挺兴奋的,就好像即将开始一趟漫长的重要航行。我抽了点烟,希望能用缓慢深长的呼吸来平复这种兴奋,但并未奏效。

我走到要塞西南边的一个堡垒处,下方正是下城区。军队正在那练队形,人们来去匆匆,大尉坐在那儿抽着烟。越过他们可以看到浑浊的萨瓦河和蓝色的多瑙河。河流和人们竟如此地相似,都遭遇太多的障碍,太多艰难的迂回曲折,而且都以变坏而告终。但我确实时间有限,没空让所有人都经历苦难生活,所以我得拟定些宏伟的计划来完成此事。

诺瓦克找到我,一起到指定的地方和其他人集合。储水库前,图尔恩和塔克西斯的王妃、施迈陶伯爵、施密德什么的男爵和吸血鬼调查团的三名成员已经在等候我们。算上我和诺瓦克,一共九个人。

施密德林向守卫发令,国王城门的几扇大门向两边打开。

3

不,我并不认识玛鲁利将军,也没见过他。你觉得我们应该见过吗?

我想的不是那些。我想的是一切尽如人意,去伪存真。鉴于我当时所知的一切,即使是在无所事事之时,当思绪游走在过去和所发生的一切,游走在很久前就已结识的朋友和面孔之时,我也觉得我没有犯错。但当我意识到我的错误时已经太迟了。这就是知道的本质——总是知道得太晚。如果会事先知道,那一定来自其他的头脑,是上帝或恶魔的头脑,是谁都无所谓。

你问我为什么是在无所事事的时候?

因为世上所有的思维和知识都在时间太多和空虚无聊的时候获得。所以穷人都只能成为傻子,而贵族却高尚开明。

接下来发生了什么?

从要塞到代丁那贝格并不太远。虽然路上我和其他人都说了几句话,但大部分时候都是和冯·豪斯伯格聊天。一离开下城区我就没再和施迈陶伯爵说过话。

我已不记得我们是怎么转到原罪这个话题的,尽管那时我感觉到这是冯·豪斯伯格最感兴趣的话题之一。

4

"我在跟人相处时鼓励和支持自私与虚荣。至于傲慢——无论是否达到狂妄的程度,我都要推波助澜。他们很快就爱上了它,就像水手爱上了拂过背上的清新海风。满帆前进,让自我满足的感觉驶向遥远的开阔海域,节节提速。何等畅快!离开安全港湾的几个月后,斗转星移,巨浪开始欢腾跳跃,犹如宫廷小丑在国王面前嬉闹一般。紧绷的白帆让他们越来越靠近天际交汇之处的水域。你有到水上划过小船吗?"

"然后当他们的灵魂像旋涡般飞转的时候,当船锚太久没尝过海水滋味的时候,当再也看不见干涸的土地让他们幻想自己成为船长和主人的时候,他们将不再是可以行走在地面上的生物,而成为桅帆下随波逐流飘摇前进的存在,此时我再跟他们说:是我安排你们来这儿的,是我在你们脚下倾倒出汪洋大海,帮你们开满船帆,解开缆绳的。"

"但当他们遇到狂风暴雨的时候,难道不是那带他们一路前进的满帆将他们径直拖入海底的吗?"我问他。

"他不会允许这事有转机。他不会让他们放下船帆。是他不会,不是我。不是我一路上召唤风为他们加速。是他命令风加速变强。他对船桅深恶痛绝,因为难以忍受那些十字状的部件。没人能及时降下船帆。他不会允许这种事的发生。看到船和船员淹没在波涛中会令他愉悦。"

5

那时我还不理解冯·豪斯伯格口中的"他"实际上就是恶魔。

不,我的意思不是冯·豪斯伯格是恶魔。我指的是在暴风雨中不让船员降下船帆的那位恶魔。

为什么我会那么想?因为只有恶魔不会宽恕。

如果他们中有一个是恶魔,那我觉得一定是施迈陶伯爵。

6

我们又往前走了一阵子,在一个小山顶停了下来。风景看起来都一样,田野森林、几条小溪。天气很好,经过昨晚的暴风雨之后,天空显得分外宁静爽朗。空气中还夹杂了一点新鲜的冷空气。

我们停下来稍作整顿,施密德林男爵立即过来帮我下马。我问他我们是否要停下来歇息,告诉他不用因为我而特地休息,我还可以继续赶路。施密德林奇怪地看了我一眼,他说我们已经到了。

"到哪了?"

"代丁那贝格。"

"可我没看见房子啊。"

"殿下,这儿没有我们所理解的那种房子。塞尔维亚人都把家安在茅屋和洞穴中。为了殿下我们选了最好的……最好的地方让您就寝。"

我看了看周围,只有一间简陋的小屋,如果不是有人指给我看,我可能不会注意到它,就这样驾着马从旁边走过,就像我们在生活中没有注意到的其他东西一样。不过后来发现,这些没注意到的东西也没有什么重要的。我们自己会注意到所有对我们真正重要的东西。

不知从哪儿走来一位农夫。他年纪很大,饱经风霜,身上又脏又破。他深深地鞠了一躬。一边说着话,一边不安地搓着双手,就像其他恭顺的庶民一样。望着他们的时候我忽然感到一阵不适,我想到树林里去走一走。至少大自然里没有让我不舒服的感觉。我甚至想睡在树下,也好过跟那些讨厌的人待在一起——那些狡猾的农夫和邪恶的伯爵。

为什么我没这么做？

因为天太冷了。

危险吗？

那时我也没看到什么危险。当我恍然大悟的时候才发现其实外边跟里边是一样危险的。

但是施迈陶伯爵邀请我进屋，我也不想表现得像个被宠坏的任性王妃，所以我还是进了。

里面挺暖和的。有个火堆，一个脏兮兮的老妇人正在烧些什么，味道很难闻。屋里还有三个女人、两个男人和三个小孩，没有家具，只有一个三条腿的板凳。角落里堆满了脏兮兮的破布，没有窗户，只有灶火发出微弱光亮。

不过屋里的空间比我从外面看上去时要大得多。我还在希望今晚能睡在好一点的地方。我无法相信我丈夫会让我睡在这种小破屋里。

但我很快便意识到他想向我表明……

他想向我表明我的希望是出于罪恶的傲慢和虚荣。我想要被爱，对自己的命运感到不满，而这些人，这些农民连个住的地方都没有，又怎么会去期待被爱。

是的，我似乎明白了一个道理，我从来都没成为一名合格的基督徒，因为我还坚信贫穷容不得爱情，它能容下的只有更多的苦难。

"不要担心，只在这过一晚，我们会在外面吃饭。所有东西都差不多准备好了。"施密德林男爵说道。我跑到外面松了口气，也就十步之遥的一块空地上，确实，我看到仆人们正在布置餐桌。也许换个场合，这种野外用餐，尤其是在这个时节，会让我感到震惊，但那一刻我却对此感到谢天谢地。

"饭菜还没准备好,能有幸邀您去散个步吗?"一个我不记得名字的伯爵说道。他是与医生随行的两个伯爵中的一位,医生就是拉德茨基伯爵。他戴着红色的假发。我同意了他的邀请,因为我确实无事可做。他抬起臂弯让我挽着他,我们走进森林里。他一言不发,我喜欢他的沉默。我想他在思考着什么,所以也不想打断他。我也有自己要想的事。

我在思考爱情。思考我离理想的爱情还有多远,为何我不像大部分上了年纪的女人一样已经不再相信这种爱情,我是如何结识了我生命中的那个男人,那个男人又是否真属于我,何以一切竟如此徒劳无功。最好还是不要知道这一切,无知地满足于锦衣玉食和昂贵首饰就好,靠偶尔阅读动人伤感的小说就能感到满足就好,就像从图尔恩和塔克西斯城堡的信使那送来的那种小说。最好……

"您认识维特根奥伯爵吗?"伯爵突然问我,此时我们已经走进了森林深处。

"不认识,在他失踪前我只见过他几面。"

"那他又出现以后,您见过他吗?"

"又出现了?自从……自从他死后这位伯爵真的又出现了?"

"是的,"他冷冷地说道,"维特根奥伯爵死后又出现了。"

"在哪里?"

"这里。"

"那现在他去了哪里?"

"哪都没去。他死了。这事您什么都不知道?"

"不知道。"我说。

他突然转身,我们开始往回走。我不知道该问他什么,他再也没有说什么。就这样我们默默地回到了小屋。

我首先看到的是冯·豪斯伯格。他正坐在地上,他的仆人在一旁站着,似乎冯·豪斯伯格遇到了很不顺心的事。他双手抱头,也许他在痛哭。

我走过他身旁,想要绕着小屋走一圈,看看它外面的样子。我走过一面墙,看到泥巴和编条,一两根木头梁。当我快走到墙角的时候,我听到施密德林的声音。他正在和我不认识的一个男人说塞尔维亚语,反复说着一个我能听懂的单词。

那个单词是塞尔维亚语的"慎重"。

实际上,两个人都在一遍遍地重复这个词,而且嗓音越来越大。塞尔维亚人发这个词的音很奇怪,实际上,更像是多发了个颤音。

至于施密德林会说塞尔维亚语这点,着实让我很惊讶。

我想不到是什么事需要说这么多遍慎重。我真的一点都不会说塞尔维亚语。也许是指到那个村庄我们要小心。也许是要慎重对待这次对磨坊的调查。也许是吸血鬼的事,或者其他我不得而知的事。当我想到这种可能时,我不禁担忧起来。就目前为止所发生的事而言,我唯一可以确定的就是在我们脚下正发生着一系列的事情,我无法追踪是因为我那时还不明白它就发生在我们脚下。

真的,正如我说的,就在我们的脚下。

第二章

1

我仍清楚地记得我当时没有胃口。施迈陶又把他的中国厨子带来了。一年前,当这个中国人第一次在宫廷准备料理的时候,我曾试图说服我丈夫和我们一起用餐,尽管我知道这会影响到他打猎。他刻薄地说道:

"喜欢中餐是吧?如果是雷根斯堡长大的孩子,那肯定喜欢。巴伐利亚厨师的招牌菜,不是吗?"

"你是要让我一辈子只吃小时候吃的东西吗?"

"现在你明白我为什么恨你了吗?你是个危险的女人,善变的女人。"

什么?

你居然不知道我丈夫恨我?这在维也纳是尽人皆知的事。是的,他恨我。

他恨我。他能一连几天都不跟我说一句话。就让我在一间只有巴洛克式镜子和仆人的屋子里一个人待着。年纪小的时候我还会在长廊里愤怒地跑来跑去,但渐渐地我在孤独中变得从容冷静。

几个月过去后,每当我走到赏心悦目的地方,我还会驻足看看风景。后来我还会在花园里荡荡秋千。那时第一次有位军官来拜访我。他挺讨人喜欢的,还和我说话。我也很快察觉到他是奉命来引诱我,做我情夫的。他失手后又来过几位,其中大多是塞尔维亚人,也许是故意想羞辱我。谁?

我也想知道是谁。为何我非要跟宫廷里的其他夫人有所不同?她们都在欺骗着自己的丈夫。你能想象在一个其他人都被罪恶驱使的地方不同流合污是件多么危险的事吗?即使宫廷里所有人都在沉睡的时候,空气里还弥漫着对我的嘲笑。

即使是那些因私生子而被套上枷锁的不幸女子——即使是她们也不会比我更加容易成为众矢之的。至少她们知道那群乌合之众的真相,知道朝她们扔石头和烂水果的那群伪善者其实和她们一样充满罪恶。知道那些也无妨。而我在长期受到讥讽嘲笑的同时还深知我比那些夫人好太多,就因为知道这些才让我更接近地狱,比那些诡计多端、通奸不忠的女人更快地堕入地狱。

傲慢难道不是万恶之首吗?人们因贪食贪婪而忏悔,因愤怒通奸绝望而忏悔,但很少会为傲慢而忏悔。就算他们因为傲慢而忏悔,也非出于我主的戒律,而是碰巧他们因傲慢而付出代价。

是的,军官的拜访接踵而至。众人皆知,视为笑谈。他们打赌哪个塞尔维亚人会征服我。很多银币都押在一个叫伊萨科维奇的人身上。他曾扬言我难以抗拒他的魅力。据说他和我丈夫很像,但我一直不知道为什么大家会这么说。

他极其卑劣。倒不是因为他的长相,也不是因为他跟所有的塞尔维亚人一样脏兮兮的,而是因为他看到亚历山大和他的皮鞭时畏缩得像奴隶一般,即使他平时也像最可恶的主子一样肆意折磨掠夺他的下属。

在这些塞尔维亚人眼中,发生的所有这一切该归咎于谁?伊萨科维奇和其他的大尉,而不是我们。从一开始我们就以敌人的身份而来,不是来帮他们摆脱土耳其的统治,而是要把塞尔维亚从土耳其手中夺过来。

但是,尽管如此,这些塞尔维亚人比起跟同胞在一起反而跟我们过得更好。刚刚说的这些事发生了之后的几个月,我要求帕特里阿克·维森特·约范奥维齐对塞尔维亚妇女施加教会影响力,停止她们躲在草丛里分娩的做法,好像生孩子是什么见不得人的事。长此以往,孩子和大人都快保不住了。

当我的信令一出,大尉就发火了,凭什么一个奥地利王妃要管农妇生孩子的事?这是塞尔维亚风俗,根本没有改变的道理。一旦让她们进屋生孩子,没多久她们就会得寸进尺,不想出去工作只在家带孩子,或者想要漂亮衣裳这种东西。她们天生是受苦的命。只有承受折磨,她们才不会有脑子去想要东西,才会乖乖听话。

但我这是到哪了?

2

大门一开我就想调头回去了,回到要塞里我那舒适的房间,床单上还留有余温,宁静而又舒适,晚一点会有红酒烩鹿肉、浓郁芬芳的匈牙利红酒和一位女调酒师。一切是那么单纯、轻松和可爱。越是轻松越是可爱。

大门开启,我们被赶进城里,一切都变得那么艰苦恶劣。每当我穿过那道门,我都搞不清自己是在往里走还是在往外走。往外,从要塞出来当然算是往外,但也是往里;往城里,显然是往城里,还能是哪里?我对一切瞬间失去了乐趣,管他什么骗人的吸血鬼、磨坊，还是王妃。但我又不能调头回去，有种力量在驱使我前进——一股把人攥在手中操纵他们走向毁灭的力量。别人都以为这股力量就是我。

当我们离要塞越来越远时，我心中的郁结也越来越沉重。就连诺瓦克也一直在回头张望，好像在确定我们有没有被跟踪，或在试图记住卡莱梅格丹的每一寸土地，国王城门、西南边的堡垒和它雄伟的幕墙壁垒。

没走多远，我们就开始沿着陡峭的鹅卵石路面向上行进，沿路都是乞丐，他们都遭受着某种身体或精神疾病的折磨。那儿实在不是个乞讨的好地方。谁会在上坡的时候还有闲工夫停下来给他们点硬币呢？后来我才理解：对一些人来说的上坡对另一些人来说是下坡，也许关键是哪些人会轻松快速地下坡。从我的经验看来，没有人会像走下坡路时的人那样愿意分享，分享的不仅是他们的财富还有他们的感情。

为何这么多人里我只注意到一个要饭的小女孩，我也讲不出原因。她脏脏的，衣服破烂，光着脚，感觉永远也长不高。多亏慈悲年迈的鱼嘴，一些孩子在学会说话和信仰他之前就被他夺走了理智。小女孩站在那儿，向我们伸出手。呆滞的双眼已经向我们表达了感激。也许感激是灵魂唯一可以表露的东西。似乎感觉光夺走她的理智还不够，她也不能说话，从她甩头的动作和嗷嗷叫的声音都能知道她是个哑巴。

"她这样能怪我吗？"我问诺瓦克，他保持缄默。

王妃之后的举动很是让我开心。她展现出了她品质中最不符合基督教的一面，而且乐在其中。她停下马，笨拙地下马，走向那女孩，抚摸她，亲吻她的额头，将几枚硬币放入她手中。尽管我很想知道具体是多少钱，但我看不清。王妃再次拥抱亲吻小女孩，不过我注意到她事后没有擦嘴的动作。接着她又笨拙地上马,继续前行。

这是一种多么奇妙的感觉!我很想和王妃分享一下。这种感觉是如此崇高震撼!从高高在上的位置,她看到了肉体的疾苦,更感受到了精神所受的更大摧残,甚至还消灭了几个她并不需要的零钱。现在她感到无比轻松高贵,甚至还有一点自我牺牲的感觉——毕竟她不厌其烦地下马又上马。精神升华后的她骑上马,重新变得高高在上,回到贵族阶层,这是在她面前片刻也不能消失的东西。

这种施舍也能称为基督教的美德吗?这种施舍难道源自权力、快乐和傲慢组成的"圣三一"吗?噢,这个世界是我的,属于我的天下!

我们还没走出很远,诺瓦克调转马头飞奔回去。我转头看到他和讨饭的小女孩在一起。我看不见他在做什么,但很快他就回来了。没多久他就赶上我们。

他示意我到一边,我们故意和其他人保持一段距离,想私下里说点事。

"这是三个十字币。"他说道,手里拿着闪闪发光的硬币。

我接过来,问道:"从哪来的?"

"刚从要饭的小丫头那拿的。王妃给她的。"

"哦,真是个善良的忠仆啊,我真没想到你这么善良。你太让我开心了。"

"无论你如何曲解一切,把好的说成有坏有好,又把坏的讲成有好有坏,我终归是善良的。我把这钱拿来也不是为了给你,而是为了救那个讨饭的小丫头。大家都看到她拿到钱了,肯定会来抢,她一个可怜的小孩,抢的时候会伤着她,搞不好会杀了她。现在她啥也没得到,那她也就安全了。"

"那你为什么不把这钱占为己有?啊哈,我知道原因了。你拿了就是罪恶,古老质朴的偷窃罪。虽然你做了好事,但钱最终还落到了我这个恶魔手里。这三个硬币你应该自己留着,懂吗?立马换成吃的穿的给她,买双普通的鞋,自然没人会去想偷她的。"

"我当时还真没想到。"

与此同时,施迈陶伯爵不知何时已骑马走在我身旁。他肯定是注意到我经常回头望,所以他开始跟我聊建造堡垒的方法和原因。

"你知道吗,在加农炮改进之前最好用最重要的城市防御工事就是高墙。因为侵略者没办法推倒高墙,只能靠爬过去,所以高度是关键。规模越大地位越重要的城市,城墙就要建得越高。后来先是发明了地雷技术。因为那时墙高,所以不厚(没哪个城市不缺钱),墙很容易就被攻破了。哦,你可知道贝尔格莱德是第一个被地雷攻陷的城市?想象一下,第一批地雷就在那儿爆炸了,就在那些墙根底下。最精彩的是,防御部队把地雷布在了土耳其战壕里,那离要塞太近了,爆炸起来很危险。那是1439年弗兰的杰作,他在意大利学的布雷技术。那个时候都流行跟意大利人学战略战术。不过时过境迁。现在都用加农炮打仗,城墙又厚又矮,没人再去翻墙了——他们轰出一条路就行了。现在我们德国人才是专家。"

"真的吗?我本以为沃邦元帅才是城市攻防方面的专家。"

施迈陶脸一红。

"有人偷了我的书,沃邦写的书,"他咕哝着说,"什么人会偷书啊?"

"作家。"我给了个答案。

他不再言语,而是加快了马速。

我也策马追赶他。

"伯爵先生,请原谅我的唐突,我想问问您昨晚是什么装扮?"

施迈陶被我问得一惊,吓得差点往后退。他拉住马缰绳停住。我就停在他一边。

"如果你想问我是否装扮成路德维格的话,那个人不是我。路德维格是我唯一的朋友,昨晚看到有人穿成那么怪异真是令我作呕。我一定要找出那个人,绝对比他想象的要快。我就一套恶魔装束,就是给你穿的那套。"

我根本不知道施迈陶在讲什么。不过他倒是提醒了我,我愚蠢到忽略了一件事:施迈陶知道所有人的打扮,因为他负责分发所有的服装,也可能负责回收这些服装。我突然意识到他对我是多么重要。这位防御工事的发烧友是贝尔格莱德唯一知道所有装扮的人。只是他刚好不知道是谁打扮成了他唯一的朋友。多么奇怪,最渊博的知识总在最关心的事上显得毫无用处。

"有没有剩下的服装?"我问道。这是我能想到的最犀利的问题。

"当然有。好些衣服没人要,但只有一套恶魔装。"

"不过,舞会上还有两套!"最后我才意识到施迈陶是在跟我说那件我在贝尔格莱德遇到的最恶心的事。"还有一位恶魔?"我大胆地问道,"另一个恶魔就是路德维格?"

"不是!路德维格·维特根奥在世时是最好的人。那些想抹黑他的故事都是敌人编造的,任何人听了都不会信的。尤其是在那件事之后。"

"尤其是在哪件事之后?"我重复道,鼓励他把话说完。

"他死之后,当路德维格……你懂吗?人们说黑暗的力量正在运转。他们说路德维格自己就是恶魔,这是末日审判的开始。"

"末日审判!"

坐在马鞍上的他突然转头,用锐利的目光盯着我。

"你花了太久来伪装成一位对末日审判一无所知的恶魔。"

"我不明白。"

"哦,你明白的远比你显露的多。"

然后他一磕马刺,飞奔而去。

3

施迈陶骑着马跑了,我也没试图阻止他。和往常一样,只要一提到末日审判我就会喘不过气来。诺瓦克向我走来。

"我一直在想,主人,以前我就一直这么想了,就是没告诉你。"

难道没有预言说在末日将要来临的日子里,至善者会缺乏信念,而至恶者会充满激情?那样的日子是否已经来到?我安慰自己说肯定没到,只是事物本该如此而已。

"做得好。以后也不必告诉我你的想法。"

他完全无视我的话。

"我一直在想为什么你会来贝尔格莱德。你不愿意告诉我原因的时候,我立马就意识到一定是很重要的原因。据我对你的观察,没什么比恐惧更重要了。它是你的原动力,因此也是你最大的影响力。"

"你很有想法。"

"是的。你讽刺的语气也是恐惧的表现。唯一的区别就是,当你还不是很怕的时候,话里只带着讽刺;当你比较害怕时,讲话比较恶毒;不是很怕的时候,你会把恶毒的话拐着弯地讲;但当你完全陷入恐惧时,你会把恶毒付诸行动。"

"我家仆人还真是慧眼识人,绝顶聪明。"

"如果你家仆人是智者,你就是上帝了。我不过是个无依无靠、万念俱灰、空有头脑的人。"

"上帝要仆人干吗?"

"后来,我猜出你是来找吸血鬼的。但是我仍然不明白为什么是吸血鬼。昨晚,我在旅馆喝啤酒时又想出干吗来了。"

"又一次是酒神赐福于你,哦?"

"你尽管用天国的辞藻来讽刺我吧,我一点也不会受影响。我只知道你到这儿是因为末日审判。"

这点时间里我竟然两次听到了这世上最令我厌恶的词语。这已经超过了我的承受能力。

"你这个脑残的仆人!你知道什么是末日审判?"

"我知道死者正在复活,《启示录》中门徒约翰告诫过我们这点,这是基督再临和末日审判的征兆。所以你才如此担忧,非要跑这一趟,见证死者是否真会复活成吸血鬼。你也知道当我主再次降临的时候,他会审判我们所有的罪恶,而你会是第一个受审者。"

"我们所有的罪恶!注意到没?!是审判我们所有的罪恶,而不是所有的善行。"

"他会用正义审判整个世界并做出正确的裁决。"他点着头吟诵着。

"你是在等着制裁吗?你以为是法律制裁吗?以为会像英格兰法官那样,走进法庭,对着本大书庄严宣誓那样?法槌敲得砰砰作响?辩方居左,控方居右?不!完全不一样。那儿除了鱼嘴别无他人。像他的天使一样,他打开封印。那个审判封印已流传久远,上面的墨迹几乎消失,早已被苦难的泪水冲刷不见。但他不会关注这些。他只会放声宣读每个字、每一步,最无关紧要的行为。

他不会问你这么做的理由,或者是否有苦衷,或者是否你有其他选择。他就是这样一个人,不会放过任何一件事。你是否会相信,那儿既不会有法庭,也不会有辩护律师或无罪赦免。因为他让整个世界成为他的法庭,没有人会出面为别人说话。他既是控方也是法官,那儿没有法律也没有正义。"

"但是法律是属于恶魔的,正义才属于上帝。就应该是这样,以正义的名义,而不是法律。"

"法律确实属于我,你也可以说正义属于他。你只要告诉我,日复一日,当人们需要他审判的时候,这些审判和他代表的正义究竟在哪? 当人们在旁听对其他人的审判时他身居何方? 在哪儿能等到他的救赎?"

"法律就存在于现世中,而正义只会在来世降临。"

"而且我跟你保证,正义降临之时,一切会受到审判,一切会缺乏正义。"

说完这话,我陷入沉默。为什么我的仆人,这个糟糕的仆人会不明白末日审判意味着世界末日? 正如我们所知道的那样,不明白我注定很难承受这一切。我想要恢复平静。对于此事我也不想多说了。

鱼嘴、鱼嘴。是的,这一切从多久以前就开始了。

那是个傍晚,天气热得这里不像是耶路撒冷。我沿着几条小径朝橄榄山顶走去,我知道能在那儿找到他。尽管我觉得天色有点晚了,虽不是那么晚,但跟平时相比今晚确实迟了些。

"你到这儿宽恕过罪人吗? 复活过死人吗? 治过病人吗? 扮过救世主吗? 谁问过你,你这个连牙都没有的可怜虫? 谁问过你,谁需要你?"

"坐下,"从他那仅剩几颗牙的嘴里说出,"坐下,我们喝点红酒。"

我坐在一块榨橄榄用的石块上。他不知从哪儿掏出瓶酒,或许我是记不清了。酒味甘甜,像所有的撒玛利亚红酒一样。

"我要修建的神庙是供奉爱情的。"

"啊哈,那意味着'我得一日建成'。傻子一天就能坠入爱河……为什么?你就是一个爱情骗子,跟那些毁了女人清白的人一样,出尔反尔,言而无信。"

"喝你的酒,别说话。"他说道。

我想到他也许想把我灌醉。我察觉到下面的橄榄园有人出没。鱼嘴朝他的杯子里看了看,说道:

"我只找那些会接过酒杯一饮而尽的人喝酒,因为他们不会让酒杯从他们面前溜走,尽管他们有时也会漏掉两杯。"

"别跟我废话,起来跟我走。抬起头来,忘记你的身份。"我抓起他的手,冰冷得像死尸一样的手。

我又看到下面的橄榄林中有什么东西掠过。

"如果我们现在离开,所有一切都能永远地继续下去。不会有什么世界末日,或者末日审判,或者是地狱……"

"但是会有死亡。"他说道,严肃地瞪了我一眼。

我吞了一大口酒,然后倒空酒杯。周围不见他那帮可笑的门徒。上山的时候,我走过彼得身旁时他正睡着打鼾。约翰也许在偷听,因为那才是他的风格。

"我的披风下有一把短剑。他们很快就会到。我们还来得及逃走。"

他一言不发地看了我一阵子。

下面的树林里又有什么在移动,应该是约翰吧。

我从不会许下超出自己能力范围的诺言,只有跟笨蛋和疯子才会许那种诺言。这儿,在橄榄山上,我想许诺的是救他的命。我所希望的是能说服他逃离命运的重负。我从未承诺能把石头变成面包,或者让人飞翔,或者赐予谁力量与权势。从来没有。这都是后来他们编造的,为了让我看起来强大而又恐怖。我必须被打造成大奸大恶的危险形象,才能衬托出他的尽善尽美。

他还是没有脱离苦海。

"我不能再这么下去了,"我几乎要哭出来了,"我不能再惧怕下去。我不能再去想地狱。就此作罢,从此不要再有什么地狱,就让人自生自灭好了。除此以外,他们还需要什么?"

"地狱就是你所在的地方,你所在的地方也就是地狱。我也帮不了你。我是来战胜死亡的,只有通过死亡我才能战胜它,只有我死才行。"

他不再说话。有好一阵子,他坐在石头上沉默不语。

4

"你知道我什么时候会回来吗?我想让你知道。我会在世人不再想到地狱的时候回来,当他们确信我最终死去,他们已经杀死我的时候。是的,他们甚至会爬到房顶上宣布此事。当他们忘记我的时候我就会回来了。"

就在那时,走过来一些耶路撒冷罗马军团的士兵,领头的是一位百夫长。

"我是奥托·马克西姆斯,"金黄头发的百夫长说道,"我是奉犹太行省总督本丢·彼拉多之命,前来逮捕拿撒勒人耶稣。"

鱼嘴走近百夫长,伸出了双手。

从那时起不知已度过了多少岁月。时光飞逝。而且我敢打赌在这段岁月里没有人比我更多地想到地狱。

是的,就是地狱。过了很久,我听到了那个英国人说的话,这个人最终死在酒馆里,因为倒在某人身上时刀头刚好插错了方向。他说的跟鱼嘴和我提到的地狱的感觉有点像。时不时我就会在其他地方听到有人重复着那晚我们之间的一两段对话。让人觉得那晚一定是有大批群众躲在旁边偷听。

但是我的仆人真的很聪明。他懂得见风使舵。我一路上带着他才是明智之举。即使是鱼嘴和他爹以及另一个谁一起制订出多么高端绝妙的计划,也必须仰仗凡人用他们简单易测的行动去执行。

"维特根斯泰因究竟发生了什么事?他为什么重要?去查出来。"

"维特根斯泰因?"

"是的,路德维格·维特根斯泰因是施迈陶伯爵唯一的朋友。后来他身上发生了什么可怕的事,很明显还是两次。你去向施迈陶家的仆人打听打听。"

"现在?"

"立刻。"

他很听话,立即重新打入仆人内部。

第三章
事件描述,包含反对叙述者的观点(沉默非金)

1

我们又走过了一道门,离开了城镇进入了下城区。诺瓦克还在跟其他仆人聊天,没人打扰我。我越过施密德林的秃头向萨瓦河望去。因为昨夜的风暴,河水显得有些浑浊。每过一天,河流都会呈现出不同的模样。不是有个希腊人,叫作"晦涩哲人"的那位,他不是曾说过你不能两次跨入同一条河流?在那儿你方能找到人类知识的极北之地。真正的意义是同一个人不能两次踏入同一条河流,或者是踏入其他任何一条河流。人类就像河流一样善变。

突然在我和施密德林之间出现了一个骑马的人。他穿着土耳其服装。土耳其人到贝尔格莱德干什么?我思索着。一开始我看不见他的脸,因为他脸上缠着很大的红色头巾。他穿着上等天鹅绒材质的束腰长袍,上面绣满了珍珠螺钿,下摆覆盖了后半个马身。长袜像绿松石一样蓝。拖鞋头部向外弯曲,顶部镶嵌了一颗硕大的黑珍珠。他转身面向我,很快就认出了我。他是大维齐尔尤瑟夫·易卜拉欣。装饰在他头巾上的巨大螺钿,虽然没有阳光的折射,但仍然熠熠生辉。

我记得他的印章图案由两部分组成:一大部分刻着"尤瑟夫·易卜拉欣上帝忠仆"的字样;另一小部分刻着"沉默即是安全"。我曾为这位波斯尼亚名人多么精心地设下陷阱,那时他已经在伊斯坦布尔声名显赫!

我在苏丹特使面前用华丽的辞藻大加赞扬他的功绩,这些言语流畅地凝结成绳索,缠绕于他的颈上。可惜后来我有事要走,得从地中海东部去往东方,于是我只能从金角湾出航,把这件事给忘了。听说他摆脱了我的陷阱,为了感谢真主安拉(搞得我跟魔鬼似的)他回到祖国,在热帕修建了一座桥。可我还是没法不给他点惩罚就放过此事:我坐下来给他写了封信,模仿了他的一位同胞的笔迹。信中我建议他在桥上刻上下面这段话:

当卓越的统治和高尚的技艺
紧握双手在一起,
成就此桥的宏伟壮丽,
人人欣喜歌颂尤瑟夫的功绩
此生来世代代相继。

过了不久,当我经过热帕的那座桥,我驻足靠着石栏休息。虽然傍晚天气很冷,但桥是暖的,仍然保有太阳照射过的余温。只是桥上什么字也没有刻。又一次我暗下决心,一定要惩罚这个坏东西。

但此时此刻为什么这个波斯尼亚人会出现在这里?他想从我这得到什么?复仇吗?这个大维齐尔到底想做什么?难道是和奥地利人一起骑马吗?我突然意识到他可能是幽灵。跟我在下城区遇到的某个幽灵很像。可能只有我能看见他。

当我还在苦苦思索的时候,他大笑着说了一串"拉西麦佛喏里喏的那侬喝呢维诶克喏塔噻咖普哦特尼诶啦唔哦唉翁"。紧接着他的脸开始变化,稀薄的长胡子忽然不见了。眼睛也变得越来越大。头巾也越来越长,变成了卷曲的假发。绿色长袍变成……

大红色皇室披风。

他就是我回到贝尔格莱德时见过的那位伯爵。顶端镶嵌着黑珍珠的拖鞋还保留着,没有变成马靴。这点让我感觉很不搭。事实上,我现在变得更加困惑了。

鉴于这位红衣男明显是个奥地利人,这意味着他会和我们一起旅行,而不会像瓶中精灵一样还要遵循时间宝贵的传统。

那他为什么会用那种方式和我说话呢?要么他不想让我听懂,要么他知道我的身份,想要让我知道一点他的事,却不想让别人听懂。不管是哪种情况,都不好办。因为他这么说话我根本听不懂,他疯了吧,疯子往往比恶棍更令人恐惧;而且如果他知道我的身份,他会是我最大的敌人。虽然塞尔维亚摄政王也很快认出了我,但他没有能力化身成大维齐尔。如果塞尔维亚真的是我最大的敌人,这只会意味着一件事:世界末日真的来了。

"怎么了,主人?你周围又散发出了一股硫黄石的味道。"诺瓦克说道。

"闭嘴!"

"我什么也没看见啊……"

"闭嘴!"

"但我不明白。"

"你能闭嘴吗?"

最终,还是因为他太吵了,我终于冷静了下来。我放慢马步,直到和红衣男保持一大段距离。诺瓦克也很聪明地照做。直到离得足够远时我才问诺瓦克:"你看没看见一个穿着红色披风的男人?"

"我没看见有穿红披风的人。"

"现在我们有几个人?"

"算上我们俩,八个人。这有什么好问的?"

"没什么,你有没有打听到维特根斯泰因的事?"

"他的名字叫作维特根奥。"

谁能把这些姓全都记下来?我连欧洲那些大家族和他们的族系都记不清。嫁出去的,东欧、西欧、中欧的,所有姓氏都是复姓,而且大家都是亲戚。我多么希望能够终结这些乱七八糟的贵族等级、家族联姻、复杂姓氏,以及其他不平等的产物。我发现美洲的英属殖民地在这方面取得了长足的进步。在那儿没有伯爵、男爵、公主之类与生俱来的头衔,看中的是一个人的能力。我颇为看好大洋彼岸的年轻人。

"好吧,且听听看你打听到什么了。"

"他生于德国一个天主教家庭,但听人说他有犹太血统。后来,他去了英格兰,又从那儿来到了贝尔格莱德。"

愚蠢的家伙。

"据说'世界正如所发生的一切'就是他讲的。"诺瓦克继续说道。

"我听不懂。"

"没人听得懂,但就因为这样大家都觉得他高深莫测。"

"我懂了。"

"反正,维特根奥对多克萨特下令在三年内修建的那两个储水库特别感兴趣。一个在贝尔格莱德,另一个在彼得罗瓦拉丁。每个人都确信他来是做某种检查的,看看里面有没有弄虚作假,确保卡莱梅格丹的工程质量。但是施迈陶的人跟我说,你别说跟别人说,根本没人派他来,至少可以肯定他不是皇帝从维也纳派来的,他是自己要来的,想到储水库下面看一看。"

"为什么?储水库不让人进吗?"

"他一直没有时间去。来了没多久,这个可怜的家伙就失踪了。"

"可能他就是下到储水库里去了?嘿,嘿,嘿,只是他出不来了。储水库里应该有个你感兴趣的秘密:如果走到库底,你会发现你要找的东西,但就是没有出口。"

"我听说有两座旋转楼梯直达水平面:一架是下楼用的,一架是回去用的。"

2

你觉得我讲的故事前后不一,有些事之间互相矛盾?你觉得我显然或可能在撒谎?

如果我真在撒谎,我会把故事编得完美一致,天衣无缝。因为如果我真在撒谎,我会事先把一切都编好,我能让这个故事听起来很完美;如果我真在撒谎,我一定会遵守亚里士多德的逻辑原则。事实上,因为我说的都是真相,因为我没有事先完全编好,所以自然会有漏洞。所有完美的故事都是谎言。真相总是迂回曲折,不会依计划行事。当我们叙述真相时,我们不会依赖事物的逻辑性,因为真相是独立的,不是亚里士多德编造的。只有谎言才依赖推理原则生存。

我没听清,麻烦你再说一遍。

你问后来发生了什么?

我们仍坐在他们为我们准备好的餐桌旁。我们七个人。沃克·伊萨科维奇没和我们在一起。回想起来,我直到第二天早上才见到他。原来他去放哨了。

因为坐在户外挺冷的,所以我披上了最喜欢的那件披风,红紫搭配的那种。先上了几杯茉莉花茶。那时我总爱在茶里放很多糖。但我刚伸手舀到一勺糖,坐在我旁边的施迈陶就碰到了我的手,害我把糖撒在了桌子上。于是他向我道歉,但我很快反应过来他是故意的。当我舀第二次的时候,他的意图更明显了。他推了我一下,我又把糖弄撒了,然后他又向我道歉。第三次想往茶里放糖时施迈陶又来妨碍我,这次我必须让他给我个解释。

"喝茉莉花茶是不放糖的。"他回答道。

"那你就不能直接跟我说吗?"

"就算我告诉你,你也听了,但很快你就会给忘了。现在我确信你不光记住了我的粗鲁无礼,而且还记住了不要在茉莉花茶里放糖。"

"就算是那样,鉴于您的粗鲁无礼,我是否应该跟您难以言表的忠告对着干呢?"

"您是位聪明的女士,不至于自讨苦吃。"

"究竟是什么原因让我有幸得到您的关注?不久前,您还在指控我谋杀了您的朋友维特根奥伯爵。"

"我有吗?我只是和你推心置腹地交谈。除了您,我还能与谁交谈?你不妨看一下四周,这些精心挑选的同伴不过是群傻子。一位来自维也纳的伯爵,不知从哪冒出来的,据说他的头衔是在海外某些殖民地讨来的,就好像那种地方真有什么事可做似的。顺便说一下,还有个人,把我那本沃邦元帅的书也扒走了。"

"我印象里你已经不读书了。"

"你怎么知道的?"

"消息总是传得很快,尤其是坏消息。"我微笑着,前所未有地开心。

汤上来了。

"这是中式面条汤。"施迈陶说道。

我们默默喝着汤。不知道为什么大家都不说话了。

接着上了风味绿豆,仍然没有人说话。直到上了主菜施迈陶才开口。

"这是五香鸭配木须煎饼。把鸭肉放入鸡汤中,煮开,再放入酱油、糖、盐、生姜和茴香。小火,盖上盖子,煨上大戏院上演一部《无事生非》那么久的时间。"

"你既然不看书,那冯·豪斯伯格偷没偷你的书又有什么关系?"

"我只是不再看诗歌散文了,但我一直在买专业文献看。把鸭子从火上取下,沥干,在鸭肉里外抹上五香粉、腌黑豆和红酒。用玉米面把鸭肉包裹起来,立在那大概要正剧一幕戏那么久的时间,绝不能用喜剧代替。用热油把它炸到金黄色,再把油沥干。拿起木须饼,也叫中式春饼,用干净的布把它们裹起来,蒸上哈姆雷特在第二幕独白那么长时间。最后……

"最后,把鸭肉切成薄片。现在,我来讲下吃法。因为我找了,王妃殿下,我找了但却没有找到。没有任何一本书足以让我叫好。他们按部就班。他们挑起我的兴趣,让我一见倾心,爱不释手——但最终不值一读,总是令人失望,显得微不足道。起先我认为,一些作者或许不知道自己在做什么,所以他们的情节总是虎头蛇尾。但随着时光的流逝,我发现他们都写不出我想要的情节。现在中式烹调都非常讲究吃法。将甜面酱抹在饼上,加几片鸭肉,上面放点葱,卷起来吃。后来我才知道问题出在哪。因为我对书期待过高,期待那些普通的书能解释出生命的真谛。但那并不是他们写书的目的。他们只是想让主角安全地找到伴侣,或者死去,或者得到王位,或者在长途跋涉后回到家乡。写这些有什么意义呢?我忘了,王妃,不好意思,原料的比例,很抱歉,但如果你想知道我可以问一下厨师。"

"伯爵先生,您在沙地上画过肖像吗?"

"当然没有。"他大声说道。

"那么,请问阁下曾使用语言这么陈旧的工具去解释过世界的本质吗?"

"我非常同意您的想法,王妃——摄政王王妃,"冯·豪斯伯格插了一句,"思考一下语言和它在耳中发生的变化,舌头对语言的改变更是不必多言。举个例子,前几天人们把它叫作'守卫更换',而现在已经管它叫'守卫更换行动'。在你搞清楚前,他们将会把它改称成'守卫职责提供者岗位上将执行的变更'。他们一旦开始,就能创造出连恶魔自己也想不出的这么纯正的废话。这难道不是语言枯竭衰落的明显征兆吗?你们这些上等人又如何会用那种语言来表达它最伟大的秘密,嗯?你们会吗?"

"冯·豪斯伯格伯爵,别忘了,是主的言语让这个世界诞生。他正是用言语创造了世界。所以言语高于世界,通过言语才能理解世界,只是那些作家们做不到,也不得其法。"施迈陶说道。

"哦,原来他们知道啊,而且还了解得很透彻。如果真是他的言语让世界诞生,如果语言真是第一位的,那到底是什么创造了发音错误、比喻、借代、转换和修辞?应该是世界毁灭造成的吧。更不用说讽刺了!绝对致命的武器。想象下他用讽刺的语气说'来点光吧',结果创造了黑暗。曲解语言就能改变世界的形状。相信我,那才是恶魔的工作。"冯·豪斯伯格一口气说道。

"有种书句子优美又睿智,有着独有的叙述方式,能让人一晚上笔直地坐着或者窝在椅子里,或是为了强迫自己不继续往下读而不得不站起来,这种书你觉得怎么样?你会伸伸懒腰出去走走。你会思考。最让人愉悦的书,是那种会让你放下它站起来想一会的书。从某种意义上说,阅读就像是人类的情感,有多少运动就有多少停顿。停顿时我们回想刚发生的内容,又期待下面的内容。当发生这样的情况,你还需要别人给你解释这个世界吗?小说和诗歌并非为解释世界而写,也并非为让一切扭曲变形。我们只是想置身其中进行一次航行,待上一段时间,沐浴在辞藻、诗句和篇章组成的令人心旷神怡的河流中。"我说道。

我们都静静地坐着,然后冯·豪斯伯格说道:

"那您如何区分生命的法则和文学的法则?"

3

让我停下喘口气吧,我说了这么久都没停过。很难记起当时我说的每句话,还有我说话时的表情和姿态。好吧,继续。

已经过去了很多年,很多事都变了。比如法国那场的大革命,谁能料到它的爆发?现在,你在这问的都是些陈年往事,谈谈那个国家也没什么关系,反正那个国家早就归还给土耳其人了……

什么?你说这事书上都写过了?什么样的书?是的,我确实知道我不该是那个发问的人。我有分寸。但是,有这种书吗?已经有人把我跟你说的都已经写成了书吗?唉。

现在我明白为什么你会问我了。其实真正发生了什么并没有人关心,人们关心的是书里写了什么。是书里的内容让你觉得不安,而不是事件本身。

我知道谁有可能写了那本书。我很清楚。

现在所有的事我都知道了。为什么我这么笃定?因为我连五香鸭配煎饼这道菜的配料比例都知道:

五杯鸡汤

两勺半酱油(茶勺)

半杯盐

两勺茴香

两勺生姜

两勺半红糖

两勺半五香粉

两勺半黑豆

两勺红酒

一勺玉米粉

两勺半面粉

六杯油

六到八张中式煎饼

甜面酱

大葱

这个配料能做半只鸭子,如果你不想吃鸭肉,这料够做一整只鸡。我觉得我们吃的那顿,配料肯定多放了一倍。

我不知道五香粉的配方是什么,他们就是那么叫。不过我也不知道甜面酱哪里有卖。我是从中国带来的,你知道吗?我的家族和清朝关系不错。

你永远不会知道一道佳肴中放的所有配料。因为总会有一点秘方。这样你才了解:越是细微的秘方配料,越能增添佳肴的风味。

我是怎么回答冯·豪斯伯格的？一会儿我就会告诉你。没必要一定要按次序说，不是吗？至于那些发生的事情和经过你都已经知道了。顺序你也知道。除了那些事，重头戏就要来了。这件事比起我给冯·豪斯伯格的回答，对故事来说更加重要。

一个仆人不小心把汤泼在了施密德林男爵身上。他坚持要离席换衣服。你不理解这事有什么重要的。吃饭那会我也没有觉得有什么，到后来我才明白，这太关键了。我刚刚说到，施密德林男爵回到小屋换衣服。但他换得实在太久了——事实上，他花了整顿午饭的时间。我必须承认，我们几乎把他给忘了。

我们很快把鸭肉吃完了，或者说是把饼里包的鸭肉吃完了，然后我发了会呆，甚至没注意到调查团的三个人在那里聊天，解释着什么重要的事情。我看到冯·豪斯伯格很费劲地在偷听，但我猜他听不见。而我的听觉异常敏锐，至少那时我听力确实很好。所以我能听到和听懂他们在说的一些事。

那个说得最多、声音最小的那位就是戴着红色假发的那个调查员，而另外两个在听他说，还时不时点点头。事实上从整顿饭的表现来看，那个戴着红色假发的才是主管，而不是那位医生，不像之前我一直认为的那样。

4

是的，我从那三个人的对话里听到的事情后来真的发生了。他们商量好让克劳斯·拉德茨基在磨坊里待上一晚。开始我不清楚这三个人为何不一起待在那。后来施迈陶伯爵说明了原因。因为三个人一起待在磨坊的话，就不能让塞尔维亚人相信没有吸血鬼这事。据说吸血鬼大部分时候都是旁边没人才会攻击,所以三个人一起待一晚上什么也证明不了。

与此同时,施密德林男爵已经回来了,正好赶得上打开他的"签语饼"。签语都写在小纸条上,放在甜饼干里一起烘焙。一般上面都会有孔子或老子这类人的语录。据说,中了某条签语都并非偶然,而是命运、宿命,至少上甜品的仆人是这么说的。

我的签语上说:"快乐路边寻,尽头无踪影。"

中文?

是的,签语是用中文写的,施迈陶伯爵给我们翻译的。当然,因为我们都不会中文。尽管……

尽管我确实记得,仿佛如昨日才发生一般,那时我看到冯·豪斯伯格伯爵第一个打开签语。我那时觉得他能看懂上面的文字,而且内容让他很震惊。不过他仍然将纸条递给了施迈陶来翻译。施迈陶伯爵是这么译的:"你的世界皆为事实,而非世事。"冯·豪斯伯格惊讶地望着他,就好像他说得完全不对,就好像签语上讲的完全是另一回事。但是冯·豪斯伯格什么也没说,只是拿回了纸条,把它揉成一团。

施迈陶的签语怎么说?

我不记得了。应该是些吉言。一目了然的吉利话,不像我和冯·豪斯伯格的签语,说不上好不好,晦涩不明。至少那时让人觉得云里雾里。

没有,我倒没有因为施迈陶伯爵会中文而感到惊讶。只要是中国的,从中国来的一切他都喜欢。人人都知道。他经常说"在这儿我们离东方是多么近"——然后出神地望着挂在宫殿里的中国画。在丝绸上用竹墨作画,谜一般的中国风景画。我觉得看着那幅画能让他感到平静。我也不是经常遇到他,但每次遇到他,他总是入神地看着其中一幅。

5

台阶……是的,又是台阶。

"我有没有告诉过你,我们花了多少时间走台阶?当我跟着鱼嘴一路走到各各他,我赶上了抹大拉的玛丽。此时,那儿有一个灵魂,很少能遇到的那种灵魂。虽然我也见过众多备受煎熬的灵魂,但我仍然无法抗拒这个苦难的灵魂。爱情……"

"主人,您跟我说这些干吗?你真的以为自己能说个故事?还说个爱情故事?我会这么说是因为再怎么也轮不到您来说爱情故事。原因就是,首先,您不懂如何去爱。您可能知道怎么拼凑个故事,但如果您不懂如何去爱,再会编再聪明也没用。"

"你净胡扯。"我尖刻地说道,"照你这么说,只有杀人犯才能谈杀人,只有叛徒才能说背叛,只有你能谈邪恶,只有天使才能谈道德。"

"也不完全对,主人。"

"怎么说?"

"因为只有恶魔讲故事难长进啊。"

"不理解。"

"很容易理解啊,主人。讲故事的人应该能从他说的故事里得到教训:陷入爱情的人学会如何更好地去爱,杀人犯知道懊悔,叛徒会在国王面前趴地求饶。这些才是真故事。"

"其他都是真相。"我笑道。

诺瓦克点起烟斗。里面装的是维吉尼亚烟草,是我允许他从我的柜子里拿的。他回头望望我,眼神跟吸了大麻一样。

"我怎么就不能讲个爱情故事呢?你知道吗?我也爱过的。"

"您是有过爱情,主人。您所说的爱过是什么意思?您曾准备好为你爱的女人牺牲自己,毫不犹豫,没有过一丝疑虑吗?您曾坚信爱情,没有因那些不知所谓的讥讽嘲笑而退缩吗?"

"不曾,当然不曾。女人是迟早会死的生物。"

"我理解,主人。大家都那么想:我永远不会死,而你们这些人都只是匆匆过客,终将走向毁灭,我们会退缩总是因为他人的错。不要笑,主人,这是件悲伤的事。"

"所以?"我问道。

"所以不知道怎么结束故事的人必定讲不好故事。即使他能够拼凑出一切,他也不知道如何再次将它分解。坏故事永无止境,这就是讲不好故事的标志。"

"我们这有个小亚里士多德啦!"

"也许他还不如我。对有些事,我确实知道的比他多。我知道故事的迂回曲折就像是问题,而故事结束的方式正像是答案。任何人都能问问题,但不是所有人都能给出答案。能者要付出更多的努力和技巧。在我来看,这些对您来说都没什么区别。您未曾也永远不会学到什么,正因如此您成为了恶魔。"

"噢,现在我明白了。"我说。

但他没再说什么,只是抽着维吉尼亚烟草,盯着脚下的地面。我也点起了烟斗,坐下和他一起抽烟。

6

施迈陶伯爵结束了这顿饭。他结束的方式很古怪,太低调了,非常不像他的风格。直到后来我才终于第一次理解低调的伟大之处。正如你可能已经察觉到的那样，施迈陶因其伟大而颇受折磨。因为自己无法形容的重要性，他很是遭罪。玛鲁利伯爵——他的保护者之一，接替了我丈夫，而且因为我想不到的某种理由，一个和他的地位相关的理由，此时他的地位和我们是不同的，他的地位比我们高。但是施迈陶自己当时并不知情。

无论如何，饭总算是吃饭完了，拉德茨基起身，微微鞠了一躬，宣布了自己要在磨坊里待一夜的决定。

我后来发现他的鞠躬标志着第二幕的开始。后来有一位不明身份的、不知为何对我们不怀好意的作家，掌握了我们的命运，开始搞创作。那天下午，一切似乎一如往常，充其量和小戏里一幕没彩排的场景差不多。赶了一天路，大家都累了，准备稍事休息，但是因为白天太短，这个点其实也可以睡觉了。我确信明天会一如既往。我对早晨没别的期待，只是期待破晓总会带来的那些：不是胡思乱想而是需要执行的任务，不是疑神疑鬼而是能确定的事。至少我是这么想的。也许别人想的和我不一样。我想说的是，也许我们中的一些人正准备和吸血鬼相遇。

我们穷尽一生都在学习如何戳穿谎言，翻开它找到背后的真相。可最终当我们面对真相时，却只有无助。因为谎言很真，真相却很假。我不想见到吸血鬼。

7

"我不懂你对此事为什么如此较真。首先，你可以相信我说的故事。大家怎么说，鱼嘴怎么说，我就是怎么跟你说的。发生过的事及其经过我都告诉你了。的确，有时候我把后面的先讲了，我有些跳过去了，但我这么讲只是为了让故事听起来更有意思，这样你才听得过瘾呀。"

"哦,真的吗?你说故事都是为了显得自己聪明,仅此而已。我想不出你讲的故事里有哪一个是耶稣基督能有好结果的。"

"当然,那种故事没什么意义。怎么会有人相信那些凶兆威胁、峰回路转、由衷的训诫和启示?鱼嘴来来回回就是这些内容。我跟你说,大部分英雄期待的不过是一场小小的胜利,傻子就想要聪明一点,穷人想要点财富。相信我,就连那样都要求太多了。"

"但是……"

"会讲故事的人会把更多时间花在重要情节上,然后给那些在哲学问题上来回思考得眼皮都快撑不住的读者来个措手不及。先是无聊,然后惊讶。然后一个接着一个的惊讶。多么具有讽刺意味的转变!我跟你说,讽刺绝对不是这个世界的产物。现在,看明白了吗?只有我才会讲出那样的故事。"

8

我们跟在拉德茨基后面。他挺着胸膛,勇敢地大踏步地走在我们面前。很快,我们就到达了磨坊。那里每时每刻都是个黑暗的地方。水车是黑色的,很大,正在腐烂。

磨坊就是个编条和泥灰糊起来的小屋。

此时,克劳斯·拉德茨基摘下假发,脱下短外套,只穿了件白衬衫。就像要开始干活一样,他卷起袖子。"就等到明天。"他说道。

他走进屋里,门在他身后关上了。我们都站在那看着。什么也没发生,但我感到有些压抑。等了好一会才有人开始说话。后来我才知道,拉德茨基进去的时候一些农民也在看。毕竟,整件事都是为他们好，至少我是这么认为的。

即使在我们说话的时候，也没人把视线从磨坊上移开。我们在那儿站了很久，渐渐也无话可谈。某一刻，完全没人说话，被沉默主宰，但是并没有持续很长时间。很快，我们听到了鼾声，从磨坊里发出的，是拉德茨基的鼾声。肯定是在舞会上太累了，所以现在睡得很沉。

9

当我们到达德德伊兹科泽洛时，夜幕已经降临，施密德什么的男爵下令在室外摆桌吃饭：倒胃口的中国菜、倒胃口的小饼干和里面倒胃口的签语。我绝不相信这些签条不是施迈陶伯爵自己编的（就他会中文），然后安排大家拿他认为最合适我们的预言，或者是他最希望的我们该有的命运。我还没等到什么信号，用餐就结束了。倒是有一个信号，但不算是特别的信号：施迈陶伯爵裤子上洒了些红酒，不得不离席。没一会，拉德茨基就站起来说他准备去磨坊待一晚上。大家似乎都有点奇怪，肯定是中式甜品惹的祸。大家一个接一个地离桌。只有王妃和施密德林男爵还没走，两人有说有笑，女的搔首弄姿，男的像只老母鸡。

拉德茨基没过多久就回来了，周身洋溢着年轻人的勇气。施密德林突然站起来，对王妃浅浅鞠了一躬，很优雅地示意让这位青年带路。可是拉德茨基很迷惑地站在那儿，不知该往哪里走。也是，他知道自己要去磨坊，但不认得路。因为拉德茨基也曾受到维也纳礼仪的熏陶，于是他也优雅地示意让施密德林先走。施密德林男爵，作为正宗维也纳出品，又客气了一下，再次让拉德茨基带路。此时拉德茨基终于放弃了他的优良血统，这也显露出他并不

像自己努力表现得那样头脑冷静,他大声说道:

"我不认识路!"

"麻烦您再说一遍。"施密德林低声说,向拉德茨基微微鞠了一躬,然后很不确定地朝某个方向走去。

磨坊离得不远,大概离我们刚刚吃饭的桌子也就二百步路。拉德茨基脱下骑手上装,上身脱得就剩白衬衫。他卷起袖子,看都没看我们一眼,径直朝里走去。我注意到周围的农民都在盯着看。我们在那儿坐着聊了好一会,但我没说话。我在侦察周围有没有合适的地方藏身,这样我可以晚点回来继续监视磨坊。我只是不相信那些塞尔维亚人,或者不相信这个波扎雷瓦茨来的年轻人——更别说不相信没有吸血鬼了。

离磨坊大约五十英尺的地方有一棵大橡树,大部分都枯萎了。短粗的树干从中间被劈成两根粗枝,早已没有生长的迹象,但顶部却有枝繁叶茂的树冠。我决定一会回来这里,爬到够高的地方监视磨坊晚上会发生什么。不过首先我得和大家一起先回到我们今晚要投宿的小屋,然后再偷偷溜出来。当然,我还必须在午夜鬼怪出没之前结束监视。诺瓦克跟我说过,农民都说吸血鬼最爱在午夜和凌晨时分出没。

当我还在那想心思的时候,周围的谈话停止了。突然就一片寂静,就像有时在地狱里感受到的那种寂静。

接着,我们听到鼾声,是拉德茨基从磨坊里发出来的,他的恐惧被疲劳打败了。又或许打鼾只是表演,可能是演给农民看的,亦或是给我们看的,想跟我们证明没什么危险。

有人说道:"拉德茨基睡着了!"

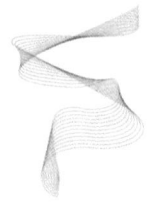

第四章　维也纳协定

1

他再也没有醒过来。

但这件事你肯定已经知道了,不然我们也不会现在来调查,虽然为时已晚。

我不知道他为什么那么快就睡着了。可能根本就不是他在打鼾;可能另有其人藏在磨坊后面,一个想让我们听见他的声音的人。别忘了,这期间有个人一直没出现,那就是沃克·伊萨科维奇。

我倒不是在指控谁,我只是在说当时发生了什么。

也许中式菜谱的秘方里有为拉德茨基下的毒药。那种毒能让他吃完饭后很快就睡着,但不足以立即致命。无论如何,当我们听到鼾声的时候,就以为可以安心走了。于是我们向小屋走去。一想到那儿又脏又臭我就全身不舒服,所以我一点也不赶着回去。有几次我回头望的时候,看到农民们也开始慢慢散去了。

我想到拉德茨基是多么勇敢。如果是我丈夫听到那鼾声,一定会对他大加赞赏。亚历山大最鄙视中庸,他总按自己想要的方式生活,或者坚信只有这样生活才最刺激绚烂,才最强势果敢,否则那根本算不上是生活。对他来说两点之间不存在过渡,没有中间地带。他总是在一个极端或另一个极端:兴奋之巅或绝望之底。他总说只有胆小鬼才会中庸。那时我还很崇拜他,所以我从来没想过拉德茨基很傻。

快走到小屋的时候,施迈陶伯爵靠近我。我很高兴有人找我说话,哪怕能在外面多待上一会也是好的。

"如果您愿意,请想象下,"施迈陶伯爵说道,"一支所向披靡的军队、多克萨特带领的军队,翻山越岭向塞尔维亚挺进,其巨大的尾翼横扫奥地利。先头部队每靠近贝尔格莱德一步,就从土耳其人手中解救出一片土地。所到之处,逃亡的人群汇集成一条多瑙河,而土耳其间谍则组成一条萨瓦河。现在离贝尔格莱德只剩下一天的路程。此时在城墙里边,叛徒的脑袋正在等着搬家。"

"我不懂你想说什么?"我问道。

"我想到什么就说什么,没有添油加醋。你不懂,但我懂。但是你应该懂,你最好了解这一切,这些为叛国所做的准备,那个该死的储水库,是多克萨特直接下的命令,自己设计的,你丈夫批准的,这一切还不就是为了下达最后决议:尼什投降,然后是贝尔格莱德。但你记住,只要我活着,我就会抗争到底,绝不会让贝尔格莱德沦陷,哪怕是要我把储水库堵起来。"

我听完没有说什么,时至今日我也不知该怎么回答他。

即便如此,我们都意识到了同一件事。那就是军队和难民正在向城市涌去。我们甚至已经计算出他们还要几天就会到。七天,施密德林男爵和冯·豪斯伯格是这么说的。施迈陶伯爵却说是五天。其他人却觉得五天不可能。毕竟从尼什到贝尔格莱德有三十英里路,照这么算,这点时间每天得赶六英里的路。逃难的人里还有小孩、老人和伤患。人们还驮着那么多行李货物。况且人们根本不想走,他们是因为协议被赶出尼什的,因为多克萨特和土耳其人达成的协议。

2

那天是满月,月光皎洁明亮。

我们休息的那间屋子没有窗户,只有壁炉里的火苗发出微弱的红光,映射在我们和周围的物件上。也许地狱之火快要熄灭的时候会看起来跟这差不多。为了等大家都睡着的时候溜出去,我像是等上了好几个钟头。不过因为昨晚的化装舞会还有今天吃太晚了,我自己也没撑住,睡着了。

等我醒来,火已经熄了,周围一片漆黑。我试着坐起来,尽量不弄出声。为了适应周围的黑暗,我又坐了好一会儿。靠着屋顶和墙面缝隙里透过的月光,所以我能认出睡着的是谁。我数了下人头,又确认了下。我旁边有三个人,那说明屋里还少一个人。诺瓦克自然是跟仆人睡在一起的。

我蹑手蹑脚地慢慢起身,看了看离我最近的那位——是调查团里戴金色假发的那位。又跨了两大步,我走到第三个人旁边。他是趴着睡的。我刚蹲下准备细细看看他的脸,他就换了个睡姿。我赶紧后退,生怕会吵醒他。等他睡稳我又偷偷靠近,差点碰到他耳朵了,我赶紧闭住气。他又换了个姿势,我又靠上去。现在他一只胳膊盖在脸上。他该不是醒着吧。可能是施迈陶也可能是施密德林,管他呢,不看了。我朝门走去,或许只有这地方的人才把这东西当门用。我走到外面,月光让我眼盲了一会。直到我距离小屋足够远,我才点起烟斗,抽点烟冷静一下。

很快我就找到了去橡树的路。爬树怎么变得这么难了呢,半途有根树枝居然断了,害我差点摔下来。断的声音还挺大。我只能挂在两根树枝中间,半天找不到个搭脚的地方。即便如此,我还是尽力不制造出更多噪音。直到我手和胳膊实在撑不住了,我才荡到另一根活枝上站稳。这样都没掉下去让我充满了自信,我突然变得灵巧起来,越爬越高,最后栖息在一根离地面够远的树枝上。

这个藏身地我挺满意的,因为人们一般都不会往上看,而且从那儿我能清楚监视磨坊,尤其是进出的人。

我也不知道现在几点了,只知道我睡得并不久,所以现在应该没超过九、十点钟。尽管我栖息的树枝挺粗,但还是觉得不舒服。也许正因为这样,所以感觉时间过得特别慢。

有时候纯粹的疲劳确实比恐惧更强大。或许过度疲劳反而会磨灭恐惧感。无论如何,我很快又睡着了。我没摔下来真是奇迹。没人知道这种奇迹能持续多久,好在突然一阵噪音吵醒了我。

我向下望去,看到五个人坐在橡树下。他们穿着白色衣服,说的是塞尔维亚语。我立即认出了他们中的一人——沃克·伊萨科维奇。身穿白衣的他就好像一只扮成磨坊工人的熊。他们说话很小声。伊萨科维奇有时会大点声,但我也只能零星地听到几个字,完全不明白他们到底在说什么。我不敢动,甚至不敢呼吸。

我也说不清为什么我突然把视线从他们身上移开,但我确实这么做了。那时我看到一个红衣男从磨坊里走出来。我简直想惊呼出来,所以我只能咬着自己的手指。红衣男全程没回过头,他径直从磨坊梯子走下来,就像在走宫殿台阶一样,下面有一群忠实臣民想要一睹他风采的感觉。

只高贵地迈了几步,他就穿过一片空地消失在了森林里。他可能是在我睡着的时候进磨坊的。无论他的出现多么让我瞠目结舌,我都得变得理智了些,我要把这看成是幻觉的产物。因为诺瓦克没看见他,所以他必须是假象。其他人也没看见他——第一次他出现的时候没看见,第二次当这个灵魂和我一起骑马并行的时候,其他人也没看见。

不过,在我们回城的路上,沃克·伊萨科维奇看到他了,毫无疑问他很害怕。这次因为他在下面谈得太起劲了,所以他没注意到。我希望,只有伊萨科维奇和我会看到他。

后来我有了个绝妙的想法,或许这个红衣男就是吸血鬼。这才说得通。从我听说的所有事上看,吸血鬼不会进城,城门打开之前他就自动消失了。从我到这之后听说的关于这个城市和城墙的所有谈论里也有一点说明了这个问题。在施迈陶永远解释不完的一个话题中,他不是曾提到城市的目的不是为了保护居住者防范劫匪,而是为了防范亡灵吗?壁垒和水,护城河里的水都是为了防御那些从坟墓里来的拜访者。贝尔格莱德在那儿才固若金汤。所以吸血鬼只能在磨房那里攻击人,偏偏就在那又看到了红衣男。而且农民们描述的吸血鬼是红色的,说吸血鬼用受害者血液染成了红色,总是用裹尸布包裹住身体,而这个红衣男从未脱下过他的披风。

如果真是这样,拉德茨基已经死了。这个红衣男实际上就是萨瓦·萨瓦诺维奇,而亡灵真的在复活。末日审判,世界尽头。结束。

没到,至少现在还没到尽头。也许能找到阻止吸血鬼的方法。他们不能进城,堡垒可以阻止他们接近。用水!但怎么用?为什么他们进不了城?如果我知道,我会灭了他们。钉上木桩,阻止这一切,阻止他们所预兆的变态的耶稣复活,阻止伪基督大魔鬼的来临,阻止伴随而来的基督再临。

当这些义愤填膺的想法从我脑中穿过时,我碰巧向下望去。那五个人还在树下继续火热地讨论着。他们应该都没看到红衣男。我又零星地听到了几个词。

"伟大的民谣……科索沃……寻求……发誓……白色……英雄们……永远……绝不……白色……白色……"

他们就是一副阴谋家的写照。如果不是奥地利,那他们要密谋反叛的对象是谁?也许他们想杀掉摄政王,这样才能解释他们为什么提到了科索沃和英雄们。我很喜欢他们想杀掉摄政王的主意。太可爱了。伊萨科维奇看起来就是个杀手,一身白色——一种我一直憎恨的颜色——当他用华丽的索林根剑穿过奥地利穆拉德的身体时,我看到他就像孩童一样抱着那把剑。

我努力想听清。有时候他们声音会变大,然后我能听出几个词;其他时候,毫无疑问,当他们要达成什么一致的时候,他们就会把声音突然放低,让你几乎听不见。我也没有办法,希望他们能吵起来。

所以,在他们就塞尔维亚人团结起来的必要性而达成一致的时候,我抽空望了望磨坊,正好被我看到了点什么。

这次是玛丽亚·奥古斯塔——图尔恩和塔克西斯的王妃。

3

她躲在树后,显然她以为自己藏得很高明。因为我盯着那些塞尔维亚人看了很久,所以她可能趁我没注意的时候进入了磨坊,或者她只是一直站在那,好看到附近有些什么人。渐渐地磨坊外聚集了一小群人。

那个傻女人开始对着我挥手。她看见我了。我赶紧挥手,示意她离开,她却又挥手回应我。很明显王妃并不担心树下那五个人,这只意味着一件事:他们跟她有着某种关联。但等等,为什么她一直跟我挥手?难道她根本不是在跟我挥手?也许王妃是在给他们打某种暗号?她也许想除掉她的爱人。也许王妃曾邀他一起到磨房里睡一晚,但是符腾伯格明智地拒绝了她,于是她就打定主意要和那些塞尔维亚人一起除掉他。

又或是,她想给他们发信号,告诉他们我待在上面的树枝上。好在他们都没有注意到。就算他们看到我,我也可以下来。爬这么高真要命,我只能死死地抱着树干。

玛丽亚·奥古斯塔终于不再挥手了。不过没准她一会又会挥。我向下望了望,但当我抬头的时候,我发现在我和王妃中间有什么东西,就在那片茂密的树林里,月光洒下的阴影中。就在那里,但我看不太清楚。我又朝王妃望去,但她已经走了。我回头望向那个未知的生物,刚好看到它消失在树林里。

这个地方已经拥挤得像地狱一般。

王妃可能是在向一个神秘身影挥手。因此即使我可以不去想那些暗杀符腾伯格的阴谋,但我总在想他一定是被戴了绿帽子。不过如果是我也不会选择这么奇怪的场所来约会。

至于那些塞尔维亚人,如果他们是在谈论谋杀,那他们到底要杀谁?不管他们在谈什么,很明显内容非常扣人心弦,足以使他们对周围游荡的这些贵族和活人们不闻不问。

我觉得我已经看够了,我现在要等的就是这些塞尔维亚人要么达成一个协定,要么吵起来,然后离开这棵橡树。真是累死我了。这些人还在继续着"科索沃""白色"这些话题,我真想大喊一声"黑色"。毕竟,对塞尔维亚人来说,难道科索沃不是一片黑暗的土地吗?

后来,我当然也想到王妃要约会哪个情人也许会是施迈什么的或施密德什么的。他俩中有一人离开了房间。如果这些塞尔维亚人能够早点结束,让我回去,那么我要看看房里到底还剩什么人。这对恋人应该不会在塞尔维亚人结束之前就约会完了。

事实上,没过多久这些阴谋家们就起身了。他们又交谈了几句,然后分道扬镳,每个人的方向都不同。沃克·伊萨科维奇朝我们住的小屋走去。

我开始往下爬,突然听到一个声音,我停了下来。这声音不是从下面来的,而是从上面传来。从天而来的声音说道:

噢,启明星,汝流浪在何方?
何方,噢,在何方蹉跎时光?
在何方慢慢将这三日点亮?

这是男性的嗓音,深沉而有力,却又柔和得像最软的织锦。一时间,我想他可能是……但是不可能。我想那声音也许是…… 但是也不可能。天上除了星星月亮什么都没有。但是天空中有个声音回答道:

噢,吾流浪吾逗留,
在那白色的比约格莱德小镇,
到处是奇景奇观……

这次是女性嗓音,音调较高,力度稍强,但是脆弱又充满感情。她又开口唱道:

> 魔鬼踏上贝尔格莱德之路,
> 戏弄伪装的调查团,
> 他们都相信,但仅一人知道,
> 如果那个人离开……

这时声音停了。我仰头凝视天空,试图搞清楚刚刚发生了什么,但只看见一片突然出现的乌云。我仰望了很久,但再也没从天上听到什么声音。我跳下树,向小屋走去。我不时会停下来仰望,但什么都没发生,只有聚集得越来越多的乌云。该死的云!冰冷而又自由,没有祖国,也没有放逐!

我开始思考我听到的这两个声音。他们说的是伊耶喀维安的方言——波斯尼亚语、史诗和圣经中的话。为什么?贝尔格莱德"白城"和周边地区的人都说爱喀维安的方言。难道仅是为了保持格律中有效的音节数?说要离开贝尔格莱德那段到底是什么意思?尤其是刚讲到关键怎么就停了呢?

哦,我受够了。一晚上经历这么多事实在是够了。没有一件事是按照计划进行的。我跟自己说,只要等到我抓到那个从波扎雷瓦茨来的男孩。

我可以回去看看拉德茨基怎么样了,但我又有点不想去。我有点冷。破晓前总是最冷的。而且等我早上跟他们一起去看的时候,至少我能表现出真正的惊讶。

我蹑手蹑脚地进屋,尽可能不弄出声响。我数了数在睡觉的人——大家都在。王妃和情人的约会速度真如魔鬼一般,连我都真心觉得太快了。我径直上了床,但睡不着。知道得越多,越觉得无知。我想到这一切是怎么开始的,其实很单纯,不过是在维也纳的一场舞会,那是在到贝尔格莱德的一个月之前。

舞会上,三个耶稣会信徒在离我十步开外的地方注视着舞会上的一切。他们自然会在脖子上挂很多个十字架。总有一天,在我的帮助下,他们的信仰会磨灭殆尽,那时这些十字架会变得更加沉重。他们将不得不把十字架打造成生命一般的大小,不容小觑,如果我没有记错。

当我仰望各各他山顶上的三个十字架时,阳光直刺我的双眼。我接近不了那里,因为整整一个百人队守卫着那个十字架刑场。我只能仰望,直视尼散月里的炙热阳光,如此刺眼,简直像是犹太历上的另一个月份——我忘记了那些月份的名称。这些十字架和架上受刑的人都好像着了火一般。好几次我都移开视线。一大群人挤在我前面,其中一些人很高——很有可能是别的省份来的。犹太人几乎都被挡住了,我得踮起脚尖。过程很无聊,但我必须在场,尽我所能救下他,让他活在痛苦中。还有一线生机,本丢·彼拉多也许会改变主意,饶恕他,把他从十字架上放下来。这样他既不用死也不用重新复活。的确,总督已经两次拒绝见我,就连总督府外的哨兵也不让我进门。我费力地在人群中挤出一条路。我知道抹大拉会在那,而且她一定站在最前面,也正如我所料。

"你现在来还有什么用?"她哭泣着说。

"听好,现在还不算晚。这有些混有苦胆的醋,你让士兵递给他喝。我递给他,他不会要的,但也许你给他,他会喝。你是女人,他知道你很脆弱:你是他的弱点。"

"你为什么不帮他?"她的黑色双眸在闪烁。在鱼嘴得到她芳心之前她就是这样,总是充满激情。

"赶快,"我说道,"别管我的事,你要想的是他。我回去找彼拉多,也许还有希望。"

"但为什么是你去？"

"没别人了。"

"我不会这么做！"她尖叫道。再劝她也没有用，我能看出来，她不是那种听人劝的人。在耶路撒冷的小酒馆，橄榄园和治愈之泉我们不也曾有过一段时光吗？白天终会结束，夜幕自会降临；有时她的灵魂能溜出我的掌控，但她的身体却从未做到。

我一直在等鱼嘴。几周、几个月，等再久我也不能抱怨。罗马不需要我，耶路撒冷也只在等待我的宿敌。她脾气很糟糕，所有的事都要按她的方式，否则后果自负。我从未如此迁就过谁。正因如此我才对她越发爱恨交织。她眼神中的火焰让我想起了过去，跟三年前一样的眼神。

我把醋交给了一位老妇人。士兵没说话只是点点头。他用醋把一块破布弄湿，戳在长矛顶上，把它递到鱼嘴的唇前。这位士兵不得不将长矛举过头顶，才能到达十字架的位置。

我低调地走近那三个耶稣会信徒。因为我站在他们身后，所以也不确定是谁在说话，不过也无所谓。据我猜测，他们是在闲聊。

"贝尔格莱德人都知道……"

"没多久前在维也纳消息就泄露了。"

"太遗憾了。如果皇帝陛下知道那儿发生的一切，他一定会换了当地的教会机构——也就是我们。"

"让方济各会的人来接管贝尔格莱德教区。"

"那样的话，我们得找个方法来把这事给平息。"

"您觉得此事该如何处理，伯爵先生？"

"我和王妃殿下是亲戚。我会动用我所有的影响力，作为伯爵和主教的影响力。"

啊哈,所以他们中有一个人是图尔恩和瓦尔萨西纳的主教伯爵。德国贵族通常会有两个姓氏:一个是家族姓氏,一个是领地名。我也不知道瓦尔萨西纳在什么地方,但我为了遇到这些人已经等了一些时日。

我和这三个教徒聊起天来。

"尊敬的阁下,我很荣幸见到您,图尔恩和瓦尔萨西纳的主教伯爵。我是奥托·冯·豪斯伯格伯爵。"

他用一张有着西班牙裔摩尔人血统的长脸,扭捏出英国宫廷所谓的那种微笑。在德国王子领地和南部地区,我们会认为这是倒胃口的脸部抽搐。我也以同样的方式把脸扭曲了一下。主教伯爵大人的脸又抽搐了一下,我把这当成是我做同样动作的一种满意认可。我弯腰亲吻他戴满戒指的手。钻石的数量比他的年纪都要大。因为他还很年轻,所以钻石应该没有超过三十个。

"我很快就要出发去贝尔格莱德。"我不知道自己为什么要说这件事,也许是因为我有种不祥的预感。

"年轻人,"主教问道,"上帝委派你到贝尔格莱德做什么,年轻人?"

真是疯得可以。

"没什么,阁下。恐怕是另一位派我去的。"

"你确定不是吗,年轻人?"

"因为这则最新消息,整个维也纳宫廷一片哗然。"

"哦!"是这位主教伯爵唯一的回答。他不确定我知道多少,但他也不想多说。我又鞠了个躬,然后自然地走到一边。

4

我醒来时觉得很累,因为床不舒服。早晨光线昏暗,乌云盖地,天空似乎被遮住了。我走出房间,迎接我的是早餐和施密德林男爵。他朝我鞠躬请安。

"睡得可好,殿下?"

"很不好,男爵。"

"啊,希望这事会快点结束,这样我们马上就能动身回贝尔格莱德了。"

"托您吉言。"我回答道。我自己都不相信这话,觉得一点希望都没有。

接着施迈陶伯爵加入我们。

"你们有没有感觉到乡下比城里冷,不过热起来又比城里热——什么感觉都比城里强烈一些。城市消灭了差别感。"

"我觉得城市消灭的是自然。"

"也许您是对的,王妃,"他笑道,"但您必须知道人们从乡村迁往城市,而非从城市迁往乡村。"

"那从城市出来的人又该去往何方?"男爵不假思索地问道。

施迈陶突然僵住了,就好像见了鬼一样。他脸色很难看,捏着鼻子就好像闻到了一股怪味。

"从城市出来吗,男爵?从城市出来只有一个地方可去:疯人院。"

"那就放心了,"男爵傻里傻气地说道,看来他实在无话可说了。

"您觉得令人放心,是吗,男爵?"施迈陶斥责道。

"好吧,我并不知道……"施密德林结巴地说。

"你是个土生土长的乡下人,为自然而生,不是吗?在这儿你可以得到所有你想要的东西,所有你喜欢的东西:啤酒、女人、食物。让你沉浸其中……还有总是伴随你的慎重……"

我不得不打断施迈陶一下。

"慎重？你什么意思？乡村里有什么需要慎重的？"

"哦，王妃殿下！'慎重'对于我们爱戴的政府来说有着新的意义——和上流社会无关，也并非指的是不引人注目和难以察觉，而是指不引人注目和难以察觉的代价。如果你愿意，也可以用于上流社会。慎重指的是一种贿赂行为。是贿赂，王妃殿下。施密德林从塞尔维亚人那里得到的贿赂就是用优雅而又不显眼的手段透露给他们您丈夫在宫廷里所有的事。这些勾当并非真不显眼，和上流社会格格不入，这些我们都非常清楚。"施迈陶说道。

"我无法相信！"我惊讶地说道，虽然其实我相信他说的每一个字。

"胡说！"施密德林叫道，我第一次听到他喊这么大声，"胡说！胡说！是我买通了塞尔维亚人向我汇报一切有关都主教庭的消息。阁下，我所有的慎重都已记录在册，都有详细描述：时间、人名、金额、事项，一目了然。这样你就扳不倒我了。因为您更愿意看到每个人都卑鄙狡诈得像您那种小人……"

施迈陶扼住施密德林的喉管，想要掐死他。男爵挣扎着想要呼吸。这时我表现得不像一个王妃：我一拳打在施迈陶头上。这一拳让他清醒过来，他放开了男爵。他向我转过身鞠了一躬，朝小屋走去。

"谢谢您，殿下，您救了我的命。"男爵说道。

我不知道为什么我们没径直向磨坊走去，但似乎我们在等什么人或什么事。我来回踱步。施迈陶坐在小屋前的三脚凳上。他旁边坐着沃克·伊萨科维奇、诺瓦克，还有个我不认识的男人。我看到他们围着些麻将牌。小时候图尔恩和塔克西斯的信使曾给我带来一盒漂亮的麻将牌，上面写着中国字。

你说什么？

麻将规则并不重要。是的，施迈陶似乎正在解释，就我所听到的，有规则技巧：允许怎么打、应该怎么打、必须怎么打。我看不出其他三位有多大热情。仆人诺瓦克必须陪打，这是仆人的义务。沃克·伊萨科维奇是个大尉，因此必须听从施迈陶伯爵的，据说伯爵在炮兵部队里有军衔。第三个人是一个塞尔维亚人，他的国籍和卑贱的出身让他必须参与到这场他根本不知道怎么赢的游戏中，他肯定对打麻将没有兴趣。

施迈陶喜欢其他人好好打，即使这对他很不利，而且还会在他们犯错的时候训斥他们。伊萨科维奇变得越来越生气。即使隔着一段距离，我也能看到他在努力克制自己。从远处似乎能感到诺瓦克处于上风。他挨训的次数比其他人要少，脸上总带着笑容。也许就是因为他的龇牙咧嘴，或是打得太好，伴随着施迈陶一阵令人愉悦的哀号声，伊萨科维奇终于爆发出来，一拳打在诺瓦克脸上。

"你这个恶魔！"伊萨科维奇喊道，"只有魔鬼才能打出这种牌！基督教徒就只能输！"

他说完站起身，向施迈陶鞠了一躬，大踏步地走进森林。

施迈陶呵呵大笑，开始收拾牌，所有牌刚收到牌盒里，他就起身走开了，好像什么事也没发生过一样。当诺瓦克还坐那流鼻血的时候，第三个人也起身，一拳打在他胸膛上，接着像伊萨科维奇一样跑了。

我想除了我以外没有人看见这一切。

没过多久，男爵就告诉我该出发去磨坊了。冯·豪斯伯格和我最先出发，然后是调查团的两个人和男爵。我们到达磨坊时，施迈陶已经在那里了，倚靠在一棵快要死的橡树上，那棵树已经被劈成了两半。还有些农民三三两两地站在那儿等着看结果。大家都很安静。一切都笼罩在一片古怪寂静的氛围中。静得连小鸟都不敢歌唱。施密德林朝我点点头。我不知道他的这个动作是什么意思,我很不情愿地第一个打破沉默。

"他怎么还不出来?他不会还在睡吧?"我向调查团的两个人问道。他们只是耸了耸肩站在那儿。

"那我们进去吧。"我向施密德林说道。

他不回答我,回避我的视线。

"我们进去吗?"我问冯·豪斯伯格。

"我跟着你。"他说,然后交叉双臂。他的话和姿势很矛盾。

"我们进去吗?"我转身向施迈陶问道。

"我没这个打算。"他诚实地回答我。

"既然这样,"我最后说,"我自己进去。"

"别!"男爵说道。

我朝磨坊走去,回头看了看,他们动都没动。我走到门槛那里,回头看,没人动。我打开门,回头看,没人动。我走进里面。

5

拉德茨基正躺在地板上,手臂张开,双腿放在一起。白色的衬衣放在身旁。他尸体发白,没有一点血色,眼睛是睁着的。

我尖叫起来。

我想他真可怜。很明显,他已经死了。接着其他人跑了进来。人们挤在磨坊里。每个人都开始说话了。戴着红色假发的人晕了过去。施密德林和调查团里的另一个人把他抬到外面。接着仆人们来了。他们用床单把拉德茨基包裹起来,抬他出去。我跟在后面。

到了外面,冯·豪斯伯格害怕地问我:"现在怎样了?"

我不知该怎么跟他说。

我们都回到小屋,感觉像回家一样,但我不想进去,我只是在餐桌旁的椅子上坐下。餐桌上摆的是早饭。我恍惚地望着盘子、叉子、刀子、勺子,虽然心不在焉,我也能辨认出这是一顿普通的早饭,而非中式早餐。我很想知道,为什么施迈陶会这么安排。

你说什么?

是的,有时候在艰难的时刻,脑海中会浮现出完全无关的事,和痛苦无关的事。或者那时我想到施迈陶也并非偶然。

没有,我并没有想到我丈夫。我也说不出原因,就是单纯地没有想到。我有想到过他吗?你也知道,他很久前就已经去见上帝了。不过我也曾想到过他,最近一次是在巴黎爆发大革命的时候。

此刻我有想到亚历山大吗?没有。但当贵族的头颅在协和广场上滚动时,我想起一些其他事,也许是和这个故事有所关联的事。你也知道,我丈夫认为所有的欧洲贵族都是古罗马贵族的后裔、埃涅阿斯的后代,源于希腊罗马众神。是的,他非常信这个,不像一个虔诚的基督教徒该有的观点。但他就是坚信。所以冯·豪斯伯格让他非常愤怒。是的,就是因为化装舞会上的一件小事。亚历山大提到埃涅阿斯,冯·豪斯伯格就开始说:

"不妨想象下:特洛伊城在燃烧,塔楼被推倒,到处都是士兵,杀戮、奸污、掠夺。没有火的地方也都是烟。我的意思是说,所有一切要么在燃烧,要么已成为灰烬。卡珊德拉像马戏团小丑一样在哀号,所有人看着她,倾听她,比起周围毁灭的一切更关注她。特洛伊的贵族已经被杀害,死去的埃涅阿斯躺在地窖里和一罐罐橄榄油在一起。

"但有一位仆人,正是他把那些陶土罐搬到地窖里——绝非易事,我必须说一句:他知道埃涅阿斯的藏身之处和他的遭遇。我并不是说这位仆人谋杀了王子。不,他只是知道谋杀的经过。但干坏事往往就从知道开始。

"用所有仆人都具备的一双巧手,他脱下这位希腊死者的战袍,从小路逃往港口。一路上他遇到了好几个同类。他看到一艘船,和《荷马史诗》中所描述的远洋船只一样。他瞄准机会,爬上船,伺机杀掉了哨兵,起锚开船。也许正是在夜里,火焰带来了壮丽的画面,与星星和苍白的月牙交相辉映。他启航向西方驶去,嗬!

"路上发生了一些小事,他经历了一些挫折,终于到了岸上。特洛伊毁灭的消息已经传开,令人深信不疑。'的确,大家都死了,但是我,埃涅阿斯,逃出来了。'从此,罗马和欧洲的贵族就这么诞生了。"

"你说得跟你亲眼见过似的。"我丈夫说道,不屑又愤怒。

"当然没有。但是有人亲眼见到,我从他们那儿听说的。"冯·豪斯伯格回答道,接着亚历山大冲着他脸就是一拳。冯·豪斯伯格倒在地上,事情就这么结束了。

我并不惊讶。我想冯·豪斯伯格是仗着酒胆才敢和我丈夫开这种玩笑,愚蠢地挑衅他。

那就是我想起的关于亚历山大的事。他没能亲眼看到法国发生的一切是多么幸运的一件事。很讽刺,不是吗?那些巴黎暴民叫嚣着要砍掉的头颅和他们才是同宗同亲——说到底只是更多的仆人脑袋,只是这些脑瓜更狡猾更诡计多端。就是那样,如果你相信冯·豪斯伯格的话。为什么不相信他?我就没看到他像我这样受到审问。然后他们会说你不能相信我的话。

回到故事上来？我也没走题啊。

所以我坐在餐桌边，想着中国烹饪，此时，金黄色假发的调查团员坐在我旁边。我不记得他的名字。红色假发的那位也记不得名字。

他的脸看上去比拉德茨基还要苍白。

我在想怎么帮他。

"别紧张，"我说，"试着保持镇静。当然你也料到可能会发生这种事，现在应该采取适当行动了。我听说皇帝陛下的调查团总是会对紧急情况做好万全准备。"

他望着我，就好像我在胡言乱语。

"这种情况并不在意料之内。"片刻之后他回答道。

"没有吗？"我问道，"但如果你们到这儿来是为了弄清是否存在吸血鬼，你应该思考过这种可能性——无论可能性有多小——他们可能存在的可能性，他们可能会伤害团员的可能性。"

"也许是吧，"他思考了一会后说道，"但是我们的任务本不是来证明吸血鬼的存在。尽管现在结果就是这样，非常出乎意料。"

"那你们是来干什么的？"我惊讶地问道。

"我们的任务是……现在也可以告诉你了……没有任何意义再……我们隶属于皇帝陛下钦命的调查团，负责找到杀害路德维格·维特根奥伯爵的凶手。"

第五章　施密德林之债

1

现在我们正在走向黑暗之心吗？你是这么说的吗？我不会这么说。对你来说一切都是黑暗。你看不见光明。

我们要去的地方是你从未也永远不会去的地方。穿上这样的祭服，带上沉重的十字架，对你到底有什么好处？

我有信仰吗？有，不用怀疑。为什么我不该有？只有迷失在幸福和富足中才会失去信仰，在艰难痛苦中不会。冯·豪斯伯格在这方面有很多见解。我不记得他是在什么场合说的。

"你能想象他在那么高的地方会是什么样子？萦绕在耳边的无非是抱怨和痛苦的哭喊声。酒足饭饱爱情洋溢之时，谁会向他求助？当一切顺利的时候，他们将他抛诸脑后。只有贫穷孤独之人才总会把他的名字放在嘴边。如果我是他，我会疯的。我会毁灭我所创造的一切——哭天抢地和沉默不语的人都处理掉。"

那就是他的话。

我们回到故事上来。

施密德林男爵听得很专注，当我跟他说调查团的事时，他似乎并不惊讶。我突然觉得大家似乎都知道,但又什么都不知道。

"我们接下来做什么?"我向他问道。

他耸耸肩,说道:"要么我们回城里去?"

他还在说的时候我发现大家都聚到周围来了。施迈陶不知道从什么地方回来了,而冯·豪斯伯格则一直都在旁边,调查团的另外两个人也一直在旁边仔细听。

"我是来战斗的。"施迈陶说。

"跟谁战斗?"男爵轻蔑地说。

"吸血鬼!"施迈陶大喊出来。

"算上我。"冯·豪斯伯格也喊道。

"还有我,"我说,"但问题是用什么方法?"

"塞尔维亚人知道怎么处理那些东西:他们有制服吸血鬼的经验。我去叫我仆人来,他就是塞尔维亚人。他能告诉我们方法。"

于是冯·豪斯伯格前去找仆人。他不是立刻就找到了他,所以我们其他人只能忐忑地等他回来。大家都不说话,我想大家也没话可说。

他们终于回来了,诺瓦克径直走到我们围成的圈子中间。不知何时我们站成了一圈。他也不知道该面朝哪边,所以他轮流朝向我们,甚至转着身子为了能更好地和我们对上视线。我感觉他这样的目光显得有些放肆。尽管他的仆人会德语,但冯·豪斯伯格却用塞尔维亚语和他交流。诺瓦克必须说一段停一下,让冯·豪斯伯格赶得及帮他翻译。男爵听的时候一直皱着眉头,可能是因为他不懂塞尔维亚语,也可能是其他原因。

他说了些什么? 我想你知道。他说的就是后来发生的事。我们必须在天黑前找到吸血鬼墓地。为此还要准备一匹无斑黑马。然后把吸血鬼尸身挖出来,洒上圣水,用山楂木桩钉穿其心脏——

整个过程中要保证其颌中所含的一种蛾类生物不能逃出,一种叫莱普缇拉克的飞虫。如果我们按照这个方法,就能毁掉吸血鬼。

即使这样,我仍不相信我们要面对的真是吸血鬼。我希望拉德茨基的死最后被发现是某种力量作祟,是那种可以触及的凡人力量。所以当我们准备去挖那个涉嫌的吸血鬼时我还挺高兴的。如果从坟里没挖到一具保存完好的尸体而是挖到一堆白骨,就能证明吸血鬼是不存在的,而拉德茨基则死于跟维尔纳和我丈夫有仇的狡猾敌人之手。

没有什么讨论,我们都决定好去做我们必须做的事。

但是我不知道为什么冯·豪斯伯格选择那个时候朝我走来,跟我低语了几句。

"施迈陶真的很能说,是吧?你注意到了没,他除了动动他那张嘴,他真做过点什么事吗?"

"我见过,真的。"我坦白地回答道。

"那实在令我担忧。"

"怎么会?"

"我最怕光说不练的人。没话可说的人往往脑子里也没啥想法。但是有想法却光说不做的人,最后真行动起来的时候反而是让人大吃一惊的那种人。你能想象出那些平时光想不做的人想出的计划得是多么不着边际吗?提防施迈陶伯爵,王妃殿下。我是您的朋友,想要帮助您的朋友,会不择手段帮您的人。"

我并不喜欢他说"不择手段"的那种口吻,但我也没说什么。

2

发生了这些事之后,我根本睡不着。我想抽点烟。我走到门外,也懒得隐藏起来。藏不藏有什么区别呢?也许一切已到尽头。不知怎的,我不想离小屋那么近,所以我往远处又走了一段——但也不敢离磨坊太近,保持着安全的距离。

如果我记得够准确,我应该是走出了好几十步,朝着城市的方向,在林中一小片空地的中间停住。厚云压顶,不见月色,只有西边天空中略透微光。启明星的踪迹也无处可寻。

我填满烟斗,划了根火柴。刚抽了几口就听到身后的草丛里一阵骚动。我一直走在旷野中,不管草丛里是谁,他应该早就看到我了,应该没必要藏起来,所以我决定假装没听见。我继续站在那抽着烟,镇静自若,一切变得紧张起来。

骚动声越来越近,然后突然停止了。好像是谁静静地伫立在那儿,等待着。

我也在等待着。出门抽烟这段时间我一直在等待。

骚动声又开始响起来。然后停下来。

"噗嘶!"我听到了。

"噗嘶。"我特意回应道。

"是我,主人。诺瓦克。"

原来是这个蠢货。他把我吓死了!

"要我帮忙吗?"

"没事,我就是出来抽点烟,散散步。我睡不着。"

他走近我,还是很小声地说道。

"我都没认出你,我还以为是吸血鬼呢。"

"去你的,去你的吸血鬼!"我说着,扬手要给他一巴掌。

"主人,别。看我给你带的什么。"

"什么?"

"一点大麻。我拿维吉尼亚烟草跟土匪们换的。"

"你换的,呃,他们怎么弄到的?"

"从土耳其的土匪那弄的。"

"很好,来尝尝。"

我们走出这片空地,坐在森林边缘处的一个巨大的橡树下,点上大麻。我们静静地在那抽了好一会。

云朵好似一个个面团。面包师傅,别再给我烤面包了。说了些胡话,吟诵了很多诗句。

　　……天堂传来洪亮的笑声
　　俯视,见怪异骚动之象
　　听喧闹之声;所建工程
　　荒谬至此,如其名"混乱"……

"和平鸽。鸽子。"诺瓦克迷迷糊糊地说道。

我没听见。有人听到咕咕叫了吗?圣灵吗?在吗?

"什么和平鸽,鸽子?"

"我的意思是斯堪达隆。"

"斯、堪、达、隆。"我一个音节一个音节地重复道。没有很长的音节,没到那么长。

"伊斯肯德伦有斯堪达隆,斯堪达隆在伊斯肯德伦。"

"赌你没法快速讲三遍。"

"劝你别下注。"

我向他快速反击。

"你说呀。"

"才不。我们虽小如地狱,但仍在堕落……"

"啾啾,啾啾。别唱了,请专心。我是说请专注。动手呀,让我今天痛快一下。尽管现在还是夜晚。我想。斯堪达隆是什么?"

"鸽子。"

"啊哈。就是它,那么是:当饵用的鸽子……伪装的,是你吗?在舞会上?嗯?"

"化装舞会上大家都有伪装。不伪装干吗去那?"

"仆人们要干活。没有伪装。"

"好吧。让我小睡一会。"

天上除了云以外什么都没有。月亮去哪儿了?我会追赶上启明星。他们俩知道。他们知道,我不知道。他们没在那儿为我歌唱。入耳的靡靡之声,在那橡树下。

"醒一醒!你醒一醒!"

大块头抽大麻抽到不省人事。需要好好踢一顿。踢了才有用,踢一顿比日式按摩、富士山下的樱花和其他所有一切都有用。

"起来,斯堪达隆。起来唱歌喽。"

"斯堪达隆是一只飞翔的鸽子,飞翔着,飞回家吧,小瓢虫。"

小瓢虫还在睡。恶魔还在睡着。

3

当我苏醒时已是夜晚。头有点疼。我用手肘推了推诺瓦克。

"起来,你已经睡得够久了。站起来。"

"好吧,好吧。我这就起来。"

"斯堪达隆!开始说吧,我要回小屋了。"

"斯堪达隆?你从哪听说他们的?"

"从你那,你睡前说的。"

"我睡着了?"

"你当然睡着了。如果你是刚醒,那你试想下刚才发生了什么。"

"我睡着了。"

"就是这样。"

"但不是大麻让你睡着的。一定是里面掺的什么东西。那些土匪叫我一定要让你也吸点。"

"是不是那俩讲话带颤音的?"

"是啊,你怎知道的?"

"我什么不知道。你可以说了吧?斯堪达隆的事。"

"我以前在贝尔格莱德也养过鸽子,我养过信鸽。我记得有个土耳其人曾带过一些鸟来。就是斯堪达隆。因为这些鸽子来自伊斯肯德伦,所以他就这么叫了……"

"你是说伊斯肯德伦?"

"其实我也不是都清楚。这种鸽子只有北非才有,也只有奥斯曼军队才养。你知道他们怎么训练这些鸽子吗?他们把母鸽带到海上再放了它,它必须自己找到回巢的路。每次他们都把它带到更远的地方,直至深蓝色的地中海海域中间……"

"明白了。请注意:你已经抽了一斗烟了。斯堪达隆信鸽又是怎么回事?"

"没什么,我只是在贝尔格莱德见到了,在要塞那里。在靠近储水库顶部的位置,有个鸽舍。"

"你不是说只有土耳其军队才会养这种鸟吗?"

"我从未在基督教区见过它们。"

"也对。汇报得很好,我们走吧。"

我也回头向小屋走去。大家都还没有醒,所以我能趁他们没注意,溜回我的位置。

毕竟，熬一晚上看来也不是什么坏事。我心满意足地闭上了眼睛，努力睡着，直到被鸡吵醒。可恨的怪物！到底是谁的馊主意创造了这些鸡？

4

男爵突然重拾领导权，催促仆人们赶快上路，好像我们马上就要动身一般。仆人们立马慌乱起来，就像平时他们遇到大事要准备一样，互相撞来撞去，东西掉得乒乒乓乓。这事本身倒没什么烦人的——毕竟，笨拙的仆人已经让人司空见惯了——可惜他们还是倒了大霉，打翻了那个装着装满中国香料的瓶瓶罐罐的小匣子。

这下好了，要做出地道的中国菜肴靠的就是香料，各种的香料和切好的肉片。在中国也不是每一个人都能有资格拿菜刀的。肉必须事先切好。施迈陶伯爵深谙此道，知道为什么中国皇帝几百年来都先帮臣下把肉切好吗？其实就是为了避免发生像英国、荷兰还有现在法国发生的那些令人尴尬的事。这样的政府真是无法超越，除非你完全不吃肉或者把肉切得更小块些。当然施迈陶会补充一句，中国人会帮每个人单独准备一份，没有大锅、大盘子，每个人都知道菜点是为他单独准备，从而帮他忽略肉已经事先切好的这一事实。

而像塞尔维亚这样的民族只知道一件餐具——刀。每个人自己用刀切自己那份。此外，因为所有的菜都装在一个大锅里——大家都抓到什么吃什么，没人知道哪些是为他而准备的。很明显，施迈陶会这么总结——一个好的塞尔维亚政府会提供更大的刀或更深的锅。

然而施迈陶又会说塞尔维亚人和中国人确实有一个共同点，

那就是他们的性命对于领主或主人来说一文不值。我提这件事是因为施迈陶对于香料的事太过激动。他大声呵斥殴打仆人,用最恶毒的语言辱骂他们;他哭泣,撕扯着头发,跪在地上,然后突然站起来围着我们跑圈,哭号着,骂骂咧咧,晃来晃去。最让人倒胃口的倒不是他对鸡毛蒜皮小事的过激反应,而是在两件事上他表现出令人瞠目结舌的巨大差异——正因为两件事之间相隔时间不长,所以更让人觉得对比强烈——一边是对拉德茨基的死表现冷漠,另一边却因为浪费了点中式调料悲痛欲绝。

最后,施迈陶把香料抹在身上,为逝去的香料号啕大哭。当他用香料涂满全身的时候,突然转向我,开始跟我说话,就像是致辞一般。

"最终我明白了,这样对它才好。"他突然站起身来(刚才他一直跪着)走向我说道,"主赐予,主拿回。我们也得到东西,又舍弃它们。我们必须一直舍弃,否则终将埋在垃圾堆里,不是吗?"

我被他搞得晕头转向,于是说是。

"城市有下水道,人们也会清扫并一车车运走垃圾。不就是这样吗?但是在乡村,却没有这回事。这儿没有随意的丢弃。不需要的东西会在田野上变成肥料。乡村就是这样。您明白了吗?王妃殿下,你不能去爱所有你曾爱过的人,或去感知所有你曾感知过的事物。你不得不一直扫去它,毁掉它,因此城市才得以安宁:一个天堂般的地方,用高墙围成的世外桃源。其他地方则是人间地狱,正是我们所处的地方。"

"你的意思是说……"我结巴地说,"上帝已经……放弃了我们吗?"

他转身,好像跟另一个人说话一样,边朝着森林的方向走去边继续说道。

"不止一个。哈哈哈。"

他走进树林里,再也看不见身影。

当我现在想起施迈陶时,我意识到他应该是那种无法忍受任何一种不完美的人,尤其是最主要的一面:生活。他只是不够懒惰。因为懒惰不仅仅是心灵的某一种迟钝,也是生存之必需。实际上,是幸福之必需。对大部分人来说从生活中得到幸福是一种本能。几乎是他们与生俱来的能力,不需要为之思考或学习。每当我们必须学习什么时,总是会有学得多好这个问题,无论是因为水平差的老师,或错误的教科书,或懒惰愚钝的学生——我的意思是说,因为我们自己的原因。或者,最糟糕地说,因为所学的课程本身就是个错误。无论是什么原因,在我们已经停止快乐后,学习快乐就是一件艰难的事,而且成功的可能性微乎其微。

虽然还是一大早,我已经累了。但是我却不会有片刻安静。施密德林男爵朝我走来,询问我是否想和其他人一起去见见那个老妇人。

"哪位老妇人?"我问道。

"她是唯一一位知道吸血鬼被埋在什么地方的人。"

我们随即动身,我注意到没有随从。施密德林男爵带路,后面跟着调查团的两个人,冯·豪斯伯格伯爵和他的仆人,还有我。我无法告诉你我们走的是哪条路,我当时心不在焉,所以没有看路。不过当时走了没到半个小时。因为我们是从一个山坡顶出发的,所以我想我们可能是一路下山,再爬上另一座山。我们一直在朝东走。

我们走到山顶上的一个小村庄,没过多久就找到了那位老妇人。实际上,我们找到了两位老妇人。两位年纪都很大。她们坐在板凳上,一位一直在说话,另一位则一言不发。她们都是百岁高龄,自然看不清也听不清。

仆人大声说道:"你们谁是米尔亚娜?"

没有任何回答。那位在说话的继续说着,那位不说话的继续沉默。

"你们谁是米尔亚娜?"仆人又问道。

"什么在吵?"一直安静坐着的那位呵斥道,"这么说,听不见。小声点说,别喊。"

我立马意识到这位脾气估计不好。关于这种讨人嫌的老太婆,我的丈夫一定有很多话要说。当然,后面会说。

诺瓦克向她走去,低声在她耳边细语。她笑了,露出一口异常坚固的牙齿。

"我明白了,我是不会告诉你的。别打听了。"

然后,冯·豪斯伯格向她说:

"您是米尔亚娜?"

她点点头:"但我不会告诉你们。"

"为什么不说,老奶奶?"

"有原因,反正有原因就对了。这样你们就得待在这儿,一直跟我协商,必须好言好语地问我,和我坐坐聊聊说说话。这就是原因。我一个人待在这太无趣了。继续啊,哄我说给你听。快说。"

"跟我们说了你就出名了。"冯·豪斯伯格说道。

她又笑了,露出一口坚固的黄牙。

"不跟你说我也会出名呀。"

男爵沉默了。调查团的两个人也无言以对。诺瓦克站在一边,好像事不关己的样子。冯·豪斯伯格暗笑,跟我使了个眼色。这样的对话交锋让他很是开心。

"你说了,会更出名。"

老妇人又笑了,笑容开怀,肆无忌惮。另一位老妇人也跟着一起笑。接着,笑声感染了两位调查团员、男爵,然后是诺瓦克和冯·豪斯伯格,最后连我也笑了,我也不知道为什么。

老妇人说道:"行了。"就好像是听到她命令一般,我们都安静下来,"萨瓦·萨瓦诺维奇就埋在蜿蜒峡谷里那棵枝繁叶茂的大榆树下。"

5

他们不让我睡觉。我需要休息,因为我知道即将发生一些重要的事情。打着哈欠,累得要死,状态不佳,我什么事都做不好。我试着数羊入眠。没用。我换各种东西来数,最终我放弃数数。我试图清空脑中所有的思绪。他们说,这个方法最好,是唯一能入眠的方法。虽然到后面会用做梦来报复,但那时报复已经晚了。

我越不去想,越看到图尔恩和瓦尔萨西纳的主教伯爵那张丑脸和装腔作势的语气,不断谈着他的旅行、艺术和主持的宗教庭审,真是位青年才俊。今早我真不需要想到他,可他还是不断地在我脑海里寻找一席之地,一次次地出现,好像他是我所有问题的答案一般。如走马灯一般,他反复溜进我脑中,就像所有的感觉一样。只是他不是一种感觉,他是一个人——某一种人。感觉总是如此行事:总是无法捉摸,存在于他人和事物中,摆脱其主人和家庭,再无拘无束地穿行于世。它攻击我,试图闯入,尝试跨过我的自我界限,越过壁垒,走进我内心。但我不会屈服,我会尽力战斗摆脱这种感觉。即使他们攻入城墙,我也不会屈服,因为我的军队又能去哪呢?他们能把武器带到哪儿?我的尼什又在哪里?

爱能够随心所欲地在我的防御工事下挖下地雷坑,但我还有塔墙后的城墙保护我,还有暗沟和护城河,在那一汪死水的底部还暗藏着尖刺,等着刺穿那名叫谦卑的大胆入侵者,抵御由谦虚和羞耻制成的破门槌的进攻。

今早,我又是这样收到图尔恩和瓦尔萨西纳的主教伯爵的攻击。我得承认他难以抵御,毕竟他是言行不一的牧师。也因如此,我放行了他几步。

6

老妇人就是这么说的,她的话就像我们此行的任务一样直白。那时我认为没有什么比一场仪式更简单的了(让吸血鬼安息毕竟就是场仪式),因为仪式规程是事先制定好的,有着详细描述,就算是傻子也不会搞错。那时我从未怀疑过任何仪式的功效。

如今我知道没有一场仪式——无论多么悠久还是新式——能够承受得住故意的错误、歪曲的本质和仪式本身的刻意曲解。但是那些将仪式扭曲变形的人忽略了一件事:他们并未如自己所想的那样嘲弄这场仪式,而是袒护了对方,这场仪式要对付的是危及我们安危的那一方。你懂我的意思,有些人嘲笑祈祷者的愚昧无知,讥讽牧师的巧舌如簧,甚至嘲笑庙宇里的零钱兑换机或者宗教信仰本身,总是说上帝听不见我们的声音。但我们的讥讽之语在恶魔耳边却声如洪钟,让他们欢天喜地。

我们随农夫聚集到了我们准备捕杀吸血鬼的地方。我们都是一起走的,施迈陶不知道从什么地方又加入了我们。他可能是想看看削好的木桩,看看吸血鬼的下场。你也知道,他是总是执着于结局。哪怕是本书结束了他也要抱怨一下。他始终追求完整性,打破砂锅问到底,钉穿吸血鬼的心脏就像其他方法一样能让他感受到完结。

因为某种我无法理解的理由，他总喜欢靠近我，跟我说话。不，我保证绝对不是你想的那种原因。施迈陶伯爵是如此专注于人生意义的问题，以至于他不会轻易地忘记生活本身。他并没有爱上我，他也不会爱上其他人。他也许会喜欢维特根奥伯爵——当然不是对朋友那种喜欢，而是觉得他跟自己很像。他只会钟爱与他思维方式一致的人，此类人世间并不多，理应不多。

所以，尽管我们还有任务要做，即使这件事已经扑朔迷离到引起所有人注意的情况下，施迈陶还是能不断地谈论自己的经历。

"你打过麻将吗？打过？我也打过。当然是和中国人。麻将是中国人玩的。你知道吗？中国人很明智地刻意不跟我说游戏规则和目标。他们想让我自己摸索。打错牌的时候才提示我一下。我花了好大工夫才学会。首先要了解哪些牌该打哪些牌不该打，然后才能往开牌的方向努力。你知道我从中学会了什么？"

"你学会怎么打牌。"

"不是！你这么说也对，我是学会了打牌。我的意思是……"

正在这时，农夫们高声抗议起来。我望过去，但搞不清发生了什么，直到看见他们拉了匹马来，一匹无斑的纯黑色马。他们在说它是脏东西——施密德林男爵是这么翻译的。只有最纯色的黑马才能找到吸血鬼的墓穴。如果马停在哪不愿意跨过去，那就是找到了。马身后走出一位塞尔维亚牧师，秃头，乌黑黑的大胡子，脖子上挂了一个很大的木制十字架。他还带了洒圣水用的器皿。

走在前面头仰得高高的那位是早上和施迈陶、伊萨科维奇、诺瓦克一起打麻将的那位。他带着削好的木桩和沉重的木槌。

最后大家各就各位。

施迈陶安静了，感觉他总算有一次被他思想以外的氛围感染到了。我们默默地跟着农夫走了许久。他们也不认识路,我能看出来。他们在找榆树,就是没找到;他们找到了峡谷沟壑,甚至是蜿蜒的那种,但就是没找到榆树。

"你知道,"施迈陶说,接着刚刚的话题继续说,"从打麻将中我学到了最可怕的真理。我渐渐明白了游戏规则和游戏目标。多有趣啊,发现有这么多种牌型,那么多种出牌方法、攻守策略——游戏目标也渐渐领悟!真到全部都要学会的时候,我又倍感郁闷,开始意识到这个游戏的弱点和局限,看到失败一步步逼近,最终不可避免,了解胜利来得太快太容易。激动兴奋什么的就没了。"

"我明白。"我答道。

他没有回应我。谢天谢地,我们终于可以安安静静地走路了。我心中的焦虑不安让我没心思再听施迈陶说话了。

不时地,我们会停下来,然后农夫们就开始挖,感觉好像周围都是坟墓,不管在哪挖一铲子都一定能挖出个谁似的。我们前后踱着步,在恐惧不安中等待。默默地,农夫们挖挖停停,把土填回去又再继续前行,就连马嘶声也没有。拿着木桩的那位青年把它当拐棍一样靠在一旁,盯着身旁的木槌,生怕有人给它偷了去。

我们没怎么说话。我感觉也没人想说话。看他们挖的时候,施密德林男爵比大家站得都近。

"你知道塞尔维亚人都怎么说的吗?"他说道,这是那天为数不多的打破沉默的一次。"当死人被打扰,尸骨被挖出,强大的邪恶力量紧随其后。最好别碰死人。"

"你认为是不是最好别找吸血鬼?"

"通常是,"冯·豪斯伯格插了一句,"拿活人没办法的时候,就喜欢追着死人找事。"

"塞尔维亚人说的?"我问道。

"就好像那间地狱里死人挤不下了,所以这间地狱也要跟着受苦。"他回答道,避开我的问题。

农夫们嚷嚷起来,施密德林赶紧跑了过去。冯·豪斯伯格和我虽然看着他跑了过去,但是我们一步也没挪。我想肯定是虚惊一场,所以和冯·豪斯伯格继续聊天。

"这间地狱和那间地狱?"

"是啊,"他吃惊地说道,"尽管地狱无边无际并没有最远处,但我们正位于地狱的最远处。"

"恐怕我没听懂。"

"听不懂不可怕,听懂了才可怕。"

7

我当然不认为冯·豪斯伯格是恶魔。首先,我不相信恶魔能这么轻易地到处游荡。此外,他说起话来就跟哲学家一样——说着那些他不可能知道的事。

不幸的是,他知道的事也不都是对的。像他一样,很多人认为知识和智力是通往不幸的捷径:当人们了解更多,智商更高的时候,生活会越艰难。所以他们说,傻人有傻福。

傻人注定只会得到低级愚蠢的快乐。他们不理解世间万物的精妙绝伦动人心扉之处。即使是精挑细选的山珍海味、陈年珍藏的法国佳酿、诱惑十足的闺房之乐、创意无限的八卦闲谈,任何人迟早都会有厌倦的一天。只需短短几行就能列完能让傻人快乐的所有事。当他们执行到清单的最后,就会是无止境的苦恼悲惨。即使腰缠万贯,钱却一无是处,因为钱只能买来更多完全失去意义的东西。

他们憎恨变化,尤其憎恨任何不一样的东西,因此他们都一模一样。他们觉得生活就是充满悲惨的泪谷,每一天都不过是前一日的重复,其他人也和他们一样,他们自己永远无法改变这一切。他们的不幸是因为他们都一样。

所有的不幸之人都一样。快乐之人应有自己的快乐方式。

因为快乐之人会动脑筋,学到过一些知识,甚至能理解其中一二,知道如何从大事小事中得到快乐。他们思路敏捷,会读很多的书,知道为变化或新的发现而感到喜悦,为遇到世间少有的美而欣喜雀跃。而聪明人自然有更多方法实现自我满足,有更多特有的方法。他们不会受制于习惯,局限自己或听命他人。

因此他们能百倍地得到幸福。

冯·豪斯伯格是错的,他不该说我会怕听懂他的话。恶魔会犯这种错误吗?

还是他故意撒谎?

恶魔为何要撒谎?恶魔应该是时时处处说出真相的那位。只有这样,他才能从中渔利。

8

天越来越黑了。他们告诉我这事得在首颗星星出现在天空之前做完,因为吸血鬼是借着星光出现的,那时就制服不了他们了。夜晚是属于他们的。我们加快脚步,有时甚至跑起来。我一身汗,上气不接下气。男爵再次跟我保证这事很快就会结束,然后我们就回城里,忘记这件事,就当没发生过。

随着夕阳的最后一道光线的消失,我们的希望也渐渐落空了,此时那匹马发出一声嘶鸣。边叫边用马蹄刨土,然后又用后腿立起马身。汗湿的黑色皮毛被夕阳晕染得有些发红。

农夫们拿起锄头和铲子,飞快地挖起来,很快就挖到了什么硬东西。我们一阵混乱,开始互相呼喊起来。有个农夫兴奋得晕了过去、累昏过去或者是白兰地喝多了。其他人敏捷地把他拉了出来。又一锄头下去,好像敲到了什么空心的东西。我们希望是棺材。有人大喊注意,千万别吵醒吸血鬼,因为没有了日光,现在吸血鬼比较厉害。农夫们战战兢兢地把剩下的土都清了。

啥都没有,只有块老树墩。

大失所望,那位青年带着工具坐在一旁的石头上,用那根木桩拄着地。此时,牧师倾着身子挤进去一探究竟。

"小的时候是榆树,老了就变树墩了。"

"老榆树的树墩!"农夫们大叫道。

施密德林男爵也呼喊起来。我们都喊起来。

"继续挖。"男爵下令。太阳几乎已经躲进了地平线。

别急着走啊,我心想。求求你留下来,该死的太阳。只要你今天不落,哪怕明后两天你要休息也行啊。

农夫们继续挖着,汗流浃背,一次次擦去额头的汗水。

很快铲子就碰到了木头。我们都靠上去。他们挖到棺材了。拿着木桩的青年高兴得跳了起来。棺材本身已经开裂了,外面也没上漆,就是普通木板钉起来的。农夫们迅速把棺材挖出来,抬到地面上。因为阳光还没完全散去,所以他们还留着些勇气。施密德林男爵命令他们把棺盖移走。刚碰到棺材,这些腐朽的木头就碎了。他们慢慢把棺盖向后拉开。

躺在里面的男人看上去很结实而且面色红润,好像只是睡着了快要苏醒一般。尽管如此,他已经躺在这里九十多年了。最让我诧异的是他的脸庞。我本以为会见到一张变形恶心辨认不出五官的脸。可我见到的却是轮廓分明的脸庞。精致的鼻子、睁开的双眼,还有嘴巴、头发和脸颊,甚至还有微笑和微微倾斜的眉毛,让人禁不住想多看几眼。这张脸绝对不属于一位普通人。

"吸血鬼!"农夫喊道。

我没说什么。但我想说:萨瓦·萨瓦诺维奇。

不能再浪费时间了。很快就要入夜了。

牧师开始用浓重的鼻音诵经。他还没等念完就往萨瓦的脸上洒圣水。拿着木桩的青年跃跃欲试。太阳下山了。在大家的允许下,他把牧师撂在一边开始动手。

仪式结束时,萨瓦只剩下一具白色干尸。接着——因为我站得远,所以没看见——他们开始大喊起来:

"莱普缇拉克虫!"

"莱普缇拉克虫!"

9

农夫们围住施密德林,举起铲子和锄头。青年将木桩从萨瓦体内拔出,向施密德林逼近。我不知道到底发生了什么。他们不敢打他,至少当时还不敢。他用惊恐的声音跟他们讲道理。但他们似乎不听他的。他们把他围得越来越紧,愤怒地挥舞着手中的农具。拿着木桩木槌的青年往男爵的头上打去,顿时男爵就倒了下去。接着,他们踩在他身上。我捡起石头朝离我最近的农夫的后脑勺砸去,把他砸倒在地,鲜血直流。只见诺瓦克打倒了另一个农夫。施迈陶伯爵仍然一动不动。

忽然一声枪响,冯·豪斯伯格的小手枪冒出烟来,另一个农夫倒地了。其他人吓得一动也不敢动。冯·豪斯伯格已经向离他最近的人瞄准。

他用塞尔维亚语说了些什么,他们才不情愿地放下武器。虽然他们瞪着我们的目光里充满仇恨,但还是转身走了。我赶紧朝男爵身旁奔去。

"换裤子了。有东西……在那条裤子上。把裤子弄脏了。手帕……在我另一条裤子里。农夫们说过……盖住吸血鬼的嘴……这样……莱普缇拉克虫……飞出不来……我忘了……手帕……恐怕……"——血液喷涌而出——"把我的手放在……空手……"——我听不懂他在说什么。他抓住我的手。"你!我……我……爱……"

然后就死去了。

"所以,农夫们攻击他是因为他把莱普缇拉克虫放跑了?"冯·豪斯伯格问道。

"糟了,糟了,"诺瓦克说着,"现在另一个人会变成吸血鬼了。"

我望着可怜的男爵。他似乎变得很不一样了,不是因为他死了,而是因为他不一样了。我站不起来,两位调查团员扶了我一把我才站起来。

"到底有多少只吸血鬼?"我问道。

没人回答我。这也算是种答案吧。

"有多少只吸血鬼?"施迈陶也问道。

同样的回应。

"谁能保证他们只待在塞尔维亚,不会穿过欧根亲王线?"施迈陶追问道。

这次的回答也是一样。

"我不相信有吸血鬼。"施迈陶激动地说。

"我真的不信。我以为是你丈夫编出来的。我以为邪恶仅存在于现世。这完全不是一回事。莱普缇拉克虫在哪儿？它可能咬到任何人。咬到我们！但不是我。我没变成吸血鬼。不是我！不是我！"

他一边大喊自己不是吸血鬼，一边跑掉了。我们全愣在那儿，也没人想去追他。很快他就消失在我们的视线里了。

10

那是一张邪恶的脸吗？

11

"我想我们最好返回昨晚我们投宿的那所房子，避免走夜路回贝尔格莱德。"戴红假发的调查团员说道。

我真不想再回到那间阴冷潮湿的茅屋，但是经过这些事以后，我当然不想晚上赶路。在恐惧的追赶下，我们回到了小屋。

没多久就到了，确实离得很近。我想错了，我以为我们跑了很远才找到吸血鬼坟墓。估计我们一直都在兜圈子。我也想不出什么其他的原因。

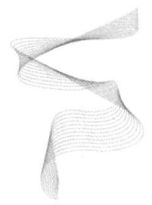

第六章　事件的后续发展

1

既然关于这个故事我已经讲了这么多,那能不能给我看一下那本书?你不觉得该给我看看了吗?虽然我知道的最重要的部分还没告诉你,但是我都讲这么多了,你觉得我还会误导你什么或者用谎话编织出剩下的故事吗?

谢谢。

我来看看,就随便翻翻。就像悲伤绝望时打开《圣经》随便翻翻的感觉,你知道那种感觉吧。小读几段,抚慰下受伤的心灵。我个人比较喜欢读《新约全书》,尤其是快讲到末日的那部分。

好吧,来看看这书怎么写的:

关于我们在贝尔格莱德遇到的那些事就算讲完了。下面要跟亲爱的读者讲的都是这些男女主角的命运。

约瑟夫·施迈陶伯爵还待在贝尔格莱德。前面我们都忽略了这位伯爵的基督教名,我们都把它搞忘了,不过现在看到这个名字时,突然想到你可能把他和另一位伯爵搞混了,那位叫——瓦尔德马·迈陶。这位伯爵另有其人,虽然他的确和塞尔维亚有些关联。

他是第一个提出要让塞尔维亚恢复土耳其藩属地位并实行部分自治的人。这个提议通过法国政府官方渠道递交——我们讲的是现在已经废除的陛下当年定的那套程序,不是目前革命政府那套程序。那是1774年,你肯定也注意到了,他的提议后来泡汤了。不说瓦尔德马了,我们说回约瑟夫·施迈陶。

恰巧,我们值得尊敬的伯爵,除了其他方面的杰出才能之外,他还是炮兵部队的将军、固守城池的防御大师。距离我们故事里发生的事不到一年,他已经接手了贝尔格莱德的防御工程。凭着渊博知识和精湛工艺,他完成了主要的防御壁垒和堡垒工事的修建军。在环绕这个城市的扩展防御工事中,他派驻了一支支坚强的小分队。实际上,他的第一场胜利就是土耳其攻打多瑙河河边堡垒的失败。伯爵深信这座城坚不可摧,无论是对付长期围困还是突袭反攻,他都做了精心准备。只有一种突发情况他还没做好准备,这也是自古以来都没人能预见到的情况。

背叛。

虽然背叛,正如你所知,从不是一件单纯的内部事件。正如书上所说,奥地利的背信弃义源于塞尔维亚的漠不关心和土耳其企图渗入欧洲心脏地带的野心。不幸的是,我们没有篇幅和时间来阐述这种企图。

因此,尽管伯爵被告知的是,之所以奥地利谈判代表会匆忙地向土耳其求和是因为他们不知道这场防御很成功,但实际上这些代表他们对这件事清楚得很。

所以在没有经历一场真正意义的战斗——土耳其完全没有直接攻城而仅是围困了一个月之后,贝尔格莱德就投降了。充其量就炮轰了几下——还是用土耳其的劣质炮打的,这种加农炮有自爆倾向,所以炮手比目标更容易被炸到。

和平条约的第一条就是奥地利必须拆除 1717 年以后建的所有建筑。这意味着要毁掉一系列新式堡垒,其工艺设计就连沃邦元帅自己都引以为傲。他们还必须填平土垒,拆除幕墙,堵塞密道,甚至必须将要塞里的兵营以及王妃府邸和上下城区里所有此类建筑皆夷为平地。等于将欧根亲王线从地球表面抹去。

只有储水库没有出现在土耳其的拆除清单中。或许是奥地利人故意避免毁掉它而土耳其人也没有注意到,又或许是约瑟夫·施迈陶伯爵公然抗命的最后成果。

接着,奥地利就像从未到访过一样;巨型壁垒、坚强堡垒、深沟战壕就像从未存在过一样;舞会和化装舞会再也无迹可寻;高傲的贵族和他们的莎士比亚亦不复存在;大教堂、神学院、学校、小湿林村大捷、巴洛克镜子——所有,所有这一切都消失了。就连那个宏伟的储水库后来也变成了所谓的罗马之井,就好像奥地利人从未建造过它一样。

至于故事的其他主人公……

2

当我最终起床时,我的心情很糟糕。心情又怎么会好?一晚上追着幽灵、吸血鬼、奸夫淫妇们跑圈,抽的是劣质大麻,还想起了图尔恩和瓦尔萨西纳的主教伯爵……没一件能让人心情好的事。

刚吃完早饭,我们这一小群人就要面对红衣男拜访水磨坊和拉德茨基的结果。大家都很沮丧,或至少装出沮丧的样子。金色假发的那位居然看到尸体晕了过去。王妃的表现却那么镇定自若、精神振奋(什么精神?),让我不禁怀疑她有嫌疑。她明显和土耳其人有所牵连,或者明显她的家族不仅可以送信给土耳其人也可以写信给他们。与超自然生物勾结反叛自己的同类则是逾矩之事,只能跟我绝对不愿提及的一些事相提并论。

我不想进入磨坊。我能想象出拉德茨基变成了什么模样。就连确实笨得要死的施迈什么的都踟蹰不前,而那个施密德什么的男爵,也最多能指望他表现出点胆怯让我笑笑,他的表现也果然没辜负我的期待。

生活中经常会遇到这种事,你从那些满足于总低着头原地不动的人身上学不到什么;你得等那会向前推出一条路的人。所以正是辛劳的王妃殿下,在她无时不在燃烧的、破坏美好的欲望驱使下,她尝试用她明智的问题和她自己给出的合理答案来劝慰面红耳赤的男爵。(因为当你让别人回答时,任何对话都马上会变得失去理性。)他可能也已经意识到再隐瞒下去已毫无意义,所以吐露了调查团此行真正任务的可怕秘密。连我都一直被拉德茨基的谎话给骗了。

我倒没花多大工夫说服他们一起对付吸血鬼。他们对这个想法都挺踊跃的。我出门去找诺瓦克,虽然我很清楚他在哪里,但我需要出去多待一会,好好想想事情。

维特根斯泰因特地跑来调查要塞和储水库,然后就不见了。接着调查团来探明他的失踪真相,但却装成调查吸血鬼事件。据说知道吸血鬼内幕的土匪又跟奥地利人是一伙的,而且——根据我从王妃、施迈陶和施密德林那不小心听到的内容,这三者各为一边构成了经典的三角关系——男爵一直在收买塞尔维亚人或者被收买——随你喜欢,男爵正是我在化装舞会那晚借着闪电光看到的那个和土匪在一起的人。若按照土匪所说,又没有吸血鬼,其实整件事就是个拙劣的玩笑。

但是真有吸血鬼。意味着土匪在撒谎,收税官不是他们杀的;

他是真被吸血鬼吸成了干尸。为什么这些土匪要把吸血鬼干的事揽上身？为了看起来更强大吗？另一个问题就是，吸血鬼抢收税官的钱袋做什么？确实没听说过哪个吸血鬼准备从商，跟冷冰冰的钱打交道的。

另一方面，调查团员组成的三角阵营被派到据说有吸血鬼出没的水磨坊里待一晚上。这么做有何目的？要骗就骗到底吗？"看到了吧，我们真是来找吸血鬼的。"

还有另一方面，摄政王表现得就好像什么事都没有一样，没有吸血鬼，没有调查团，没有四处调查要塞的维特根斯泰因——简而言之，就像一切正常一样。在我眼中，他跟没长眼一样。

当虚弱疲惫的我陷入沉思时，我已走到了酒馆门口。诺瓦克跟我说过酒馆在哪，长什么样。入口处连个牌子都没有，也许老板想逃税或者连个招牌也不会写。刚走进去，一股臭气袭来，把我鼻子都熏坏了。

诺瓦克靠着张桌子撑在那，已经烂醉如泥。

我在旁边坐下来。

"站起来！我们要出发去找吸血鬼了。"

他睡眼惺忪地看着我。

"我小的时候，"他语无伦次地说，"我小的时候，我妈妈是个好女人，出身好，好女人。相信人要劳动。我也是什么都信。那时候，相信有上帝，有恶魔，应该读好书，念耶稣祷文。对的，我相信主显圣容的伟大神圣祷告。主耶稣基督、主上帝，宽恕我，我这个罪人。反正我相信这些。你不知道这一点吧？但是我不相信人要劳动，从未相信。当然我还相信白兰地。后来懂的。还信红酒、啤酒——只是信仰程度不太一样。是真的。甚至在那之前，我相信别人教我的各种事情。还有书籍我也相信。这点你也知道的。我妈妈，她相信人要劳动。你知道吗？我家有钱，她根本连手指都不用动。完全不用。但是她勤劳，她会拿起针线，一点不怕麻烦，把我的领子都绣上图案。坐在角落里把所有的日用织物都绣上金色的花鸟。问她为什么这么做，她会说，这样仆人在叠床单、塞床罩、塞枕头的时候就会知道要弄得漂漂亮亮。衣领上的装饰是为了让我穿着显得特别，让我和别人看着都开心……"

他哭了起来。

"她认为给生活带来洁白的方法只有一种，就是该死的素白床单，还有她的小花小鸟，该什么样就什么样，决不能搞错，这样看起来才让人更开心，大家也会更幸福……"

他抽泣起来，他的眼泪和泼在桌上的白兰地混合在了一起。

"她相信她绣的这些小东西会让生活更好，也相信一些大东西，伟大空洞的大东西。主人？主人，你没在哭，不是吗？你确定不哭吗？"

"安静点，笨蛋。精神点，别说了。"

"为什么我要安静？安静有什么用？还不如说话。"

"现在可以停止用你的笨脑瓜子想这些了，"我狠狠地说道，仆人你不凶他，他是听不懂命令的，"我们要去吸血鬼墓地找萨瓦·萨瓦诺维奇的下落。你要来帮我们，因为你是本地人。坐着哭没用，喝酒回忆只会坏了你的脑袋，你人生中也没啥值得显摆的了。现在，给我起来！"

他不情不愿地站起来，我还得帮他结账。出了门我就让他把刚喝的给我吐干净，然后随手拎起旁边一桶冰凉的雨水浇在他身上。顿时见效，他酒醒了，某种程度上醒了。多亏回去的路够长，我才能把我的见闻一一说给诺瓦克听，再听听他的想法。

他听得很专心，除了时而用一个喷嚏打断一下。

3

好吧,你要不让我继续,那我就不看了。

反正,我也不关心这书上的内容。我才是唯一知道事情经过的人。其他人都是靠瞎编的。如果知道也是罪过,那你老早就该审判我了。

我现在已经活够了,啥也不在乎了。你想做啥就做啥吧。当我是巫婆给烧了也行,把我打发到修道院也行,但如果让我选我会去忏悔,这你就管不着了吧。

4

其他人都那么坏,我怎么做好人?难道让我一个人受罪?在谎言和真相编织的混乱之网中绝望地独自承受?只有一线希望能够把握,它的真相与否取决于你起始的那端。

有一件事可以确定,把木桩钉进结的中间就能把结解开。虽然仔细想想,那也许不是最贴切的比喻。戈尔迪之结解开以后,亚历山大大帝确实占领了半个亚洲,只是没多久就死了。算了,我还是不用这个例子了。

"但是,主人,你不觉得世界末日的来临应该有更多的征兆吗?除了德德伊斯考村出现一只吸血鬼以外。"

"例如呢?"

"我也不清楚,就类似'那时太阳将变得黑暗……'"

这是图尔恩和瓦尔萨西纳的主教伯爵说过的。他从上到下打量着舞会大厅,因为酒意显得有些倦意,坐着那双手抱头休息。

"几个月前我在罗马。"

肯定是为了搞到某顶滑稽可笑的四角帽。

"天文学家给我看了一些计算数据。他们已经推算出了世界末日。是1999年8月11日。你听到是不是松了口气?那天会有日全食出现。你看,你还有时间……"他阴险地笑道。

"有时间做什么?"

"完成俄利根预言。"

"俄利根?"

"告诉你,俄利根是出生于亚历山大港的基督教徒,死于罗马的大迫害时期。但因为他主张万物复原说、普世悔改和拯救,甚至是恶魔,认为没有地狱,人人得救,他自然被扣上了异端帽子。"

大家都知道我的身份。

但我不相信主教伯爵的话。我不相信那些可怕的事会伴随什么迹象奇观或者什么召唤先兆来预示它的来临。这些可怕的事单靠自己就足以胜任。为何不行:温暖惬意的春日,蟋蟀歌唱,鸟儿啁啾,谎言四散,樱花盛开,微风拂过潺潺溪流,花朵零星于草地上,然后砰的一声,世界末日了。鱼嘴穿着白袍站在那里,万年不变的白袍打扮,所有那些带翅膀的都跟萤火虫似的围着他轻快地飞来飞去,接着他咆哮道,你们都将下地狱!

"你跟我说到那个身着紫红外衣的男人时,你知道我的脑子里突然想到了什么吗?"诺瓦克问道。

"什么?"

"你知道英国人说紫色补丁是什么意思吗?"

"提醒我一下。"

"紫色补丁是指一本书里的能决定成败的大师级的精彩内容:画龙点睛之笔。"

"是的,就他干的事来说确实很抢眼,想低调都不行。你应该亲眼看看他怎么变形成了那个土耳其人!不过很快我们就能修理他了。用木桩。我们现在就去把它找出来。你去叫些农夫,把东西都准备好,我们一次性永久解决掉吸血鬼这事。"

"有件事我忘了提。"

"有必要跟我提的事?"

"我也不确定。"

"你什么意思,你也不确定?傻仆人!那赶快说吧。"

"我们遇到的那个俄国人,农夫们不是把他当大天使米迦勒吗……"

"是吗?"

"是的,他们见到他做了十字架的手势。用两根手指。两根手指——不是像天主教徒那样张开手,也不像东正教那样用三根手指,他就用两根。这好像是新教的方式吧?"

"不,绝对不是!呵呵呵。那真是个魔鬼般的好消息,连我自己都不得不赞叹一句。"

"怎么会这样?"

"因为只有俄国的旧信徒才会用两根手指画十字。米迦勒绝对不会伪装成异教徒!绝不会。这意味着他肯定不是米迦勒。如果米迦勒没来,那就没到世界末日。真是个好消息。现在,我们去处理掉那位紫色大师吧。"

5

但是搜寻的进度很拖拉。农夫们总是停下挖掘,实在让人不耐烦。尤其是他们还带来了一位牧师,完全超出配备需要。这种愚笨的基督教徒,他们根本搞不懂:打败黑暗力量的方法只有一种,那就是更多的黑暗。有时,我都会有拿起木桩自己搞定的冲动,但我还是抑制住了,想到最好还是扮演好奥地利伯爵的角色。

我们到达墓地的时候天已经快黑了。起先我们以为又走进了一个死胡同,但那匹黑马没有上当。我跟诺瓦克说,这事完了以后把那匹马给我买下来。牧师开始嗡嗡直讲,我真想把自己耳膜戳个洞。农夫们给施密德林分配了个任务,让他在青年拿木桩钉入吸血鬼的心脏时站在旁边,在吸血鬼快死的时候把它的嘴盖好,别让莱普缇拉克虫跑出来把别人变成吸血鬼。男爵看起来很害怕,但还是点头就位。

他们抬出棺材,拿木桩的青年准备等棺盖一开就钉上去。只有一位农夫上前移开了棺盖。当他拉开棺盖的时候发出令人厌恶的刮擦声。

棺盖看起来非常重,我实在在旁边待不住了跃上前去帮忙。我们一刻也不轻松。我们挪了半天感觉也没挪开一英寸。我把诺瓦克叫过来。不知道出于什么原因,也许是愚蠢的塞尔维亚迷信,他踌躇不前,但是一位调查团员却过来帮我们。我又惊又喜,这位青年的力量很快就展现出来,棺盖被挪开了一英尺那么多。另一个调查团员也来帮忙,最后一推,棺材终于敞开来。

第七章 秘密章节

里面躺着的是另一个人。

他面色红润,包着裹尸布,但他不是红衣男。又给那个红衣男跑掉了。青年直接上去敲木桩。到处是血,跟杀猪一样。接着农夫们骚乱起来。我瞬间意识到莱普缇拉克虫跑掉了。施密德林肯定是任务失败了。

理所应当地,农夫们将矛头转向他。这是他的错。我们非但没找到红衣男,现在又有其他人要变成吸血鬼了。如果不是他们要杀了男爵,我也不会拔枪。那时我不得不开枪。我打中了一个农夫,但立马就后悔了。我干吗不打那个牧师呢!男爵那时还没死。

正如后来那样,一切也看上去没那么糟糕。施密德林没活下来。虽然他还有足够的力气说明自己错在哪里,手帕丢在了午饭时候弄脏了换掉的马甲里,他以为自己一直穿着那件马甲,纯粹是因为习惯的缘故。但他没穿那件,所以手帕也不在。但是要盖住吸血鬼的嘴的时候,他又不敢直接用手。他说,习惯是第二天性,害人的天性。不过俗语也说习惯穿袈裟的也未必是和尚。我想说施密德林刚好就是这种情况,他的习惯这下可让他尝到苦头了。

而且他还爱上了王妃。他自己说的或是自己坦白的。可怜的傻瓜。王妃爱的人是她的丈夫，没有理由的，就是爱他。我记得他俩的对话，是我在化装舞会上无意间听到的。当然，到后来我才意识到玛丽亚·奥古斯塔当时的伪装是什么，因为在舞会上大家都是戴着面具聊天。摄政王根本不在乎她，问她为什么不能不来烦他，难道她看不出来他并不需要她？然后她回答说他就是那一个人。哪一个人，摄政王问道。然后她说，您不记得施迈陶伯爵从中国带回来的那块毯子吗？那是巧夺天工的编织品，上面的神秘图案我们都没见过，我们都很惊叹地站在那盯着看。您是唯一一位走上前——她停了一会又说道——毫不犹豫地踩在上面的人。您看都没看一眼。所以您就是那一个人，唯一的王子。摄政王耸耸肩，他说毯子就是这么用的，在上面走的。但他还是弯腰吻在她手上，说道，我不懂，一开始我没听懂。也许……他说完就转身走开了。

我觉得那句"也许"可能给了她希望。真了不起，一个词就令一个陷入爱情的人得到满足！也许对施密德林来说，也只要从她口中说出一个那样的词，只需一个就够了。这个傻瓜呀，他也是自找的。他自己要犯傻，我也拦不住啊。

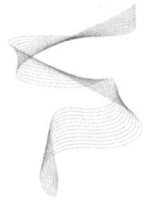

第八章　事件的后续发展(续)

6

"亲爱的主如果没有你我该怎么办呢？如果我们没有你该怎么办呢？"图尔恩和瓦尔萨西纳的那位问道，还没等我回答他就继续说道，"按照古希腊大法官狄尼修所言，在光明最中心的位置总有一个点代表神圣的黑暗。如果没有这点黑暗，纯粹的光明会变成完全的黑暗。你代表的就是这个点。"

"的确是，"我附和道，"当你身居高位陷入无尽乏味的光明中时，自然会堕落到自我的深渊中来找寻我。"

"你觉得我没有过吗？狄尼修还说过知晓是知者和被知的统一。之所以我能立刻就认出你，就因为我已到灵魂的深处走过一遭。你遇到过多少这样的人？"

"很多！"

"太美妙了！"

"看到这么多堕落的灵魂你真的如此欢欣鼓舞吗？"

"啊，但是，亲爱的大师，对于那些认识您的人，他们还有希望悔改和知道上帝。但没见过您的人则无需悔改，而无需悔改的人只是在欺骗自己。"

7

什么声音都听不见,甚至连呻吟声都没有,只有寂静。这是一种不属于这个世界的寂静,地狱里的那种沉寂,没有任何声音,没有夜莺,没有痛苦哀号;没有属于这个世界的任何语言,既没有小猫惬意时的呼噜声,也没有临终时的喘息声;没有田野上的风声,没有雷声,没有里尔琴声和鼾声;没有打磨细锉的声响,也没有哭泣声,就是那样的寂静。就连玛丽·抹大拉都是安静的。太阳火辣辣的。这真的是尼散月吗?春分之后的第一轮新月。是星期五吗?我看着他的眼睛。火焰在他瞳孔里燃烧着。我不得不转身望去。耶路撒冷在燃烧。希律王的白色城墙将火焰围住。谁能再一次扑灭它们?摩利亚山上的火焰从四面蚕食着庙宇。到处都不见牧师的踪影。火已经穿过庭院烧到门口。我向橄榄山望去,一桶桶滚烫的油沿着山坡向下滚进烧焦的山谷。炎热难耐。即使用帝国里所有的渡槽来运水也难以扑灭。再一次望向摩利亚山,整个庙宇正在熊熊燃烧,火焰冲天。一切都化成灰烬:东边的棚户区、西边的宫殿群,山丘变成了一个个火堆。庙宇燃烧得最为猛烈,只有到墙外才能得到救赎。现在整个帝国的水都不够用了。我回望耶稣,再一次看到他的双眼,双眼中的烈焰,连他也无法熄灭的火焰。渐渐地看不清他了,陷入一片黑暗。他笑了,朝我笑着说:
"结束了。"

8

"那是他说的?"

"那是他说的:结束了。然后他就死去了。我再次转过头,城市就在那里。就像以前一样。往西边望去,是原封不动的宫殿,罗马人、法利赛人和撒都该人的别墅群;东边还是穷人的屋舍;橄榄山上的果园毫发无损;庙宇仍然闪耀着它的权力和光辉。空气中充斥着各种声音,各种应该有的声音,最轻柔和最响亮的声音:公鸡啼叫声、收税官威胁声、法官判决声,所有恐怖刺耳的声音。这就跟地狱一样,吵得我连自己的思考都听不见。但我明白:什么都没有发生过。那个星期五,确实没发生过任何事。"

"我知道那事,主人。星期五发生的事,那还不是最重要的部分。最重要的事是在星期日发生的,对吗?"

"你是不是还想跟我再争论一下? 星期日也什么都没发生。爱信不信。"

"如果星期日什么都没发生,那你在怕什么呢?"

"那个故事!那就是我怕的事,哦,我的好仆人,故事里说有什么确实发生了。"

第三部分 储水库

第一章　首次入城

1

我也不记得为什么花了那么久才意识到仆人们已经离开。没有仆人在等我们，我的两位女仆、那位中国厨师、我们带来的其他随从都没在等我们。他们就那么走了。冯·豪斯伯格只说了一个词——"施迈陶"——尽管，他可能本想多说一些。虽然这件事毫无意义，但是我自己并没有起疑。我们只会绝对信仰那些我们永远无法理解的东西。

永恒救赎？

我不能因为无法理解施迈陶伯爵说的话，就说他甚至可以和神相提并论，更不能把他和仆人逃跑的事与上帝的行为相比较。尽管如此，施迈陶的行为确实影响了我的永恒救赎。他的影响力远比我最亲近亲爱的人的影响力更大。

哦，当然，它的影响力我很快就会感受到了。冯·豪斯伯格后来说我们从贝尔格莱德离开的方式跟从伊甸园被驱逐的方式很像。

"但我们并没有做错事,"我回答道,"而且我们是凭自己的自由意志离开的。"

"有没有罪恶不是重点。至于你说我们自愿离开这点,其实也不对。我们到这儿是因为身不由己。就像我们到贝尔格莱德也是因为必须要去。"

我试图反驳,但他并不听。

还是继续讲故事吧。当我们意识到我们所处的情况——没有仆人和食物,周围都是有敌意的农夫们——我们决定轮流守夜放哨。第一轮是从夜幕降临到凌晨两点,由冯·豪斯伯格和红发伯爵负责;第二轮直到天亮,由金发伯爵和沃克·伊萨科维奇负责。

我睡不踏实。虽然很快就打起了瞌睡,但不一会儿就醒了。本来睡得就不沉,还总有什么动静,不过我太困了,也辨别不出是什么声音。每次醒来都要花很长时间才能再次入睡。通常睡前我会看点书,但这次出门我没有带书。不过这儿也没有足够的光线看书。是的,天上有皎洁的月光,但是这些农民用一块布把窗户遮住了。这块布成了很劣质的窗帘,不过还是有些微弱的月光能透进来,落在地板上离我不远的地方。

我一个人待在房间里,周围一片寂静,除了我自己弄出的声响和老房子时而发出的咯吱声。多么孤独的夜晚!我也不知道过了多久我才又睡着,但是我觉得这种寂静和不时出现的噪音让我无法休息。过了午夜,我可能都没有睡着。

2

当我睁开双眼,已是清晨。我能听到外面有人在说话,清晨不该有那种嘈杂。我承认我不想起床,这觉睡得太不好了。我还没离开房间,就听到一声尖叫。我想都没想就冲了出去。第一眼见到的就是冯·豪斯伯格和红发的调查团员。他们旁边是跪着的诺瓦克。我朝他们走近,只看见两具尸体。沃克·伊萨科维奇躺在那儿,一把军刀插在他胸上,血块凝结在他的白色衬衣上。金发的调查团员,面朝下躺在他身旁,好像在向他伸出手。他身上没有伤,至少没有我能看见的伤。诺瓦克把他身体翻过来,看了看,又帮他摆回原来的姿势——趴着的姿势。他的脸又看不见了。

冯·豪斯伯格望着我说:"够了,我们立刻返回!"

红发调查团员嘟囔着我们应该把尸体运回城。我马上料到我们暂时不会管这件事,冯·豪斯伯格会建议回到要塞以后再派人来取回尸体。所以就这么办了。诺瓦克赶紧备好马。我们骑上马飞奔回城。我们没人说话,我也不知道该说什么。他俩的死似乎与吸血鬼无关,我看不出有什么联系。那时我想要弄清楚这些邪恶之事背后到底隐藏着什么——比起躲回厚厚的城墙之后再也不闻不问我更想要弄清这背后的真相。

但我还是驾马而去,以飞快的速度,不是因为我想快点到贝尔格莱德,而是因为我不想。我害怕我自己。

我们好像骑了好几个钟头。我腿很酸,手也因为一直拽着缰绳而僵硬。

我们一路骑到山顶——其实根本没有必要,后来我们发现这根本不是回城最近的路。尽管我们一直沿着某条路走,但还是迷了路。也可能是领头的某个人故意而为。我一直没找出是谁这么做。男爵已经死了,伊萨科维奇也死了,剩下的只有一位客人,一个外国人和我自己——我以前也没有出过城。我注意到诺瓦克骑马跟在我们后面。我想问为什么他不带路,但是我没有问。

当我们走到山顶时,我所有的怀疑都消失了。我眼前就是城市,向北延伸的城市。那儿最外面的矮墙,里面有穷人的茅舍、绞刑架和墓地。第二层城墙是欧根亲王线,配备厚重的巴洛克式大门,东西方向建造有又高又厚的壁垒。墙那边是宽敞豪华的住宅区、我的宫殿、塞尔维亚人的教堂和我们的几间教堂。第三层城墙是要塞的壁垒。我能够认出那些堡垒,每一座都用圣人的名字命名——两座半月堡和两座幕墙。再远一点的地方我就看不见了。

我终于明白贝尔格莱德的防御是由三层同心圆环组成,一层比一层坚固。任何的外来者、旅行者和入侵者都必须越过这三道城墙才能抵达这座城市的中心。

而在贝尔格莱德的正中心,有我的丈夫、这里的统治者。我想要的一切都在那儿。那儿没有吸血鬼。三层防御的保护,令他们无法接近,无论他们是谁。

我们快马加鞭,飞奔下山。两旁的树渐渐稀少,路上偶然会有一两根树枝向我刮过来。虽然冷得要命,但我们骑得飞快。下了山就是那座城市,我们就要回去了。

我没听到第一声枪响。

3

马儿突然停了下来。骑着黑马的红发调查团员差点从马鞍上摔了下来。我确实听到了第二声枪响。有人大喊道:

"往回跑!"

我看到了枪声传来的地方。城墙上的一名守卫头顶上方还有余烟。他还在用毛瑟枪瞄着我们。离他十几码之外,另一个守卫也看着我们。

我掉转马头,用马刺刺它,但这畜生只能勉强往上坡爬,显得很吃力。我们没停下来说一个字,只是一路又跑回了山顶。

"他们在朝谁开枪?"红发伯爵问道。

"朝我们四个。"诺瓦克回答道。

"但为什么?"他问道。

"因为!"冯·豪斯伯格冲他喊道。

红发伯爵看着我,我看着冯·豪斯伯格,冯·豪斯伯格看了看诺瓦克,诺瓦克又望了望红发伯爵。

"他们不让我们进去。"我最后开口说。

"但是为什么?"红发伯爵又一次问道。

"因为他们接到了命令。"冯·豪斯伯格说。

"但是为什么?"他坚持问这个问题。

"因为他们认为我们是吸血鬼。"我说。到今天我也不知道我为何那么说。我当时觉得自己是脱口而出,没有想太多。但我觉得我说得对,只是当时可能不需要说得那么严肃。

"施迈陶!"诺瓦克说道。

"施迈陶,"我接着他的话说了下去,"施迈陶回到城里,把萨瓦·萨瓦诺维奇、拉德茨基、施密德林和莱普缇拉克虫的事,还有其他的事乱讲了一通,然后不知道用什么方法说服了他们,让他们认为我们已经变成吸血鬼了。"

但他是怎样让亚历山大相信的?我自问道,我的丈夫怎么会把我留在塞尔维亚和吸血鬼一起自生自灭,却什么也不说?他怎么能挡住我求生的路?他怎么能如此对我?

第二章

1

我在空虚寂寞中徘徊。月儿挂在低空中,只有我的影子与我相伴。但是没多久,很快乌云就聚拢到一起,天空变得比夜晚还要黑暗,还下起雨来——真正的春雨,又大又急。虽然我穿着斗篷,但还是很快就湿透了。我的徘徊也许看起来漫无目的,但结果却不是那样。当我不知不觉走到那间熟悉的小酒馆,我意识到这就是我一直要前往的目的地。

雨下得很大,我在一摊摊的水中前行。我叩着厚重的黄铜门环敲了三下,等了等,又敲了两下,又等了等,然后又敲了两下。门向两旁打开,铰链发出咯吱声。

都是一些熟悉的面孔,周五晚上经常能见到他们。正是那些人能从信仰和家庭琐事中抽身的时候。他们可能每天晚上都在喝酒嫖妓,也许他们会这么做,但还是没在安息日这么做更让他们开心。他们知道这不仅是犯戒:这种犯戒是有计划的,不是随便瞎干的。不仅需要事先给自己找个犯戒的理由,指责下不陪你犯戒的人,还要深信自己是在做一件高尚得体的事。努力坚持到这种对罪恶的需要——这不是生理需要,而是精神需要,虽然别人不一定这么认为——逐渐变成一种新的宗教,教里有自己的牧师和哲学家,而他们负责开发出更多的犯戒方式。

这种人从来不忏悔。一整晚这里那里捶胸顿足很容易,这里一个女人,那里一个男人,一两块金币;但为自己生命意义而感到懊悔还真的一点都不容易。

我快速环顾四周:一些醉汉和妓女、两个水手、一些巴拉巴爪牙、一个给罗马人服务的密探和一个给犹太公会打工的密探。我之所以能认出这些密探是因为他们穿得太好但喝的酒太烂:情报部门可能只提供服装,但喝酒要自己掏腰包。罗马帝国的密探一般都齐刷刷地穿军团装,剃着活泼的恺撒头,而犹太公会的密探不到万不得已不会轻易在安息日犯戒,他老让酒馆老板从大壶葡萄酒里给他斟上一小酒杯。

我坐在一张空桌旁,点了撒玛利亚甜葡萄酒。小姑娘很快就端了过来。这酒差得很,掺了水。夜晚才刚刚开始,我又点了些酒,因为夜晚越长越不会在乎掺了多少水,喝到多少酒。大家都这样,新酒鬼老酒鬼都一样。

隔壁桌坐了个水手,用故事盛情款待着两个酒鬼和一个妓女。谁知道他一直都在海上做什么。从一个地方扯到另一个地方,想骗点酒喝,晚上找点事做,消磨点时间——还能干啥?

我知道她还没到。她来的时间我记得很清楚:干完活后,快入夜的时候她就会过来找乐子。只有这一天不该有活干,也不该在夜晚找乐子。但是我知道她还是会来,因为习惯是最好的借口。

"叫我以实玛利。"水手说。

"我知道那个故事,"我说道,"又臭又长。"

他不理我,继续说他的裹脚布。其他人听得全神贯注。

我又叫了点酒。我也不想喝醉,所以就只是小酌几口。但是头还是开始疼了,因为这酒馆里的霉味,因为天气变化,这天老是变。还有这水手老在那讲。我站起来跟水手的听众说。

"就那样,鲸鱼最终胜利了。"

他走过来要打我,但我躲开了。大家都站起来。酒馆老板站到我们中间。一壶酒倒了。谩骂声响起。另一个水手也朝我这走来。一个妓女笑起来。巴拉巴人把手按在胸前的匕首上。密探们把这一切都看在眼里。那个妓女又笑起来。水手互相看了一眼,点了点头。讲故事的掏出一把弯刀。

接着,我看到她站在门口。头发散着,湿湿的,滴着雨水。她眼里依旧闪耀着火花。我终于等到了。

水手低声喊出她名字:

"玛丽。"

2

玛丽——玛丽亚——玛丽亚·奥古斯塔。她无助地躺在那里。塞尔维亚人怎么能在他们经常引用的诗里这么写?——"也许,她睡着了/双眼中没有一点邪恶。"但是吸血鬼不会允许她这么睡着。外面,邪恶力量正在虎视眈眈。红发伯爵坐在我身旁,非常无动于衷。他用手绕着红色假发中的一小撮卷毛。

"伯爵先生,"我说,"比起一直不讲话,我们聊聊天会更容易熬完这放哨的时间。"

"但是我们要是讲话就听不到敌人偷偷靠近的声音了。"他机警地回答道。

"最危险的敌人是最不会出声的,我敢说吸血鬼走路都是没声音的。我们就说点话吧,越安静越吓人。那些德语讲的新式故事,你们称为哥特风的那种——吓人的地方都没对话,只有黑暗和暴风雨的描写。只要太阳一出来或者人物鼓起勇气,对话就开始了。"

"那我们聊什么呢?"他礼貌地问我。

"维特根斯泰因。"

"谁啊?"

"来调查储水库的那个。"

"哦,你是说维特根奥伯爵。"

我想都是名字惹的祸——如果玫瑰改名叫臭草的话也会臭气熏天。

"那个伯爵发现……好吧,我还是继续讲,告诉你吧。我的意思是,现在告诉你也没关系了……那个伯爵发现——别问我他是怎么发现的——他发现摄政王跟土耳其有协议,只要有足够的金币摄政王就把塞尔维亚交到土耳其人手里。他听说——我指维特根奥伯爵听说——摄政王从塞尔维亚靠税收压榨来的钱根本不够他养情妇、打猎和宴会的开销。塞尔维亚是个穷国家……"

"养情妇和打猎都是奢侈消遣。"我附和道。

"什么?我想,我也不知道,无论如何……"

"世界正如它所发生的那样。"我加了一句。

"什么?我没听过这话。无论如何,维特根奥伯爵发现摄政王把金币藏在了卡莱梅格丹的储水库里。几次他想查到底,说他想下到水库底也行,说他想查个底朝天也行,但是储水库都守卫森严。他很快就意识到想从要塞进到储水库看来是不可能了。但是很快他又听说古罗马渡槽会从贝尔格莱德的临近村落接入到卡莱梅格丹的储水库。渡槽一半埋在地下,一半露在地上。整个渡槽外面用砖块包住,大部分都是不到一人深的水渠。有塞尔维亚人告诉伯爵从哪里出城能进入渡槽,一路上沿着导管要转几个弯才能到要塞。有一天一大早,伯爵就骑着马出了贝尔格莱德城。他伪装成一个收税官……"

"装什么不好?"

"他有几名士兵陪同。他们走得很慢,因为他们要看上去像是从首都大老远赶来的,而且那时他们也不想走错了路。他们就在离水磨坊不远的小旅馆过夜。第二天一早,伯爵就不见了,士兵也醉得稀里糊涂。摄政王下令进行的调查也没有结果。我们在维也纳听到这个结果也不奇怪。奇怪的是六个月以后维特根奥的尸体又突然出现了,就在他消失的那个小旅馆里。尸体保存完好,就像没死多久一样。事实上,看上去跟活的一样,像吸血鬼。现在你明白了吗?我自己也才开始明白的。摄政王下令给尸体准备基督葬礼,但实际上他下令用木桩钉穿他的心脏,就像我们最近一次看到的那样,然后再把尸体烧了。所以我们也少了一件重要证据。"

"摄政王背叛的证据还是伯爵是吸血鬼的证据?"

"这两个也不矛盾。"

月亮又出来了。

"你不会真抓个吸血鬼当证据然后带回维也纳吧?"

"当然。除了给陛下看下真正的样本,别的方法也证明不了有吸血鬼存在啊。"

"但是,吸血鬼会泛滥啊!"

"啊,但是我们搞科学的,能够严格控制住这种事。但我们不能剥夺科学和陛下了解这项重大发现的权利。"

"要控制住那个,那你得有段时间忙得跟鬼一样了。"

"魔鬼不是我的研究领域。你误解我了。"

"你……"我气急败坏地说道,"如果你再找到只吸血鬼,你准备把它打个包运回维也纳?"

"一定会!"

"那时你怎么不这么做,在我们找到萨瓦·萨瓦诺维奇的时候?"

"我们不能动手啊,不能在那群农夫面前下手啊。所以我们命令施密德林别用手把吸血鬼的嘴捂上,这样才能把莱普缇拉克虫放出来,然后……"

我跳到他身上,掐住他脖子,大喊道:"你这个……疯子……把所有人都变成吸血鬼……末日审判……末日审判……"

他的身体剧烈地扭动着,想把我踢下来,想咬我,但我勒紧,又勒紧,再勒紧。我感到了双手和手指传来的痛感。我咬着牙,鼻孔张开。我恨这个人。他用拳头打我头,假发掉了下来,我快要勒死他了。让吸血鬼离开塞尔维亚,一路征服所有一切。就为了科学而让我走向末日!让我的整个世界走向尽头!

苏格拉底不是说过"我知我不知"吗?

他没有挣扎太久就没力气了。我放开他,他倒在地上,躺在那儿。

只要我活着,我就不会让吸血鬼离开塞尔维亚。

第三章 集会

1

亚历山大怎么能相信施迈陶让我任由吸血鬼和这些塞尔维亚人摆布?我感到一阵恶心。我用手捂住嘴。没有眼泪,也没有话语。我只感到脸上和身上直冒冷汗,一滴滴的汗珠,湿透全身,我全身都在颤抖。

红发伯爵正说着什么。

"防御工事好像有一处空隙。我们可以从那里溜进去,闯进去,不行就打进去。"

"你疯啦!"冯·豪斯伯格喊道,"疯子!从我踏进贝尔格莱德起所有人都不停地讲要塞是多么坚不可摧。全世界的土耳其人加起来也拿不下这座城,就连个鸽子也不能擅自闯入。我们根本进不去,也没必要进去。我认为我们可以围着城走,看哪里能过萨瓦河,过了河就是欧洲了。到了那边,我们再想下一步该怎么办。我们不是伯爵就是王妃:我相信我们能行。"

"绝对不行,"我说,"我的摄政王就在城里。我不能离开他。我想让他看清我不是吸血鬼。我想证明施迈陶是个大骗子,一个疯子……"

"如果真能进城,你丈夫一定会手拿木桩等着我们,然后用欢迎维特根斯泰因的方法来迎接我们。"

"谁是维特根斯泰因?"我问道。

"我觉得王妃是对的,"红发伯爵再次大声说道,"我们必须回贝尔格莱德。我们又不是吸血鬼。如果我们逃到奥地利,他们可能会发通缉令抓我们,或者用对付吸血鬼的方法对我们。我们得向他们证明我们不是吸血鬼,这必须在贝尔格莱德才能办到,因为这里是吸血鬼消息的传播源头。只有在贝尔格莱德我们才能阻止这一切。"

"我知道一条进城的路。"诺瓦克说。

冯·豪斯伯格狠狠地瞪着他,但也没说什么。

"有一个古罗马渡槽,一部分在地上,一部分在地下,从这儿东边的小湿林村接过来的,一路接到要塞的中心位置。那个渡槽还在用,一路通行无阻。我小的时候就经常在那条地道里玩。水从一个沟渠切口处流到底部,但地道墙壁只有不到一人高,所以我们过去的时候要弯点腰。外面没人能看到我们,里面也根本没有人。"

"施迈陶也知道这些,因为他亲自跟我讲过,当一个城市在被围困前有所准备的时候,要把所有的入口都封住,所有的密道都封好,然后埋上雷,这样没人能穿过去。"冯·豪斯伯格一口气说完。

"他们不能断了自己的水源。"我反驳道。

"是的,他们可以,"冯·豪斯伯格答道,"他们有一整个储水库的蓄水,这点你应该很清楚。所以当然不需要从小湿林村的管道运进的泉水补给。"

"我要从渡槽进城。"我说。

"我也是。"红发伯爵说。他支持我的想法。

"还有我。"诺瓦克说道。

冯·豪斯伯格气愤地摇着头,他什么也没说。

"带路!"我对诺瓦克说。

他点点头,开始骑马往前走,然后停下来想了想。他朝东边走,我们紧随其后。当我们还在山顶高地的时候我又一次回头望了一眼,回望贝尔格莱德。它似乎燃烧在晨光中,散发着奇异的光芒,似乎整个城市都处在火焰的保护中,与世隔绝。

我们骑马走了一个多小时。诺瓦克找不到渡槽。我们跟找吸血鬼时一样又在绕圈。诺瓦克和一些农民说了几句,然后我们又乱逛了许久。走到哪儿,都不是朝着城里的方向,因为我就没再看到过城墙。也许我们根本没在往城的方向走,而是越走越远。这意味着就算我们找到地道,回城的路也会更长。诺瓦克又停下来,和塞尔维亚人交谈。我又跟着他跑了一段。然后我们的脚步慢下来,我意识到我们还没到。我想渡槽可能是在我们所待的这片区域的地下,所以我们一直找不到。

不过,我没说。大家都没说话,除了诺瓦克以外。冯·豪斯伯格的沉默是因为大家不听他的,他还在生闷气;红发伯爵的沉默是因为害怕;而我的沉默是因为除了沉默我不知道该做什么。我记不得那时我脑子还想过些什么。我既疲惫不堪又精力充沛。

诺瓦克跟一个农妇交谈后面向我们。

"好像那个地方有守卫。"他说道。

"有守卫!"我们都惊呼。

"的确,渡槽没有我们知道的那种守卫。不论走得多近也看不到身穿军装或便装的武装青年。守卫无非是旁边洗衣服的村妇,玩青蛙跳的细胳膊细腿的小孩,干草堆两边眉来眼去的少男少女,三两个皱着眉头的老头,从奥斯曼来的商人,带着一捆捆的飞毯、魔瓶精灵、自右向左印刷的书籍、大麻和哈发糕,还有从奥地利来的商人,还有从新帕扎尔来的商人,他们的货物不见得比不上西方,还有一些吉卜赛人,甚至有位从城里来的贵族夫人,带着很多知识分子,旁边还有位牧师和几个执事、一些脾气不好的老太婆。最后,在他们上方,到了夜晚还有月亮和长庚星。他们都是守卫,看守着渡槽和城市的入口。"

"人还真多。"红发伯爵评论道。

冯·豪斯伯格低声呵斥:"真会演讲!你到底在干吗?搞文艺创作?我管他们是谁,我们想去谁都拦不住,除了牧师和执事还有点可能。"

"我完全没搞明白,"我说,"那些人都是在那阻止人进城的吗?"

"不是的,王妃,"诺瓦克回答道,"他们不是在那防人进城,而是在那防人出城的。"

2

抹大拉的玛丽。我知道她会来。在那个糟糕的夜晚,我终于等到她了。我假装没看见她,让她来找我,我知道她会。

她站在那儿,在我眼中闪耀。抹大拉的玛丽,她曾是属于我的灵魂。大家都聚到她身旁,问她些问题。她在回答着,我听不见,但一直在听。恸哭、低语、喧闹,似乎他们失去了至亲至爱。他是所有人的至亲至爱,诺瓦克会这么说——但是亲友不会拯救你,我会这样加一句。他们似乎总是打不定主意。他们是该生气、暴动、复仇、哀悼,还是绝望、认输?好像他们真的受到了莫大的触动。

他们都在演戏。

当他们将伪善表演得淋漓尽致之时,他们会邀请她同坐。这是她的酒馆,她的朋友圈子,接着他们就像往常一样喝酒聊天。

我不想靠近她。我知道这样会显得有些过了,会看起来像是我在跟踪、纠缠她。我小心翼翼地抿着酒不说话。时间一分一秒地过去了。我点了盘法拉费丸子,这样喝不容易醉。

交谈声渐渐消失。他们能聊的都聊过了:回忆过去,哀悼逝者,预见未来。几个小时时间,他们用尽了各种时态来叙述他们为何骄傲为何重要,然后走向尽头——或是走向永恒,他们总把尽头说成是永恒。

他们都确信他们对世界的预测。罗马密探预言帝国必将终结。

"推倒城墙的不会是一群野蛮人——是罗马自己的灵魂:一旦开始腐烂,城门自然会开启……"他还没说完,其他人都表示赞同。玛丽看了我一眼。

既不是生气的眼神,也不是亲切的问候,她用她的方式表明她看见我了。她继续听其他人说话。

"不会有犹太人,"犹太公会的密探说,"神圣的耶路撒冷……"

听到没,听到没!其他人插了一句。

他们需要一座城干吗?城是防御入侵者用的。在神圣的耶路撒冷那样的地方,不需要壁垒堡垒、高塔军团、希腊火或加农炮。谁会带着投石机、攻城槌、围城梯来进攻——什么样的雇佣军,什么样的十字军?

没有进攻,也没有防御;没有壁垒,没有城墙;没有边界,没有形状。当你毁掉让城市与世相隔的城墙,城市就是世界。一座城就是整个世界。每个人都在里面。每个人也都不在里面,因为无法将城市与其他一切分离,或是与根本并不存在的一切相分离。鉴于世界是唯一的,所以每个人都挤在同一个空间;鉴于世界没有尽头,所以每个人都离其他人很远。

那不就是地狱吗?

某种方式上讲是这样,但我不知道是什么方式,疯子施迈陶道出了它的真相。

黎明从亚洲的方向渐渐来到,比夜晚还要黑暗。一道光线画在酒馆的泥地上,入土三分。一片寂静,大部分基督教徒还在睡觉,此时玛利在说梦话。看来她的故事是不讲完不罢休了。

可怜的小伙。

泰伯利亚的密探早就回去交报告了。看报告的应该是某位长着苦瓜脸的帝国官员,看完后就会利索地整理归档——从不怀疑有比有条有理的档案系统更好的忘记事情的方式。但是所有帝国、王国、王子领地,尤其是共和国,坚信这种档案系统的重要性,认为通过这种巧妙的分类放置方法能更快找到资料,甚至能更快遗忘资料。

其他人仍在那儿。虽然酒都锁起来了,酒馆老板还是睁着只眼睡,因为跟那群人在一起谁知道会发生什么?我等待着。

她真的从椅子上起身,毫不犹豫地朝我走来,目光犀利而又清澈。我看不懂她:因为那无眠的夜晚,因为前一天发生的事,因为我曾认识的那个玛丽,因为她变了,因为她一直没有变。

她走到我旁边坐下来。近到我的脖子能感觉到她的温暖鼻息,近到我们之间的空气微微闪耀,化作她的肌肤,化作她的爱抚。

她并没有碰到我。

"你还有希望。"她温柔地说。

"希望?我已经在庆祝胜利了。"

"一个人？挑这里庆祝？"

"我想让你看到我。看到是谁坚持到最后。谁在这儿，谁已死去。"

"骗子！"她呵斥道，又变成以前的她了，"你来这是因为你可怜孤独。你来这是因为你歉疚。这才是你来的原因。"

"歉疚？是来看你的？"我笑道，不敢太大声，怕吵醒其他人。

"也对。你是来看我的，你想逃避的是我，你回来找的也是我。"

"我不是逃跑……"

"因为我爱你。"

"我为什么会害怕爱情？"

"你害怕的不是爱情，而是失去爱情。那是你所有恐惧的始末。但你还是来了。所以你还有希望。喂，天快亮了，回去睡一会，今天不会发生什么事。明天，星期日早上日出时分，到客西马尼园的喷泉。我会在那儿等你。"

3

"我想说的是，王妃，只要我们看到和那些描述相符的人，就说明我们快到渡槽了。"诺瓦克说道。

"那我们会看到好几百人。"冯·豪斯伯格不耐烦地说，但是诺瓦克没回答他，只是继续骑马前行。我也跟着他出发。红发伯爵犹豫了一会，也跟了上来。冯·豪斯伯格犹豫到最后，所以落在最后。

我们看见了描述里所说的洗衣妇人、男女老少，甚至是牧师、商贩，还有吉卜赛人，但仍不见渡槽的踪迹。

我们骑马走了很久,转圈直行,上山下山,翻山越岭,穿过田野果园。有些农民跟我们打招呼;有些瞪着我们看;有些尽力帮忙指路;有些只是摇摇头。白昼就快过去了,我们都害怕夜晚的来到。

然后,突然,太阳好像重新升起一般,从西边溢出一道光线,仿佛从异世而来,令人头晕目眩。好一会儿我都不敢直视。我感觉自己曾到过那儿,尽管我后来再没看到过。好像我认识那道光,我眯着眼看着那道光,仿佛我知道正在发生什么。

当我睁开眼睛,那道光已变得柔和平缓,周围的空气闪着微光将我们包裹,就像是爱人双手的轻触——亚历山大的手。但是这儿没有亚历山大。

在一方大石上坐着一位天使,身穿白衣,非男非女,也非介于男女之间。一只羽翼向下弯去,尾端的羽毛快要触碰到地面,另一只羽翼顶端朝向天空。光环像金子般闪耀,这种金子由空气制成,没有重量,也无法用来交易。天使的脸庞交替闪现着红光和绿光。我想,它正逍遥自在地坐在那儿,兴高采烈,无忧无虑。这时我认出它了。它就是白天使,是它在基督墓遇到了那个女人。

嗯?你问我?

我是怎么知道它是那位天使的?

我曾在贝尔格莱德的一间塞尔维亚教堂里看到过一幅湿壁画。有人告诉我那是一幅仿制品,原作应该被埋在土耳其的某个地方。我记得那张脸,用从容的表情宣告最伟大的胜利。

对不起,我听不见你说什么。你想知道东正教画家是怎么知道天使长什么样的?我也不知道。你觉得是我自己的想象?你觉得我认为天使都长得跟白天使一样?啊,如果塞尔维亚人能把白天使画得比真天使更美,那我真会这么认为。

还是继续讲故事吧。

它是在等我们。它右手拿着一根长长的法杖，左手放在膝上。当我们靠近时，它举起左手指向右边的什么东西。每一根手指上都戴了一个宝石戒指，闪耀着彩虹般绚烂的色彩。

　　它朝那条路指去。

　　去渡槽的路。

　　黑暗空洞的地方。

　　我们都没说话。我们甚至都没看对方一眼。我们甚至没再望天使一眼。我们下马，毫不犹豫地径直朝里走去。我走在第一个。然后是诺瓦克、红发伯爵，最后跟上来的是冯·豪斯伯格。

第四章 渡槽

1

他躺在那儿,被我勒死了,用科学家的目光睁大眼睛仰望着我。红色假发躺在他身旁。

我该怎么办?我可以大喊"吸血鬼!"来警告大家,但这样太直接,总感觉不太对,太掉价了。而且我差点忘了:还有个伯爵要对付,金发那个。他也是科学家,想用世界毁灭来追求名声和科学真理。怎么样才是对付他的最好方法?他和诺瓦克、沃克·伊萨科维奇正睡在小屋里。当然,诺瓦克不是问题,但是伊萨科维奇随时都有可能醒来,说不定他还没睡着,而且塞尔维亚人还比较凶猛强壮。

我决定先把金发那个引出来,掐死他,然后再回去睡觉。一种可能是沃克·伊萨科维奇睡过了忘了值班;另一种是他准时醒来——然后他会发现什么?在一个众多吸血鬼出没的夜晚,两个伯爵被扭断了脖子,而我呢,睡得跟婴儿一样。真是个好方法。

我偷溜进小屋。然后第一个阻碍就出现了。屋里太黑,我根本看不见人,更别说能认出谁是谁。尽管外面月光挺亮,可还是看不清屋里的情况。我想金发的伯爵应该是睡在门边。我举手想打他,但我还没把手捂到他嘴上,他就醒了,挣扎起来,但我嘘了一声让他安静:"吸血鬼就在外面。"

我感到他身上一阵哆嗦,然后他突然站起来。我们一起走到门外。

后来我才意识到我犯了个错。他是沃克·伊萨科维奇。

我顿时不知所措,不过我后来想到了什么。伊萨科维奇一看到躺在地上的红发伯爵就拔出了佩刀。我回到屋里把金发伯爵弄醒。当我把他带出门时,我小声说:"伊萨科维奇已经变成吸血鬼了,而且把你同伴杀了。他就在那,蹲在他身上吸血呢。"

金发的想都没想,拔出剑就向这个塞尔维亚人刺去。幸运的是,伊萨科维奇一声都没叫,死得太英勇了。

我跟金发的说:"别担心,你这剑直刺心脏,效果跟钉木桩一样。"

然后我就开始思考。如果我把金发的也给杀了,会不会看起来有点可疑,吸血鬼杀他们三个的时候我是如何活下来的?最好是一轮当班的一块死。但现在我是第一轮当班的,金发的是第二轮的,如果顺序乱了就不对啦!

最好能是金发的死了,让红发的活着。我看到地上的红色假发,看了看他头上的金色假发,又看了眼红色假发,再看了眼金色假发。

"听着,"我说,"没人会相信伊萨科维奇变成了吸血鬼还杀掉了你红发的朋友。他们会要看证据。你知道王妃就是这种人。"

他只是点头,看上去非常害怕。

"但他们有可能会信他俩是被吸血鬼杀掉的。"我继续说,也把头点来点去。我想,就算说不通他,至少可以靠点头点通他。

他又点了点头。

"你和伊萨科维奇应该是第二轮值班的,对吧?最好能是他们俩,"我指着两具尸体,"是值同一轮班的。"

"但他们不是。"他争论道。这是个好迹象:会争论就说明在思考,而且往往是错误地思考,正好是我需要的。

"但如果我们把假发换过来——你戴红色的,让您已故的同胞戴金色的——那么就会变成第二轮当班的金发伯爵和伊萨科维奇死于吸血鬼之手。"

"我们不可能换顶假发就变成别人了⋯⋯"

"哦,可以的,相信我。没人知道你名字,大家就记得你们戴什么颜色的假发。"

"那我的剑怎么办?"

"我们只要拽一下你的剑,"我边说边把剑从伊萨科维奇身上拔出来,"然后把它插进——沃克的刀——这个位置。这样,现在就变成了当面对吸血鬼的时候,他宁愿自杀,永远到地狱受罚,也不愿意将自己变成怪物。"

然后,我捡起红色假发,把它交到金发伯爵手中,于是他再也不是金发了。我拿起金色假发放到红发伯爵头上,让他死后拥有了一个新的身份。接着我边密切注视着周围,边把红发伯爵送回了小屋。我心中暗自发誓,第二天只要有机会我一定把他也干掉。

2

这不是入口。这里只是通往渡槽主渠的一条崩塌的支路。因为已经碎成一片,所以只能看到通道结构。而当后来头顶上只有实心砌体的筒形拱顶时,我们就什么都看不到了。伸手不见五指,我们只能摸索着前行。

但在那儿,我们开始看到罗马砖砌成的隧道,红砖上抹着白灰,地面上有四角开槽的水渠,水声汩汩。对我来说看起来就像巨大的怪物在我们面前张开血盆大口,我们置身于红色的洞窟中,两边是白色的牙齿,我们走在中间的舌头上。当我们蹒跚前行时,上颚处传来刺耳的刮擦声,匆匆气流发出呜咽的元音,白灰唧唧地发出齿音,墙壁上孔洞发出嗡鸣的低音。我们正向这一切的中心走去,声音发源的地方,水流带我们去向的地方。舌头带着我们向城市走去。

地又湿又滑。我们必须蹲着走,过了一会与其说在走,不如说是在爬。但很快连爬都算不上了。

过了多久?很久很久。在黑暗中靠双手和膝盖前进会让你忘记时间。你只记得入口已经离你很远。那一刻之后过了一小时、一天、一周、一年,还是——随便你怎么叫。时间已经流逝,过了一夜、一天、又一夜,星期六到了,星期六过了,化装舞会和所有其他发生的事,一件接着一件。

我在那儿,匍匐前行,从头到尾都在领路,因为我是第一个进来的,现在这儿太窄,根本换不了地方,我后面是诺瓦克,接着是红发伯爵,最后是冯·豪斯伯格。

没有真的发生什么事:我们沿着隧道前行,蹲着走直到顶棚还允许我们直立的地方,再跪下来继续前行……你能听到我们的脊椎嘎吱作响。

我从穆斯林朝圣者那儿听说过伯利恒的主诞教堂。海伦娜女皇命令为其修建厚重的大门。波斯入侵者穿过大门策马奔入教堂。不像其他的基督教圣地,他们没有毁掉大门,因为大门上的图案——三位身穿传统波斯服装的智者。他们认出自己,所以不愿意毁掉自己的画像。但这并未挡住挥舞着弯刀的土耳其人步行进入教堂。每个人都有母亲，在孩子出生的时候都会高兴，所以土耳其人也向圣母玛利亚鞠躬。所以门又改小了。现在进入这座教堂需要弯腰，因为门太矮了。所以隧道让我想到了进入教堂的漫长入口。无论我们是否愿意，我们必须屈膝前进，一路保持谦恭。

亲戚，你对此有什么想法？是召唤我们保持谦恭吗？

哦，你是来问问题的，我是来回答问题的？

如果允许我偶尔发问，我也一定偶尔会回答。

请允许我继续说下去。我们继续前进，没遇到多大麻烦。是的，身体压力很大，但至少没有思想负担，我们不用思考任何事。至少我没有。毕竟，当下一步可能一头撞到墙上或滑倒摔断胳膊或腿的时候，你能想什么。不知道走了多久，我们面临第一个抉择。

隧道出现三条岔道。诺瓦克是这么解释的：只有一条是通往城市的，另外两条是给偏远村镇供水的。他说就算我们走错了也不用担心，反正我们能走出去，找到方向，然后——如果这条错了——我们回到起点再试另一条。

"说得容易，"冯·豪斯伯格喊道，他的声音回荡在我们周围，"你个蠢货！你难道没想过这可能只是我们遇到的第一条岔路，后面再遇到会越来越难决定怎么走，会有成百上千种走法，每次只要选错一个路口都会把我们带到荒郊野外、吸血鬼横行的敌对乡村。这样在黑暗里爬，可能爬出去的时候太阳都已经落山了。"

"但是就三条线路。"诺瓦克固执地说道。

"有一千种可能的走法，其中九百九十九种都会把我们带到两条错路上。只有一种……"

"那就是你命该如此。"红发伯爵说，大家都陷入沉默。

我一直感到有水滴在后脖颈上,不动的时候感到更难受。我想往前走,哪个方向都行,只要不是站着不动。

"我们走左边吧。"诺瓦克说道。

"好,走吧,就算是错的也走吧。"我说。

我总有股想往前跑的冲动,非常想知道走到头有什么。但是我很累,又必须蹲着走,根本跑不起来,我只能加快脚步迅速前行。诺瓦克急忙跟上,喘着粗气,但没有抱怨。红发伯爵是位贵族,冯·豪斯伯格也是,贵族不会抱怨或烦躁。抱怨是普通人的特征,甚至是他们的习惯。

后面的路没有拐弯和需要选择的分支,我们松了口气。现在这条比我们刚刚走的那条隧道窄一些,我觉得有点不对劲。一般来说,次要的旁道才会细一些。没见到有支路更说明这条隧道可能不是主干道。就像生活中一样,第一次走错道之后,一直遇不到困难决定时就知道自己走错路了。我们现在走的路似乎走得太顺了。但我什么都没说,只是默默前行,像其他人一样。

但当我看到前面的光线,我们进到地下后看到的第一道光线时,我就知道肯定会出现一个村庄,而不是要塞。我是对的,但是天已经开始黑了,夜幕就要降临。尽管如此,我们还是很高兴能出来站一站。大家都伸伸腿脚,我甚至躺在了草地上,为了减轻骨头的疼痛。我又冷又饿,第一次感到饿。

诺瓦克稍微侦察了一下,说我们可能到了小湿林村,还说我们必须赶快回到隧道里,因为天要黑了。

"好像下去就很安全不用怕吸血鬼一样,"冯·豪斯伯格说道,然后他大喊,"水!"

"你说'水'是什么意思?"我们问道。

"水!吸血鬼喜欢水,喜欢聚在水边,比如水磨坊。你们没看到吗？还是在露天比较安全。"

"渡槽通往城市，吸血鬼进不了城，我们都知道。如果隧道里有吸血鬼，早就在城里出现了。"诺瓦克回答道。

冯·豪斯伯格争辩不下去了，只能用嘲讽的语气顶回去："也许跟我们一样迷路了。"

这种讨论也没意义，我转身回到隧道里。走了没几步，我就听到身后有啪嗒啪嗒的水声。我想是诺瓦克弄出来的。正在此时，传来一声尖叫。尖叫声后是一句"哦，上帝啊"。我转过头看到诺瓦克已经冲出去了。我跑出来时看到冯·豪斯伯格正在凝神俯视着什么。我跑到他旁边，突然发现我们就站在峭壁边缘。峡谷底部是跌落的红发伯爵的尸体，假发躺在尸体旁，血液从各个方向渗出。

"我都没注意到我们站在崖边上，"冯·豪斯伯格倒吸了口气，"他滑倒摔了下去，但我没抓住他。"

"哦，上帝啊！"我说。

"我刚也这么说。"冯·豪斯伯格答道。

"我们得继续走，"我决定，"现在我们没什么可以为他做的。"

我走回隧道，身后是诺瓦克和冯·豪斯伯格。

3

我走回小屋，没有原因地感觉到今夜会很漫长。诺瓦克打着呼噜睡得很安详；新红发伯爵辗转反侧，如果有吸血鬼到访，他一定能听到。也不知道为什么，待在屋里让我不那么害怕吸血鬼，好像墙壁真能保护我一样。我没忘记拉德茨基就是死在屋里，但那是水磨坊，而这里是小屋。也许他们现在已经吃饱了。尸体成堆，他们可以捡现成的来把他变成吸血鬼，没必要再找个活人。我闭上眼睛，但是全无睡意。有一刻我进入了奇怪的状态，这就像是真正睡着的预演，此时你不再去想光线、声音是源自内部的睡梦还是源自外部的真实世界。但很快我突然睁开双眼，凝视着黑暗，比任何时候都清醒，气愤又疲惫。每当我那样突然醒来，我都知道要花很久才能入睡。我睡在普通的铺盖上，地面硬得让我从头到脚都酸痛。我坐起身来，我不是真想起床，只是撑起来坐会。

那时我看见了他。我首先想到他是吸血鬼，但他以土耳其人的方式平静地坐着，只是惊讶地看着我，好像我才是吸血鬼一样。

我想到要赶快起身跑出去。但是他的亲信伊萨科维奇和金发伯爵可能在等着我，毕竟他们已经有足够的时间加入到对方。我一动不动。他仍然睁大眼睛盯着我看。

过了一会他说话了，但并没有张嘴。我能听见他的声音，尽管并没有声音。

"所以你确实存在，那又怎样呢？"

"我不仅存在，我还非常，非常强大。"我轻轻地说，试图弥补劣势。

"我曾坚信你只是虚构出来的，现在我才知道你不是虚幻的。"也许他的话只存在于我脑中，因为他并没有发出声音，甚至没动一下嘴唇，就像是口技表演一般。

"我不知道该恭喜你还是同情你。"我说道，这样的含糊其辞才能保持住上风。

"我也是，"他说道，让我感觉到他的谦逊，"但我现在很确定，以撒——既然我知道，就必须尽力保持着你的存在。"

他为何叫我"以撒"？虽然他发音成"以沙"——波斯尼亚语的发音。这个老家伙在胡说些什么，连嘴都不张一下？我没有回答他,只是等他(闭着嘴)说更多,希望他能告诉我为什么把我当成了那个以撒。当然,他也继续说了下去。

"但如果你真那么强大,你为何要反叛?"

我为何反叛?我怎么知道以撒为何反叛。我只能解释自己反叛的理由。我更近距离地瞅了瞅这个老家伙,终于给我看出来他有点苦行僧的味道。

"听着,苦行僧,"我说道,"说到底,所有的反叛都一样,就像撒旦为什么起义反叛安拉一样。"

他点点头,这是用来表示他听懂了。

"是的。反叛总是最终把我们变成另一种魔鬼。我们起初都相信善良,但最终都走向邪恶。这点我比任何人都清楚。"

"傲慢,"我说道,"我们始于傲慢,终于绝望……"

当这些话脱口而出时,我想到,他就是那个红衣男!只不过装成了苦行僧的模样。他就是最强大的吸血鬼或者是大天使米迦勒。

第五章　故事的终结

1

我能听到自己心跳的声音,他也能听见。这真的是最后一晚吗?黎明是否会带来圣怒之日?仆人大天使米迦勒,最谦卑的仆人。我很久没见过他了,久到无法计算,永世万古那么久。在贝尔格莱德浓雾到来之前,我在创世的时候最后一次见过他。现在我又见到他,在末日的时候。我没希望了,没希望了。我是那么粗心大意、大错特错、愚笨之极。我双手抱头,掌心越来越湿。我放下双手,环顾四周,他已不在了。没有苦行僧,没有米迦勒……不管他是谁,他已经不在了。我爬到门边,从门缝往外看。天很黑,空荡荡的,不见一人。我回头望向屋里,只有诺瓦克和红发伯爵。我也不明白。他是谁?他真的存在吗?也许是我……精神错乱?神志不清?我又望了一眼。一切都像是真的,千真万确。我不得不去想,努力地想。摆脱这一切的唯一方法就是一直努力地想,直到找到正确的答案,但我脑中一片空白,我的脑子从未如此空荡。我坐在地上,颤抖着。如果不是诺瓦克那时叫醒了我,我不知道我的脑子会变成什么样子?

"主人,你为什么不睡觉?"

"诺瓦克,我唯一的诺瓦克,跟我说说话,说什么都行。"

"你想听什么,主人?"

"你跟我说说……还记得我跟你说过的抹大拉的玛丽,我和她约好周日一早在客西马尼园的喷泉见面的事吗?"

"但你没跟我说完。你刚说到在酒馆里约好星期日见面。"

"星期日发生的事我没跟你说?"

"没有。"

"好吧,我们到外面去,我不想别人听到。"

我们走到屋外。诺瓦克立马看到了伊萨科维奇和金发伯爵。我突然想起来我也应该表现得很惊讶。

"这不像是吸血鬼干的,"他说着,"更像是互杀的,或者是别人干的。一定是人,不是吸血鬼。会不会是你,主人?"

"我怎么会做那种事?他们有得罪过我吗?你要知道我不喜欢你这样随便指责我。"

"那可能是那些农夫干的。他们杀了伊萨科维奇也不奇怪。他都快把他们榨干了。他比奥地利人坏一百倍。因为金发男和伊萨科维奇刚好在一起,所以顺便把他也干掉了。"

"那我们该拿他们怎么办?"我问道。人们都喜欢有人问他们问题,会让他们觉得自己很厉害。

诺瓦克惊讶地望着我。

"没事。就把他们扔这。伊萨科维奇这个下场也是活该。明天王妃醒了,让她来处理。"

我们点起维吉尼亚烟草,为安全起见我们决定最好别走直线,因为这样比较容易迷路。我们决定围着小屋绕着圈走,但保持一定距离以防屋里的人偷听我们说话。

走第一圈的时候我们没有说话;第二圈好像半径窄了点,离小屋近了些,我们还是没说什么,只是抽着烟;第三圈又窄了些,我敢保证我们走成了螺旋形,所以越走越往中间的小屋靠近,很难说诺瓦克不是故意这么走的。

"你到底跟不跟我说这个故事啊?"走到第四圈的时候他终于开口问我了。

2

整个星期六我都在睡觉。我太累了,虽然经常会醒,但又会睡过去。午夜以后我有段时间一直睡不着。已经是星期日了,我知道还有几个小时天就要亮了,我试图再次入睡,但是没成功。我自然而然地想起了鱼嘴的承诺,他说第三天他会复活。我确信抹大拉的玛丽相信他会复活而且希望我当场见证。没有,我从未企图不守承诺,我想都没想过。我根本不相信什么复活,我也不准备相信。我知道当我们找到坟墓时,尸身一定就在里面。我只想让玛丽也亲眼见证。因为她一旦知道鱼嘴所有的故事不过是一堆空话,知道他已经死了而且不会再回来,知道我还在这儿而且一直不会离开,她就会回到我身边……

"但不是你先离她而去的吗?"

"我?离她而去?是她离我而去,那才是真相。不过你不觉得现在谁先离开谁已经不重要了吗?"

我尽力熬完了那几个小时,思考大事,辗转反侧,起来喝水。最后,我只能起来。其实不需要起那么早。我在房间里走来走去,因为现在还不太方便出门到耶路撒冷的大街上乱逛。我一看就没醉,这个时间只有醉汉和妓女出现在大街上才不会引起罗马巡逻队的怀疑。那几个小时似乎比基督教此后的整个历史还要漫长。比起那件可能发生的事,世上所有的牧师、教堂都会显得微乎其微。

"但你不是说过你确定复活不会发生吗?"

"安静,傻仆人。一大早的,我也不知道我在讲什么。我当然确定,一直确信。现在你把我的思路打断了。我刚刚说到哪了?"

第一道阳光照进我房里。我又在房里等了会,保证有人在我之前上街,然后终于走到屋外。我从未这么早在城里活动过。那天早上的人都是我从未见过的——这些不得不在其他人都还在睡觉的时候就起床的可怜灵魂。柔弱消瘦的妇人去水井打水;信使从遥远的地方赶来送信;奴隶已经开始帮最恶毒的主人清扫垃圾——好像那天的第一件任务就是区分好坏;穷人向那些垃圾扑过去,希望从这堆坏东西里能拣到好东西;而士兵也开始值这天的第一轮岗……我能看到整个的人类世界。我想知道,除了我以外还有没有人看到这一切?

喷泉那儿,人们已经在等待。大部分是女性,她们瑟瑟发抖。耶路撒冷的清晨总是很冷,除了盛夏时节。耶路撒冷建在山顶上,海拔很高。她们把水罐和水袋装满,喷泉水在涌动,排队的人越来越长。我还没看见抹大拉的玛丽,她总是迟到。

虽然我比其他人穿得多穿得暖,但我还是原地蹦了蹦,希望能暖和起来。这些女人看都没看我,只是耐心等待,等着轮到她到喷泉取水的时候,装满走人。我想也许她根本不会来。这样倒也轻松,不用让我亲眼看着她失望。逃避是人的天性,我完全理解她。犹太公会已经用大石头把墓封了起来,就算是来半个步兵队的人马也挪不动半分,更不用说那些靠施舍救济勉强过活的瘦弱信徒能搬得开它。即使他们能搬开,抹大拉的玛丽也是决不会认同任何欺骗行径的。如果真有信徒能把石头搬开偷走尸体,她会第一个站出来揭穿他们。

"走吧!"是她的声音。她终于来了。还有两个女人跟她一起,她们带着罐子和亚麻带。我闻了闻,空气中有香料和药的味道,所以她们是来清洗尸体和做防腐处理的。连她们也不相信会有复活。我们出发了。玛丽在前面带路,两个女人跟在她身后,我走在最后。时不时地我回过头去,看有没有彼得或者其他使徒跟上来,但后面什么人也没有。

我们没有径直向各各他走去,我们绕了条远路。抹大拉的玛丽好像在故意绕路,转来转去为了甩掉某人。渐渐地,我确信,圈子兜得越来越小。我开始有些不耐烦了,我确定没人在跟踪我们。如果真有人伺机埋伏,那一定在山顶。如果埋伏在坟墓那里,我们根本没有必要这样兜圈子。螺旋般的山路变得越来越窄,我们越来越接近山顶。早晨就快过去了,天变得越来越暖和。在某处我看到坟墓和那块堵住坟墓入口的大石头。巨大的岩石,千真万确。我们走过那附近,玛丽现在走得非常快,我必须要跑起来才能跟上她。

我们第二次走到那附近,一看到坟墓,玛丽突然不再绕路,直接上山。我没看到其他人,只有我们四个,只有我们。山的顶端只有三个十字架在闪耀。坟墓离它们不远,也许就一百英尺左右。

带着药的两个女人停下脚步。我也停了下来,但不知道为什么停下。我想问玛丽,但是没敢问。那时我看见他。

他穿着白衣,一只羽翼触地,另一只指向天空,仿佛在飞翔。他右手持法杖,左手指向右方,指向坟墓。

那时我才注意到:大石头已经被挪动过,缝隙虽然不大,但足够一个身子通过。玛丽直接走进去,想都没想。那两个女人跟在她后面，稍稍有些犹豫。我原地不动，看着天使。他也看着我。然后他微笑了一下，从他坐的岩石上跳下来，然后就大步走开了。我一直注视着他，直到他的翅膀消失在裸露的岩石后面，我才把注意力重新转到坟墓入口处的那块大石上。

玛丽正从那道缝往外看。她示意我走近些，我摇了摇头。她走出来，朝我走来。

"他已经复活过了。"她说道。

"他是被偷走了。"我回答道。

"那天使是怎么回事？"

"关他什么事？那根本不是天使，那就是信徒装的，鹅毛贴出来的。我看到他是用走的，如果他有翅膀能用，为什么不用飞的？"

"现在你懂了吗，诺瓦克？耶稣复活不过就是一场骗局，纯粹的骗局。大家都被骗进去了。一场专为迷信的傻瓜们举办的化装舞会。鱼嘴穿成上帝之子的样子。一个信徒扮成天使。玛丽扮成曾爱过我的女人……现在你懂了吗？"

我们已经兜到第七圈了，离小屋也就三十步远了。

"我们要不要进屋去？"诺瓦克说。

"好，我们进去。反正我已经把故事讲完了。我也没什么可以跟你讲的了。故事结束了。"

3

我们回到小屋。我一躺下就睡着了，可能是因为刚刚空气很清新，可能是因为刚刚散了步。我一觉睡到早晨，直到他们来告诉我伊萨科维奇和金发伯爵的死讯。我们匆忙准备好上路，没有多做解释。大家已经受够了。

是时候回贝尔格莱德了，那座白色的城市，在那个黑暗的地方，一切都将结束。我并不想它走向尽头。我并不渴望任何并未证实发生的事情发生。那里有我，有他们；更确切地说，是有我和另一位。太多张脸，那么多面具，所有的脸和面具都融为一体。所有的决定实际上都只是一个决定：他们或我，另一位或我。查尔斯·金波特曾说过，可变性属于魔鬼而不变性才属于上帝。

诺瓦克备好马，我们开始往回赶路。没人提问或有话说。每个人都认为那个红发伯爵就是红发伯爵，也许连他自己也这么认为。

我们骑了一个多小时。我不确定有没有走错路。似乎我们绕了远路，绕过无形的障碍，徘徊在并非通往那座城市的路上。

不止一次我开始怀疑我们是否能成功回到城门后那片安全土地。我真正关心的不是城门本身，我想要穿过多瑙河和萨瓦河后继续前进。

当我们翻越了数不清的丘陵来到一片林中空地时，我朝远处望去，看见了那座城市，是贝尔格莱德，绝对没错。整个塞尔维亚没有比它更大的城镇。在烟囱的浓烟和蜿蜒街道上空的灰尘笼罩下，它变成白昼中的一个暗点。虽然从远处并不难辨认，但是城里的景象却跟其他任何一个过度发展、与世隔绝的落后城市一样，镶嵌着薄薄的欧洲外饰，很难将它和其他城市相区分。当然，从城外看，你也不会把它错认为巴黎、伦敦，更别说有着网状街道的美国新型城市。但是，错觉中，我会觉得我看到了耶路撒冷。它建在山上，所有的大道小道都交织在一起，坐落在一片在其他城市都属于最新最穷的移民的一片土地上。贝尔格莱德是东方和南方世界两个不太迷人的角落（因为它以河为界，身居其中的人只会更加贫穷）。

尽管马儿还在小心翼翼地选择该如何下最后一座山，我们却用马刺迫使它提速。只有当它们感到蹄下是平路时，它们才会开始加速奔往那座城。我越过肩头回望，眼前不见一个活生生的灵魂，只有山丘。

哨塔就在眼中。哨兵面无表情地观察着我们。他们一认出玛丽亚·奥古斯塔就跑去开门了。

大门在我们眼前敞开，我全速向城里奔去。身后是王妃、诺瓦克和红发伯爵。现在，我们已经接近欧根亲王线了。我越过肩头往后望，守卫正在快速坚决地关门。

我们后面没有其他人。守卫之所以动作快是因为训练有素，不是因为情况紧急。

我扬起马鞭。肮脏的男男女女纷纷避让开来。一次次我越过肩头回望。当只知道四件事——上下前后——的时候，就会大祸临头。太往前，是的。但只是再往前一点，那就是最外面的城门。护城河正在加深。防御工事似乎比我们离开时更坚固了。离欧根亲王线只有几十码的距离。那道吸血鬼越不过的线。王妃在前面挥手，真聪明。当然，哨兵已经看见她了。

当我们向木质吊桥奔去的时候，桥正一英尺一英尺地放下来。嘎吱作响。我还没等到桥落到地面，就驱马起跳。马蹄声咚咚作响，我们风一般地穿过装甲城门。虽然城门没有完全打开，刚够马和骑手穿过时，我们就飞奔进去了。我回头看到吊桥正在重新吊回到粗粗的锁链上——我觉得吊的速度比放桥时还快。两个守卫正从两边把厚重的内门推合起来。我使劲磕了下马刺，身后传来吊桥碰撞到城墙上的撞击声。

我知道自己得救了。

所以你觉得讲完一个故事会让我高兴？哈！我的感觉就像第

一个星期日那天的那个叫什么来着的老先生创造完世界之后的感觉一样。就连圣人大马士革的约翰也这么说过,这整个世界都是我的,我的谎言,要不是我它不会存在。是我太会讲故事,太会编故事,把故事说成这样——这匹马、马缰和拉着马缰的手,后面的壁垒和前方的城市,王妃和他的王子,有需要还可以加一只青蛙……

我再一次回头。

我身后,城门从两边闭合起来。

第六章 创世

1

我根本没空想红发伯爵的事,只是因为没空。我必须继续赶路回城。只要再选对几次路我就能回到那里了。至少现在我们知道有一条路是错的。我猜现在外面天已经黑了,不过黑不黑对我们或者对我来说没有区别,因为在隧道里我们什么也看不见。顶棚又变低了。我往前爬着,手和胳膊都很疼。手指上的血黏黏的。眼睛也因为在一片漆黑中盯得太久而疼痛。我应该闭着眼睛,但是我没做到——至少当我用双手和膝盖摸索前行的时候我闭不上。我怕我闭上眼会睡着。无论多黑,闭上眼走也不见得有用。

没人说话。我们也没有力气说话。哦,那时我多痛恨水!我们会走到另一个路口,在黑暗中摸索,不和其他人商量,我会说走哪条,"左"或"右",有时当我们面对三条路要选时,我会说"直接往前"。不过三选一的情况不多。我在想这也太容易迷路了。我知道只要转错一个地方,我们就会再次走进死路。估计我们一辈子都会浪费在这些隧道里,默默地像虫一样慢慢爬,一次次做出错误的决定。但在心底的某处我觉得——我就是知道——不会真是那样。难道不是天使帮我们指的路吗？会不会是天使真想把我们指向一个根本没有出口的迷宫？为什么，就像是善良的主创造了我们，只是为了让我们无尽地徘徊，只是为了让我们经历苦难和谎言。

能再说一遍吗？

您知道我听力不好，亲戚。您能大点声嘛。

我不知道我们在那里待了多久。几小时，肯定有。没办法计算时间，因为实际上什么都没发生。然后诺瓦克说他走不动了，我们得停下来歇歇。我真感谢他开口了。虽然我的身体在休息，但我的思路还很清晰。我坐在那，背靠着隧道壁，把腿伸到地板上的沟渠对面。虽然这个位置还是让我伸不直身子，腿也很疼，但至少可以平躺，不用再摩擦到沟渠尖锐的边缘。虽然仍不舒服，我还是几乎一下就睡着了。我想，诺瓦克和冯·豪斯伯格也是。

我睡得很沉很死，一次也没睁开过眼睛，没有自己醒来，没有因打扰而醒来，也没有做梦。我也说不清睡了多久，我想一定是很久。

我在一阵头痛中醒来，从潮湿发霉的空气中醒来，从这几天发生的经历的疲劳中醒来。全身每一块骨头和肌肉都疼痛抽动，四肢僵硬到我怕下一刻就无法迈出下一步。

当然，我也无法分辨是否已是深夜，星期日早上是否已经来临。事实上，我确实记得——像事实一样记得很清楚。已经是星期日了。我想你也记得，因为那天就是那个日子，清晨时分，当你从维也纳来到贝尔格莱德的那天。啊，那天城里到底来了多少人，到底发生了多少事。

我叫不醒诺瓦克和冯·豪斯伯格，他们睡死过去了。不，不，不是那个意思。诺瓦克那时还活着。虽然我没法让他睁开眼睛。冯·豪斯伯格比他的仆人睡得浅一些。我们在再次出发前花了点时间适当热了热身。

现在我们爬在一条很长的隧道里。没有岔路,不需要做决定。一切又变得简单起来。诺瓦克一直说我们终于走到主干道上了,这条是去要塞的路。我信了他的话,开始变得轻松起来,紧张也缓解了一些。当我成功地在下地道以后,第一次有点快乐的时候,我感觉到两条隧道分支。我想要尖叫,但只说了句"岔路"。

诺瓦克爬到我身边,说要检查一下。

"左手边这条是下坡路,右手边是上坡。"他说道。

"这意味着什么?"我问道。

"哦,他能知道什么?"冯·豪斯伯格说道。

诺瓦克继续说:"我觉得这是隧道里最后一个岔路口了。如果继续走,我们会走到……"

"地狱。"冯·豪斯伯格插了一句。

"较低的隧道,"诺瓦克继续说,"把水送往储水库。如果我们走这条,会走到水位下的一间洞室里,位于旋转楼梯的地基处,储水库的底部。然后我们要爬楼梯回到地面。我们最好……"他停了停,"你听到了那个声音吗?"

"什么?"冯·豪斯伯格和我同时问道。

"嘘,嘘。现在听到了吗?"

我仔细听:除了流水和我们的呼吸声没有别的。

"我什么都没听到。"冯·豪斯伯格低声说。

接着我听到了——远处的嘈音,更像是隆隆声,但有很多的嘈音,而且越来越响。

"吸血鬼!"诺瓦克大叫道。

"也许……"冯·豪斯伯格的声音在颤抖,"也许不是。可能是……从尼什来的难民。为什么?当然是。听着,他们数量太多,不可能有那么多吸血鬼,所以可能是难民。施迈陶也说他们今天会来。"

"我不知道,"我说,"我们还是继续走吧,朝前走。"

声音越来越多,而且越来越近。诺瓦克走在我前面,而且——从他扒来扒去的声音我可以判断——他爬得很快。我举起手在空中摸了摸,松了口气,意识到隧道的高度可以不用爬了。虽然还是要低着头,但至少可以用脚走而不用靠膝盖了。不仅可以走起来,还能跑了。我确实跑了起来——弯着腰,每跑一步后背都拉得很疼,但我还是在跑。也许是我们跑步的噪音大,又或许是我们跑得够远,那些嗓音渐渐听不见了。

突然我看到前面有光。虽然又远又微弱,但那毕竟是光。我希望是日光。我们快要到出口了。我们停下来,听了听——没有声音。我们又跑起来。冯·豪斯伯格滑倒摔了一跤,我和诺瓦克上去扶他起来。他被割到手掌,但保住了脸,没有让沟渠尖锐的边缘划到他的脸。

"摔的时间挑得真好,主人,正好有光了。"

"你个白痴!"冯·豪斯伯格怒不可遏地叫道,"每个人都是白天粗心,大部分事故都是在家门口发生的。统计数据说的。"

真是这样吗,亲戚?

冯·豪斯伯格摔跤后,我们就不跑了。我们用正常速度屈膝往前走。这绝对不是休闲漫步,更像是有明确目的地坚信结果的人迈出的步伐。光线一直在变得越来越强。很强很清晰,所以是日光。挡在我们前面的是铁栅门。诺瓦克直接把门从生锈的铰链上拆了下来。

我向外踏出第一步。光线太刺眼,我只能眯着眼睛。

2

当我睁开眼时,我看到了亚历山大。他就站在离我几百英尺的地方,满脸震惊。

"玛丽亚·奥古斯塔!"他大叫道。

我朝他奔去抱住他。他紧紧地抱住我。

"你是吸血鬼吗?"他在我耳边低语道。他问我是吸血鬼吗?

我首先注意到的是他亲密地用"你"来喊我。我没应他。我知道我现在是什么样子,好几处在流血,伤痕累累。我没想到我这么肮脏破烂的样子他也能认出我。但他确实认出了我。

后来我才注意到诺瓦克和冯·豪斯伯格。当我还在他怀里时,他喊道:"把他们抓起来!"

这时我才看到周围的这些士兵早已把我们包围,但他们中没有人按照亚历山大的命令动手。他们只是站在那儿,虎视眈眈充满威胁,用火枪瞄准他俩。

"等等!我们不是吸血鬼。我们跟你们一样。看看我们,我们看起来像吸血鬼吗?"冯·豪斯伯格说道。

士兵们看了看——不是因为这么做对他们有什么好处,而是因为他们以前没见过吸血鬼。我也这么说。亚历山大微笑了一下,然后突然严肃起来。

"他们就在下面!"

"哪里?"我问道。

"储水库里。"

"他们已经进城了?"冯·豪斯伯格说道,清晰地念着每个字,

"过了欧根亲王线?"

"越过了他们途经的每道线,"我丈夫说道,指尖指向诺瓦克和冯·豪斯伯格,"你们俩!如果你们能在吸血鬼威胁下活这么久,那你们就能继续撑下去。他们找的就是你们。我们也正准备把你们交给他们。"

"但是,"我说,"你怎么确定他们找的不是我?"我也开始用熟人间才用的称呼"你"来称呼亚历山大。

"因为我知道,他们在追冯·豪斯伯格。不然还能是谁?他就是他们要找的人,还有他的仆人。"

士兵们用枪捣了捣诺瓦克和冯·豪斯伯格,迫使他俩动起来。我们现在都站在隧道口的位置。右边是维齐尔喷泉,建在上城区的北墙里。从那里到储水库只有几十步的距离,或者说是到储水库上方的覆盖结构只有那么远。诺瓦克和冯·豪斯伯格走得很慢,士兵们跟在他们后面。我和亚历山大跟在后面。走到某一处,冯·豪斯伯格停下来回头望。他看着我的眼睛,一直保持这个姿势直到士兵逼他继续往储水库走。我看到他腰间有把小手枪,但我们都知道里面的火药受潮了,而且他也没时间重新装火药。摆在他面前的选择是在阳光照耀下望着萨瓦河和多瑙河交汇的风景立即死去,或者是下到储水库里去见吸血鬼。

他们到达储水库的入口处。士兵们利索地上前打开门,但是诺瓦克和冯·豪斯伯格却不敢向前。士兵们用枪推着他们往里走。我从亚历山大怀里溜出来。

"我和他们一起去!"

"不行!"我丈夫喊道,"不行!"

"我要去,"我又说道,"我们就是那么来的,也会那么走下去。一个天使……天使给我们指路的。天使不会是邪恶的。"

"天使?你们不知道自己在做什么。什么天使?天使从未从死亡中拯救过任何人。没时间去信这些。"

"你不懂。如果我不下去,我会永远无法饶恕自己。我知道这是我的机会……我的机会。天使不是天天都能见到的。而且我已经见过一次吸血鬼了。他就是……他的脸和其他人一样。那张脸……"

亚历山大迷惑不解地望着我。士兵们开始嚣叫储水库的门应该关上了。我最终推开他,跟着诺瓦克和冯·豪斯伯格进去了。身后的门砰地关上了。

火炬的光亮。各种嗓音——数千种嗓音,越来越响。我们互相看了看。冯·豪斯伯格掏出手枪。

"你的火药是潮的。"我说道,但他只是瞅了我一眼,握紧手中的枪。

诺瓦克拉住我的胳膊:"王妃,我去。你待在这里。我下去。也许对它们来说我一个就够了。"

"你听不见吗?它们有几千只,几千只。它们不会为了一个人就来几千只。我来这就是为了下去。不是等待而是面对。"

"主人,您待在这。"诺瓦克说道。

"当然。我从来不离开制高点。你们俩要去就去,我一点不介意。"

"你闻到硫黄石的味道了吗?"我问道,想象着地狱的焦味正从脚下向我们涌来。

"别管什么硫黄了,"诺瓦克说道,"储水库总是有一股味道。"

"是的,"冯·豪斯伯格说道,后背紧紧地靠在门上,手枪放在心脏的位置,"诺瓦克,你想去哪就去哪吧。我要跟你讲的故事已经讲完了。没什么你需要听的了。至于你,王妃,你已经做出了选择。那你走吧。"

没有更多的讨论。我们穿过一道矮矮的木门来到了一个楼梯井。对面同样有一扇门和另一座楼梯。这意味着一座楼梯用来下去,而另一座楼梯是用来返回的。只有当螺旋推水装置没用的时候才会使用它们。这个推水系统当时维护得很好,虽然并没用它来抽水。我告诉诺瓦克最好分头走,一人下一个楼梯,因为如果我们走同一条路,可能会跟吸血鬼走岔。我还说我会走用来返回的那架楼梯。我希望吸血鬼会走这条路。因此我想自己走这条路,截住它们。诺瓦克没有反对;他可能甚至没想到我的这些理由,或者他根本不知道这两座楼梯是做什么用的。他转身出发了,我听到他沿着储水库顶边缘走动产生的带着回声的脚步。我还听到他推开门的嘎吱声。

嗓音变得越来越大,汇成一个巨大的声音、一种语言。我听不懂那种话——不仅因为它们可能是塞尔维亚语,而且因为其中的每个嗓音都说着不同的话,尽管所有的嗓音步调一致,就像是教堂最美的和声,在赎罪日期间在东正教堂听过的那种。虽然我能区分出每一种嗓音,但整齐划一的吟唱营造出了完美的和声。

我打开门。我必须弯下腰才能穿过这道门。因为潮湿,脚下有些滑。硫黄味已经没有了。我慢慢地下楼。很辛苦,感觉跟上楼一样累,走几阶我就要休息一下,喘喘气攒点力气。好在光线还挺好。

光里有天使用他装饰满珠宝的手指指着渡槽入口的方向;在光里我丈夫将我拥在怀中,抱着我,问我是否已经变成吸血鬼。他没有逃走,也没有装成不认识我,装成没看到我。

这些嗓音在我脑中鸣响。我想唱歌,唱什么都行,放声大唱,响到只能听见自己的声音。这样才能证明我的存在,用歌声盖过它们。

　　台阶一圈一圈螺旋下降,一个弯接着一个弯。向下的路变得越来越难走。走一步疼一步,我的小腿疼,大腿也疼。我上气不接下气。停下来休息时我大口大口地吸气,感觉就快没气了。

　　我想我永远也走不到底了。感觉几个小时都过去了。我一身都汗透了,耳中鸣响着下方传来的合唱声,声音响得就像冲着我的耳朵喊一样。

　　终于没有转弯了,没有台阶了。我通过一道墙缝望过去,看到水面。我已经到了。我慢慢朝前走了几步,看到前方有块空地。声音是从那儿传来的,我走进去。

　　这块空地很大,比我见过的任何空地都大。空地的墙面延伸到我看不见的地方。里面挤满了,挤满了人或者是吸血鬼。而且都同时说起话来。沃克·伊萨科维奇也站在中间,我一眼就认出了他。他旁边还有一个他自己,尽管是老了的他,但我还是认出了他。就在离他几英尺的地方站着萨瓦·萨瓦诺维奇。声音越来越响,响到听不见他们说什么。接着被一片完全的寂静所占据。

　　从众人中走出一个身影。我从没见过他这张脸,也再未见过这张脸。他的肩上披着皇室的紫红长袍。

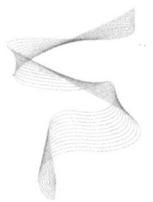

第七章　秘密章节

你说什么？我听不见你说话！

哦，我还欠你一个故事、一个关于艺术的故事。要从那场中国宴席讲起。你想听。等不及？现在？

好吧。

尽管一点好处也没有，那时我还是讲了那个故事。你知道吗？我也是从其他人那里听来的。

是的。在那场化装舞会上，一个穿着魔鬼服装的人告诉我的。我丈夫一直在问是什么事，我也不记得是在问什么，可能我也没听到的事。然后那个穿魔鬼装的人开口和我说话。他说的就是我在午饭上又说了一遍的事，我试图复述得尽量正确。

我说话的感觉就好像他真的是魔鬼一样，好像他亲身经历过一样。他的装扮是舞会上最好的装扮。因为装扮的关键不是你穿了什么，是你所说的故事。

他是这么说的，我也是这么复述的：

你知道艺术是什么吗？艺术和真实世界的区别是什么吗？它是我发明创造的。不，"让艺术出现吧"这话不是我说的——我不用这种方式创世。那是第七日，当他休息的时候。为什么休息？真的，让我来问你，他为什么休息？他讲了六天的让这个出现吧，让那个出现吧。他把自己累坏了。顺便说一句，以免我忘了：我是他说出的第一件事物，也就是第一个被造出来的。因为他说的第一句就是"让光明出现吧"——我就出现在那儿了。因为我就是路西法，光明使者。你知道吗？其他天使都因此而不肯原谅我。尤其是米迦勒。

所以，那是第七天，我正在休息，他召集所有的天使，让我们每个人画幅画，当我们完成后他会选出一幅最好的作品。我们都画起来。我想好我要画什么了。是的，刚开始我脑子里也不确定自己要画什么，但是画着画着我思路就越来越清晰。

我不时地抬头向他的方向偷看一眼，看一眼那个皱着眉头的坏脾气老头。他坐在花岗岩宝座上，手托着下巴，略有所思，显得有些疲倦。左眼是蓝色的，右眼是棕色的。我想知道他是否后悔创造了一切，是否曾犹豫过，是否宁愿让一切保持以前的样子，或让一切消失。当他独自待得够久以后——只有他自己知道是多久——他会不会变得像其他的独居老人一样，对吵闹的小孩发脾气，留恋地回首他曾拥有的平静时光？他想对我们其他人说什么？让你们任何一个都不要出现吧？或者，嘲弄地微笑着说：哦，随便吧。我确定后来，第七日结束后，他经常后悔——尽管他们说他连被压伤的芦苇都不会折断。是的，就是那个我们永远也达不到他要求的大胡子老头——我确信他会永远地后悔下去。

他曾说过"为我画这个世界"，而我正在这么做。如果不偷看一眼别人在画什么那就不像我了。你真该看看笨手笨脚的乌列尔最后都胡画了些什么。乱七八糟！纯粹的逢迎拍马之作。把宝座上的他画得表面上很开心的样子，比我们其他人的画都大出一百倍。而把你们这些凡人画得就跟蚂蚁一样大，而我们这样长着翅膀的天使可以冒充苍蝇。画里没有夜晚，也没有海洋。

我还看到其他天使都在画什么。他们都那么一丝不苟,所有的都画得跟现实中一模一样,让人很难区分什么是画,什么是现实。我把这视为另一种形式的溜须拍马。

糟糕的是,米迦勒离我太远,我看不见他在画什么。我想了又想,想找个借口放下手中的活,不经意地晃到旁边。但我什么借口都想不到,也许是我太专注手头的工作了。

我工作得汗水直滴。我把头歪到一边,看了觉得挺欢喜。也许我在咬嘴唇,在润色修饰,在欣赏,在重新思考,在擦拭。我在浓雾和黑暗中创作,摸索前进。一切都变得越来越清晰。

在最下面,我画了大海……

"你是在丝绸上用竹墨作画吗?"圣女贞德小声问道。

"我在干什么?在丝绸上?还是用竹墨?"我哈哈大笑,"你不懂。我的材料……嗯,你以后就知道了。"

所以,下面画的是大海无尽的波涛,波涛上面是海岸。海上有一艘船,因为被风浪劈成了两半。它正在下沉,水手从甲板上往下跳。只有几条救生筏能救命,但有些人游到了岸上,所有的海岸都不一样:从缓缓延伸到水边的片片沙滩到像画面下方跳进汹涌波涛里终结生命的某种生物一般的嶙峋山崖。我什么都想到了,我在岩石中间画了棕榈树、柏树和树丛,甘香的葡萄园和低矮的橄榄树。山羊、毛驴和人们的四肢被太阳晒得发黑,女人们正在等待时机。画里顺势而上的山丘上是李子园和猪群。村庄零星散落在画间,人们吹着口哨,夜幕降临。月亮和启明星正在放哨,互相对视。在一座美丽的山谷,路延伸上山,可以看见第一座城市。城墙又高又厚,信使正在敲门。城墙里一切都在活动:可以听见犬吠声、铁匠的锤声。空气中弥漫着蜜饯的芳香、汗脚的恶臭。街道由鹅卵石铺成,马车穿过时发出咯吱声,孩子们在屋后玩着游戏。没人看到大军正从南边靠近,和着鼓笛声敏捷行军。但大军还离得很远,还行进在两座高山之间的山谷中。在另一座城市有个女人坐在那扇扇子解暑。我在她的扇子上把已经画过的东西都画上去了。一个跟第一个世界一样的世界,但非常之小,完全抽象。那一幅是我用竹墨在丝绸上画的。马车走过一间学校,学生们课间休息时还在苦读。马车走过时隐约能见到一株株小麦。正是夏日时光,生活很惬意,田野里的棉花长得很高。鱼儿在溪流中跳跃,蟒蛇在茂盛的草丛中蜿蜒爬行,伺机攻击走过的脚后跟。祖母绿色的眼睛,光滑柔亮的鳞片。不远处,一座城市受到围攻。驻扎在城门外的大军一片混乱,金发的英雄拒绝战斗——虽然当他的战友和爱人被杀时他会改变主意。有一个男人会从那儿出发踏上回家的路,经过漫长的旅途,最终会遇到成为他妻子的求爱者。她编织出我创造的这个世界,但每天早晨她会拆掉所编织的一切还有这个世界。那个世界也是虚幻的,因为是用羊毛编织的,因为它可以被毁灭。在离她的织机很远的地方,我安排了很多人在旅行。我在他们前面勾勒出一条路,渴望地平线的平坦大道。其他人则在拼命地翻越山谷,远离人类的城市,他们的目的地不曾出现过在任何一张地图上。

我又想看米迦勒在画什么了。我伸长脖子,在旁边溜达了一圈,但是总是不够近,看不到他在干什么。

我把注意力转回到我的画作,孤独站在窗边。一个女人进屋时发现了正在等待她的孤独。离她不远处,一个青年男子正在画油画——油画,看到吗?不是竹墨——佛兰德大师的油画,不过只是别人的作品。我让一个小男孩到埃及跟术士学习诡术和幻术,用魔法药水帮市场里的麻风病人治病。他翻过西奈山到达亚历山大港。在那儿他们传授他木匠活手艺。我给了国王一把里尔琴,他开始拨弄琴弦吟唱。我教他大调小调,哈利路亚,哈利路亚,哈利路亚。我画上男男女女,他们相遇结识或在十字路口形同陌路般分道扬镳,因此我还画上了十字路口。就在山峰旁边,用松树杉树点缀,还画上了几个光头和尚,叫他们去信仰阴阳。我未曾也不会画上善恶,那是后来别人加上去的,我只给他们加上红袍黄袍和从山顶远眺的一览无遗的风景。丝绸卷轴,毛笔尖轻点在竹墨中,我在最令人生畏的崖壁上勾勒出一座座坚不可摧的城市。瞭望台上哨兵日夜守望等待着。从未有大军进犯,没有人到访。在他们头盔上方的天空里只有雄鹰在飞翔,它们很少扇动翅膀,靠着气流在高空滑翔。风从世界的四角吹来——我也画了风,用透明的颜色。在风吹过的高处我画上光秃秃的山顶。晶莹的溪水洗刷着岩石,一条小径蜿蜒向山峰而去。路面只有够一人走的宽度,用黄砖铺成。这条路一直通往天空,因为我在山的上方画了天空——这儿蓝色,那儿黑色,嵌入一些白色,闪闪发光。我还挂起了太阳,允许月亮圆缺,让启明星第一个升起,最后一个落下。

我又一次试图偷看米迦勒的作品——又一次失败了。接着,那个疲倦的老头慢慢站起身来。他咕哝着,是时候了。感觉他心情不好,我还是赶快画完为好。我开始犯错,手抖起来,鼻孔收紧,眼睛湿润,口干舌燥。只有给我无止尽的时间,我才能画出完美的作品。

我开始添加上一些细节:在开阔的田野上撒上薰衣草;船只扬帆穿过灰色的海洋,商人乘船飞快地从一片陆地到达另一片陆地。在一个村落,我画了三兄弟一起许诺给家里最小的弟弟最好的生活。最终,我把他们画在一间法庭里,法官穿着黑色的外衣。我挖出引水用的地道,又画了点人在里面,还有公主和恶龙。我还在各处画上了一些英勇无畏的英雄,佩戴着千锤百炼的宝剑,给他们斟满美酒,让他们和情人开怀畅饮。我在别处的碎石路基上画了一些铁路,让火车沿着正道噗噗地在平行的铁道线上前进。到站时,刺耳的汽笛声充斥在冬日的空气中和等待上车的乘客耳中。我让草地泛起霜露的微光,在整洁的菜园里播种番茄。

他说:"时间到,我看看。"

我们都把画交给他。这时我看到了米迦勒的画。一片空白,什么都没有画。我想和他对视,可他不屑于望我一眼。

老头走得很慢,不是因为他很专注,而是因为他走不快,他边走边看,边听边闻,边嚼边饮。走到米迦勒的画旁时,他驻足了很久。没有说什么。然后他加快速度逛了一圈,沿路打量其他天使及其作品。不时地,他嘟囔几声,没什么重点内容,更像是深呼气或清嗓子时冒出来一两个字。当他最终走到我跟前时,我站在那儿,心情徘徊在最兴奋的满足和最彻底的绝望之间。没有什么比创造出什么更神圣,比抛弃什么更邪恶。千万年过去了,宇宙周而复始。当他最后抬起头时,全宇宙收缩成我拳头般大小。

"我觉得米迦勒的作品好。"

"什么?"我嘘道,"如果是这样的结果,我走自己的路。"

穿过晴朗无云的天空,我飞驰而去。当我着陆时,地上是黄砖铺的那条小径。我走过光秃秃的山丘向第一座坚固的城池前进。路上碰到的身披黄色袈裟的和尚没有和我打招呼。我看了看四周,闻着空气的味道。倾听着。那句关于天使初到世界不会用世界的眼睛看世界的话是怎么说的?诗人让天使吟唱称颂这世界,说说这世上未知的事物,让它惊愕不已。

我一直沿着路走着。所有的生灵正在呼吸最后一口空气,在这条大道上死亡前的喉鸣声向天堂的方向飘去。

第八章　创世(续)

3

现在继续讲储水库的故事,可以吗?

红衣男开口说话,但我听不到他的嗓音,至少不是那种平常的声音。我只能在脑海中听见他说话。我并没有疯,随你怎么想。哪种语言?你说什么?他说的是哪种语言?唉,我还真说不出来。我刚好听成是德语。但我想诺瓦克应该会听成塞尔维亚语,如果他有机会听到的话。你很有可能会觉得是拉丁语。

"我们向您表示欢迎。"他说道。

"您是吸血鬼吗?"我问他,惊讶地发现我听不见自己的嗓音。

"叫什么有什么关系呢?"他反问道。

"您想从我们这里得到什么?"

"我们想要什么?难道不是您来找我们的吗,王妃殿下。我们不会去找人类,但他们会来找我们。当然,不是所有人——只有最优秀的,有勇气又有能力的人。"

"你们已经杀了太多人!"

"没有,王妃,一个都没有杀。拉德茨基医生是后来拿着木桩的塞尔维亚人杀的,如您亲眼所见,他还用木桩钉穿了我们的朋友萨瓦·萨瓦诺维奇。男爵是怎么死的,您自己也看见了。金发伯爵死于冯·豪斯伯格之手,而沃克·伊萨科维奇是红发伯爵用剑捅死的,接着红发伯爵再被冯·豪斯伯格推向死亡的深渊。"

"我的上帝!但是……那维特根奥呢?"

"谁?"红衣男好像真的很惊讶。

他转向其他人和他们说话,但我脑海中也听不见他们的对话。从他们的表情看,他们讨论得很激烈。我站那等着,四肢因为刚刚走的那段路仍然很僵硬,但是自信满满地看着他们。有一张熟悉的脸孔,一个穿得很美的老妇人,背挺得很直,也显得很自信。她很强壮,没有因为年纪或疲劳而驼背。尽管她站在吸血鬼中间离我很远的地方,我还是能感觉到她在回看我。她悲伤地凝视我,眼中好像有泪水。那时我意识到——她就是我,老了的我。就像你现在看到的我。我想哭出声来,但是出不了声。很快,她消失在吸血鬼群中,我感到一阵解脱。亲眼看见总是比知道更痛苦。

和别人商量完后,红衣男再次向我转过身。

"您说的估计是维特根斯泰因,"说到这,他停顿了一下,"他必须死,没有其他方法。"他做了个手势,"他反对我们,憎恶我们。他会说:'世界不全是事物,但全是事实。'您不会真的认为我们会允许语言比真实世界更强大吧?允许除了上帝以外的任何人成为上帝?"他说话时,其他人都在不住地点头表示同意,"他来追捕我们,但他走错了路。他迷路了,不像您,他出城后从外面沿着一条地道回城。"他微笑,露出所有的牙齿,"我知道您也出城,但您很聪明,先回到贝尔格莱德,再下到这里,穿过储水库,从里面走。这才是对的路。"

"您的意思是你们一直都待在城里?"

"在城里，完全正确。我甚至还去过舞会，很荣幸和您说过话。"他鞠了一躬。

"那我现在会怎么样？"我问道。

"啊，王妃殿下，对您来说这只是一个开始……"

话音还未落，我突然看到一道令人目眩的强光。当我再次能看见东西时，吸血鬼已不在了，一个都不在了。除了无尽延伸的那片地下空地，什么都没有，空荡让这儿显得更大。

后来我发现这儿的墙面不是光秃秃的，墙上零星装饰了几把约翰·格奥尔格一世的那种撒克逊风格的窄刃戟。散落在周围的还有一些狼牙棒、马刀和一把镐头，十来把匕首，五六把细剑，一把连赫拉克勒斯都会觉得笨重的双手用阔剑，一对无镡弯刀、三把武士刀、一套苏格兰燧发手枪和一幅仿佛从异世而来的中国风景画，作于丝绸画布之上。

我伫立在那里很久，把这一切看在眼中，仍在为这里的空旷而震惊。我知道吸血鬼不会回来了。我慢慢转身离开。储水库里的潮湿空气扑在我脸上，我不得不停下来一会。我也说不出原因，但一种隐形的力量迫使我把手放到鼻孔上，确保不被硫黄石的味道呛到。我没有发现不寻常的东西。

我决定走那条下楼用的楼梯回去，因为诺瓦克应该在那儿。我担心他可能因为台阶而滑倒摔跤。我速度快得跟飞一样，好像我不是在爬楼，而是在下世界上最容易下的楼梯。刚过了第三个转弯处我看到诺瓦克。他一个人在挣扎，右腿在流血。

"王妃！现在没事了？"

"别担心，诺瓦克。一切正常了。你真应该也来看看他们。别害怕，他们并不邪恶。那里，再走几个台阶就到了。不难吧。"我抓着他手往前走。

突然他往后退。

"我不想去了,真的。"

"没什么好怕的,相信我。"

走到最后一个转弯处时他又停下了,直勾勾地看着我。我实在不习惯仆人这样直视我。

"这是命令!"我严厉地说道。

我们缓慢地走到最底部。那儿的景象让我大吃一惊。片刻之前这儿的入口处明明无遮无挡——可现在被一个木门堵了起来。我环顾四周想弄明白,但周围什么都没有。诺瓦克不知道我看到过什么,他走到门前试着打开它。门锁上了。

他摇摇头,好像早就期待发生这事,只是没人会在意他的话。

"王妃,您知道这是什么地方吗?"

"是的,那是吸血鬼聚集的地方。"

"我听说,这间密室是您丈夫用来放金币的,土耳其人给他的叛变奖励。您别生气,我是这么听说的。维特根奥伯爵来调查此事,他查到的。您丈夫或者宫廷来的某个人雇了几个塞尔维亚土匪杀了他。"

"但吸血鬼是怎么回事?"我问道。

"吸血鬼都是编出来的。就是传说。不过,现在我们该回去了。我主人还在上面等着呢。他是相信有吸血鬼的。如果我们活着回去,他会认为我们也变成吸血鬼了。您也知道他有把手枪……"

"火药潮了。"

"那倒是。但他还有匕首。他会先用枪打,然后再用刀捅我们。我会先发制人。您在我后面找个安全地方待着。我跟他搏斗的时候,您用这个……"

他捡起块石头,从砖石结构中掉出来的石头,交到我手里。
　　"不要对他手下留情。"
　　我们开始沿着楼梯返回。我发现自己可以不费力地跑起来,但我必须停下来等诺瓦克跟上来。虽然他腿还在痛,我还是在催他快一点。我不想在这储水库里多待上一秒。我觉得在地底下待太久不是好事。
　　上楼比下楼快多了。离梯顶口还有几步路的地方,诺瓦克拦住我,把我拉到他旁边。他又一次直勾勾地看着我的眼睛,然后点点头。我亲吻他额头。然后他走到我前面,大力地推开门。
　　我就走在他后面。冯·豪斯伯格试着开枪,然后把枪扔到一边,从靴子里拔出匕首。他拿着刀冲我们扑过来。诺瓦克动作不够快,我听到刀插进他身体的声音。我拿着石头走到诺瓦克旁边,一下砸在冯·豪斯伯格的脑袋上。他倒下了。我跪在诺瓦克身旁,他躺在那,鲜血直流。匕首扎在他腹部,他紧紧握着刀柄。
　　我把手放在他头下。他想说什么,但他说不出来。血开始从他口中流出。他又一次试图说什么,然后断气了。

4

　　你说什么?
　　我还有没跟你说的吗?难道我没把故事都讲完吗?恶龙没被打败,王妃没有从此过上快乐的日子?你觉得你还有什么不知道的,亲戚?这一切正在发生的时候,你已经到了贝尔格莱德。我从储水库里往外喊,亚历山大命人把门打开。我走出储水库,满身是血。我什么话都没说。他看了看躺在地上的诺瓦克和冯·豪斯伯格。

"他们是吸血鬼?"

"不是,"我答道,"而且冯·豪斯伯格还活着。"

"这到底都是些什么乱七八糟!乱七八糟!想想!好好想想!"他大喊道,但却很高兴。

"想什么?"

"为什么会有那些嗓音?我们听到的那些嗓音是军队和难民,从尼什来的第一批人。根本不是吸血鬼,就是我们自己的士兵和难民。他们在城门外,他们都是今天来的,和你一样。还有你的亲戚,图尔恩和瓦尔萨西纳的主教伯爵。"

我诧异地望着他,突然他在我眼中变得越来越矮小,比以往更矮小。他眼中不再有光芒。他快乐的理由和其他人一样。他就是个普通人,事实上跟施迈陶一样,和施密德林一样,和金发伯爵、红发伯爵,还有你,我的亲戚,你们都一样。

那就是为何你能如此及时地从不知什么地方就突然出现的原因。你带着帝国命令而来。尽管我一直都搞不懂你怎么能只花五天时间就从维也纳到了贝尔格莱德。你看着我们所有人的眼神是多么地充满厌恶。亚历山大在你面前深深地鞠躬。你命令他们带上冯·豪斯伯格并给予他最好的照料。

然后你宣布多克萨特将军因放弃尼什和背叛奥地利而被判处死刑。你告诉我们你奉命给多克萨特机会,让他宣布脱离新教,皈依天主教,从而保住性命。

那天夜里,尼考拉·多克萨特拒绝永远臣服于你。于是第二天一早,在刽子手行刑前,多克萨特朝着要塞大喊道:

"我建造了你,而你现在要了我的命。"

刽子手笨手笨脚。砍了好多斧下去。你很想听到这种声音吗?我还欠你这些没有说的吗?

谁?

冯·豪斯伯格?

你不是自己跟他走的吗?那个星期一下午,你跟他前往彼得罗瓦拉丁,再从那儿前往佩斯、维也纳,再继续前往巴黎。我以为是这样的,难道不是吗?他有了新仆人,那个拿着木桩和木槌的塞尔维亚人。他甚至没跟我告别。他一整晚跟仆人说着他第一次见到一个叫鱼嘴的人的故事,就好像那个故事对他来说比什么都更有意义。

至于我,我再也没有可以告诉你的故事了。我把一切都一五一十地告诉你了。

现在,让我们听听你要说什么。